WAKE, SIREN

OVID RESUNG

覚醒せよ、セイレーン

ニナ・マグロクリン　小澤身和子 訳

WAKE, SIREN
OVID RESUNG
NINA MACLAUGHLIN

左

Wake, Siren: Ovid Resung
by Nina MacLaughlin

Published by arrangement with Farrar, Straus and Giroux,
New York through Tuttle-Mori Agency, Inc., Tokyo.

覚醒せよ、セイレーン

illīs quī mūtātī　姿を変えたすべてのものたちへ

誕生とはものが再び形を変えることであり、あるものが別の形になることだ

——オウィディウス

振り返って、奇妙なものと向き合え

——デヴィッド・ボウイ

目次

本書には、身体的・精神的・性的暴力の描写が含まれます。

覚醒せよ、セイレーン

ダプネ

キャビネットを開ける。シナモンを動かす。ナツメグを動かして、コリアンダー、カルダモン、クミン、クローブも。バニラエッセンスの小さな黒い瓶に、オレガノ、二回しか使ったことのないガラムマサラも動かす。小指くらいの長さの葉が入った瓶も。これらは全部私で、私のものだ。私はこの世界に生えた月桂樹の最初の一本で、私の葉は今でもあなたのソースやシチューに風味を与えている。乾燥した私は、紅茶や塩や薄切りの肉、それに、端っこのほうにレモンが置かれた、あなたのおばあちゃんの家の食料庫みたいな匂いがする。どことなく、博物館の匂いにも似ている――ありとあらゆる完璧なものが保存されているような匂い。でも、今のあなたが知っている私は、いつもこうだったわけじゃない。今とは違う姿をしていた若い頃、私は口に出さずに黙っていたけれど、たくさんのことを理解していた。

ひとつ挙げるとすれば、私は彼らに求められているとわかっていた。それがわからない人もいる。まったく気が付かないのだ。でも私は違う。彼らの目の奥に潜む熱。私にはそれが見えた。熱と渇望。何かといえばいつもそれが関係していた。私が話していないときでさえ、いつまでも舐め回すように見続ける目。空気中でパチパチと音をたてる目。私たちを取り囲む粒子が急かされて速度を上げたかのように、欲望が高まった目。摩擦の匂いがした――肋骨の後ろ側で確かに感じた。彼らはもたれかかってきて、私たちの匂いを嗅ごうとしたり、ふんぞり返って肩を見せようとしたりしてきた。すごくわかりやすかった。そして何よりも、最大の特徴は「弱さ」だった。欲望に翻弄されたときの私たちの姿。そういうとき、少しだけどうしても気持ちが和らいでしまい、同時に物ごとがうまくいかなくなる。彼らのなかにはその弱さを感じ取る者もいる。感じたものが弱さだとはわかっていないし、弱さを感じたいとも思わないし、恐れている。欲望はなんて怖いものか。欲は恐ろしい。まだ血管が浮き出ている孵化したばかりの鳥のように、私たちは生々しく傷つきやすくなる。何かを欲することは、手に入れられないかもしれないというリスクに身を投じること。彼らは自分たちが感じているものが恐怖だとは知らないが、その感覚を嫌い、もっと勇敢で強くなりたいと思う。そして厚かましくもそれを隠し、自分たちがいかにタフで、勇気があって、優勢かを（たいていは自分に対して）証明しようとする。やぁ、かわい子ちゃん。今夜は忙しいの？　きみのお父さんは不死身なの？　ママはオリュンポス山の出身？　どんなふうか味わってみたいな。ファックしてみたいな。

私はいつもわかっていた。

そんなことはありえない。森に行きたい。獲物を肩に載せた重みを感じたい。髪はとかさなかった。シンプルな白いヘアバンドをつけて、髪が目に入らないようにした。わかるでしょう？

「おまえには私に義理の息子を授ける義務がある」と、川の神である父ペネイオスは言った。父は私に貸しがあると思っていて、もしかするとそんなふうに子どもに対して考える親もいるのかもしれない。命を与えてやったという貸しがあると。「おまえは私に何人も孫息子を与える義務があるんだ」

と父は言った。
義務なんて何もない、と私は思った。お父さんはそれを人生における唯一の功績、女性が生きる唯一の目的とでも思ってるの？　間違ってる。結婚は束縛だ。犯罪だ。私がどれだけ自由を感じているかわからない？　でも、父にこう言ったときの私は、物腰が柔らかくて優しかった。お父さん、聞いて。ごめんなさい。でも私という人間をわかってほしいの。森は私の家、それに私はディアナに身も心も捧げている。私に必要なのは、空気と狩りと丘なの。誰かの花嫁になって、足かせをつけられてコンロの前に立ちっぱなしになって、体から赤ん坊を押し出すなんて、私にはとうていできない。これを聞いてお父さんはがっかりするかもしれないけれど、愛の力で私の話を聞いてほしいの。父は泣いていた。父も私も、なんとも言い表せない変な気持ちだった。父は私をつま先から頭の先まで眺めると、静かに言った。「おまえの見た目では、欲しいものは手に入らないだろう」私はそれを聞かなかったことにした。ひとつ弾丸をよけたと思ったら、別の弾丸に当たってしまった。

男というものは弱くなって恐怖を覚えると、自分の力を示そうとする。だからアポロンはクピードを侮辱し、侮辱されたクピードは復讐を企てた。アポロンは巨大なニシキヘビを矢で射止め、すっかり気が大きくなって力を得たような気分になっていたところで、偶然クピードに出くわしたのだ。さらに自分を大きく感じるには、他の誰かを小さく、つまりすごく弱い人間だと思い知らせるのが効く。アポロンはクピードに、「無限の矢」や「膨らんだ蛇」といった言葉を使って、殺した獲物の自慢をはじめた。彼が何をしようとしていたのかは、たいした想像力がなくてもわかる。アポロンはクピードに、わたしの弓はおまえには大き過ぎると言った。「おまえには扱えないだろうな。わたしみたいな肩がないと使いこなせないさ」そして肩の筋肉をつかんで笑った。「おまえ、鍛えてもいないんだろ？　わたしと張り合おうなんて思うな、ガキが」この小さな神を不審に（恐怖もあった！）思ったアポロンは忠告した。クピードに自分は彼より大きくて、強くて、良い神だと知らしめなければならなかったのだ。

「あなたの矢は命を奪うが、私の矢は射止める」とクピードは言った。「自分がそんなにすごいと思っているんですか？　あなたなど私に見合う相手ではありませんよ」

そんなふうに、いがみ合いがはじまった。どっちの矢が大きいかだと？　見せてみろよ、ほら。

どちらの矢も、小さかった。

アポロンに侮辱されたクピードは、二本の矢を作った。一本は鉛が先端についた矢で、標的を愛にうんざりさせるもの。もうひとつは金がついた矢で、標的を狂気じみた愛に陥らせるもの。金の矢はアポロンに刺さった。鉛の矢は誰に刺さったと思う？　私は前から男に興味はなかったけれど、その矢のせいでさらに関心が薄れた。私の太ももに矢が当たると鈍い痛みがして、丸みを帯びた先端が皮膚を裂き、血液に触れ、さらに焼け付くような痛みが走った。

彼はどうしようもなかったんだよ。そう言う人の話を、あとから聞いた。それに、私が無視した父の言葉――容姿が私の自由を妨げているという言葉は、どこか真実味を帯びていた。

まずアポロンが私に言ったのは「きみは髪の毛をとかせば、どれほどきれいになるかわかってる？」だった。褒め言葉に見せかけて、火傷《やけど》を負わせてきた。「どれほどきれい」という部分だけを聞いて、「わたしの美へのこだわりのとおりに、きみがしたらね」の部分を聞き逃せる人もいるのかもしれない。あるいはこれを聞いて、褒められたとか、目を留めてもらったとか思う人もいるのだろう。でも私は違う。私は言葉通りに受け取ったし、彼の目はまるで手のように、私の体じゅうを這い回った。私の首、手首、むきだしの腕、そして服の下に隠れている部分を彼が想像しているのがわかった。私の体がギュッと締め付けられたようになると、警報がいっせいに鳴りはじめ、筋肉が「逃げろ」と言う液体で充満していく。

だから私は逃げた。すると彼は追いかけてきた。

「きみはまるで、オオカミから逃げていく子羊みたいだな」と彼は言い、その声から薄ら笑っているのがわかる。「きみはまるで、ライオンから逃げていくシカみたいだな。きみはまるで、ワシから逃げていく鳩みたいだな。だから違うって！　そういうことじゃないんだよ！　いいから、落ち着けって！　きみを傷つけたりなんてしないよ、ベイビー。絶対にそんなことしないから。約束する」

私は逃げ続けた。

「足を擦りむいちゃうぞ！」背後から彼の叫び声がした。「イバラの木がたくさん生えているじゃないか！　道から外れているぞ。転んでほしくないんだ。ちょっと待てよ！　怪我しちゃうだろ！」私は道のない場所でもよくわかっていたし、棘がふくらはぎの皮膚を裂いても気にしなかった。

ひたすら逃げ続けた。

「わたしはむさくるしいヤギ飼いじゃないんだぞ」と彼は言った。「山暮らしで、年に二回しか風呂に入らない、ひげを生やした汚い百姓でもない。わたしが誰だかわからないのか？」

そのとき、私はもうだめだと思った。

彼の声から笑いが消えた。明らかにイライラしはじめていて、私が足を止めないことを怒っていた。そのせいで自分が小さく感じられたからだ。自分を小さく感じると、男は危険になる。彼がすぐ後ろまで近づいてくる気配がした。

「わたしが誰だかわからないから、きみは逃げているんだ。わからないのか？　音楽が好きなんだろう？　それはわたしのおかげだ。どんな音楽が好きなんだ？」彼は感じよく話そうとしていたけれど、今ではその声はどこか殺気立っていて残酷だった。「いいか、わたしは薬を発明したんだよ、かわいい子ちゃん。でもきみに夢中になったせいで上がった熱を下げる薬草は見つからないんだ」

私は逃げ続けた。

「わたしの矢が必ず飛んでいくからな！」と叫ぶ声が聞こえ、すぐ背後にいる彼の足下で小枝がポキポキと折れる音がした。「止まるんだ」

私は逃げ続けた。

私は速かったが、神々というものは疲れ知らずで、アポロンはクピードの呪文にたきつけられていた。彼はすぐ後ろにいる。肩のすぐそばにいるのがわかる。すると彼は笑った。ついに私を捕まえられると悟った、腹の底からの小さな笑いだった。首すじの髪の隙間に、彼の息づかいを感じた。彼の指先が私の腕をかすめて腰を触った。私のなかのどこか知らない場所、恐怖を溜める井戸から力を得た私の体は、さらに脚を速め、次の瞬間、前に飛び出したけれど、彼はまだ追ってきていた。

肺が燃えるようだった。膝上の筋肉も。私が望んだのはただひとつ、消えてしまうことだった。空気中で蒸発して、霧に溶けて苔や葉の上に落ち着くこと。ただ消え去りたかった。水蒸気になりたかった。振り向きざまに、地球を半周するほど強く彼を突き飛ばしてやりたかった。

「つかまえた」と彼は言った。

父の川の岸辺にさしかかったところで、私は父に向かって叫んだ。「私を変えて！　この姿を取り払って！　お願い、今すぐに！」父はできる限りのことをしてくれた――愛してくれる人たちは、ずっと守ってはくれないけれど、努力は惜しまない。その言葉を口にした途端、私は立ち止まってしまった。すべての筋肉が動きを止め、あらゆる感覚が樹液のように流れ出して大地に染み込んでいった。両腕は頭上に放り出され、ずんずん伸びていった。指からは小枝が伸びはじめ、腕からは太い枝が空に向かって伸びていく。感覚という感覚が、足から抜けていく。すると突然両足が土の中に沈んでいき、もっと深く、さらに深く、温かく湿った土の中を突き進んでいった。さっきまで逃げながら燃えるくらい熱を帯びていた両脚が、ひとつになり、腰幅が狭くなる。体じゅうの皮膚は、表面がぺらぺらな樹皮みたいだ。追われていたことや、心から安堵したことで、胸が大きく膨らんだり凹《へこ》んだりしていた。でも、肺はすぐに新しい覆いのようなものに押しつけられた。四方八方から押しつけられている。

私は一人で笑った。私の勝ちだ。これに突っ込んだら、あんたのイチモツはずたずたになるからね。

でも、アポロンはやめなかった。体を私にこすりつけてきて、私の体を上から下まで手でまさぐり、指をありとあらゆる割れ目に入れ、手のひらを枝と枝の股に差し込んだ。アポロンが私の脇の下らしき場所を舐めたとき、硬いペニスが押しつけられたのがわかった。そうして彼は私の体に手を回してしっかり固定すると、自分の中に引き込んだ。私はできる限り体をそらし、新しい形の中に姿を消した。ここに私はいない。いなくなった私を傷つけることはできない。彼は私の体を触り、体をすり寄せ続けた。ここに私はいない。ここに私はいない。あんたは一歩遅かったんだよ。

彼は突きあげると同時に、両手を私の体の上から下へ這わせながら、こうささやいた。「おまえがわたしの妻になることはないが、おまえは絶対にこのことが忘れられなくなる。どういう意味かわかるか？　おまえはずっとわたしの木であり続けるってことだよ」彼は私のこぶを強く押し、ポキンと折れてしまいそうなくらい強く私の枝を曲げた。彼がうめき声をあげながら枝を離すと、他の枝に跳ね返った。熱い息は、私を舐めていたせいか、タンポポやミミズのような匂いがした。「髪におまえの葉っぱをつけておこう」彼は私の樹皮に唇を押し付けながら、ささやいた。「そうすればいつもおまえと一緒だ。だから、おまえは何があっても決して葉を失ってはいけない。わかるな？　おまえのブラッシングされていない髪のように、季節が変わっても葉っぱを残し続けるんだ。わかるな？」

私は葉を揺らした。揺すると葉はいっせいにカサカサと音を立てた。完璧な私の王冠。勝者の頭を飾っている。だって、私は勝者なのだから。私は勝った。私は体を揺らして、また揺らした。まるで頷いているように。まるで彼に「わかりました」と言っているみたいに。

アラクネ

幼い頃、いとこのフィップは近所のデリカテッセン近くの路地で子犬を売っていた。人が通り過ぎるたびに、彼は狭い通路から身を乗り出して、「ワンちゃんだよ、買って、買って」とつぶやいていたから、何かを売りつけようとしているというよりは、頭の中で思っていることをそのまま口に出しているように聞こえた。賢い売り方だった。どんな子犬が手に入るのかは、わからなかった。たまにキツネだったり、犬だったり、あるときは狼みたいだったり、それらの間をとったようなものだったりした。フィップはそうやって貧困から抜け出したが、その後は金持ちになることも、貧乏になることもなく、ただのくず野郎になった。というのも、刑務所に送られたからだ。通りでいろいろな品種を売っているのが気に入らない警察に、目をつけられたのだ。もう一人のいとこのルビー・ルーもまた、商売をしていた。彼女は私の父のベッドを商売道具として使っていた。部屋に入っていって出てくると、手のひら一杯の現金を見せびらかしてこう言った。「楽勝だね」でもそれは、嘘だ。

父は染織の仕事をしていて、いつも指先が紫色に染まっていた。指先の皮膚も爪の下の皮膚もそうだった。血液が指先に集まって、色が白くなってもげる前に紫色に変わるのに似ていた。いとこのフィップがときどき犬のしっぽにそうしていたみたいに。しっぽをゴムで縛るのだ。赤、紫、白と色が変わってだめになり、落ちる。地面に落ちたしっぽ。父は紫色の染料が入った樽の上にかがみ込んで、一日じゅう紫の特色——そう呼ばれていたように思う——を吸っていた。帰宅すると口の周りに紫色の斑点ができていて、首にもあった。紫色の父のそばかす。一日じゅう、手に布を持って樽の上に身を乗り出して過ごし、家に帰るとすぐに洗面台に覆いかぶさった。父から落ちた紫色の一部は排水溝に流れていったが、ある程度は取れずにいつも指先に残っていた。あんなふうに吸い込んでいたせいで、肺の中にも紫色が残っていた。特色は浮かんでくる。見えないからといって、そこにないとは限らない。背中が曲がり、指は染まり、肺も染まる。染織に長《た》けた父は仕事に誇りを持っていて、帰宅すると、深い色のケープが欲しいというプリンセス気取りの金持ち女に染めた布が売れて袋いっぱいの現金を手に入れたと教えてくれた。その人をそう呼んだのは父ではなく、私だけど。いつでも敬意を忘れない父に、私はこう訊いてみたかった。そんなに高く買ってくれるなら、どうして父さんの稼ぎはそんなに少ないの？　でも一度も訊かなかった。

父は布の切れ端を持って帰ってきては、裁縫のやり方を教えてくれた。編み方もそうだった。「フィップやルビーみたいなのは、だめだ。おまえは路上で犬を売ったりしないし、いやなら口紅なんて塗らなくていい。自分の道は自分で切り開くものだ」何度も父がそう言うのを聞いた。自分の道は自分で切り開く。一生懸命考えてもよくわからなくて、長い時間をかけて考えればようやく納得はできるけれど、それでもはっきりわかるわけではなかった。頭の中心を占めるのではなく、頭の端にずっとあるような言葉——自分の道は自分で切り開く。この言葉はいつも私の頭の中にあって、どういう意味なのかわからなかったけれど、あるときからわかるようになった。

私は小さい頃から機織り機が好きだった。早くに習ったので、ほとんどそればかりやって過ごしていた。基本的なことを教わると、あとは独学でひたすら織り続けて、自分でも感心するほどだった。タペストリーを仕上げて、床に敷く。上から見下ろして、思った——最高だな。そこになかったものが、今はある。毎回、奇跡のような気がした。機織り機のそばに山積みにされた、ぜんぶ違う絹糸の束を見て、思った——最高だな。はじめは一本一本だった糸が、やがてひとつにまとまり、全体を作りあげていく。何かから別の何かが生まれる。私が生み出した変化。芸術とは変身させること。そこに私は自分のプライドを見出した。

感動したのは私だけではなかった。同じブロックに住む近所の人たちが、キャセロールやペストリーを持ってきてくれたり、私が大丈夫か（母がおらず、いい人だけど留守がちの父がいる私を、みんなは心配してくれた）見に来てくれたりしたとき、彼らもそれを見た。すると揃って、「おおおおお。すごいね。すごいものを作ったんだね」と言ってくれた。はじめ私は、単に親切な人たちが社交辞令で言っているのだと思っていた。でも親切というのは、自分がどれだけ感動したかを人に伝えたり、他の人にもそれを伝えるように人に言ったりすることではない。そうしてようやく、ほんとうにすごいことをやったのかもしれないと信じられるようになった。

それから、人が見に来るようになった。彼らがやってくると、私はただ座って、賞賛の言葉を受けとった。ああ、この色、このにじみ方、このディテール、このデザイン、まるで絵画、本物みたい、あなたには資質がある、神の手に触れたのね、こんな才能見たことない。一本の糸が次の糸に絡み、一時間が次の一時間に繋がっていくにつれ、私はめきめき上達していった。自分の道は自分で切り開く。これが私の道だった。私は若かったけれど、名前は知られていた。私の住む地区や村だけでなく、何マイルも離れた場所でも、人々は私についての噂を耳にした――私が優秀だという噂を。

私が一番の織り手だという噂を。

金持ちには、金以外にも選択肢がある。自分たちに与えられた選択肢に気付かないほど、選択肢がある。貧乏人には、選択肢が少なく、まったくないこともある。お金だけではないということを、みんな忘れているんだと思う。だから、父が紫色のローブを売ると、高級好きな紳士はその色が特別だと思うし、父を見つけた自分のセンスの良さに胸を張る。自分はこのローブを買えるが、父は買えないという違いについても考えている。それは数ある違いのひとつで、唯一の違いではない。その紳士には、自分の進むべき道を考える時間がある。あれやこれや悩む時間がある。自分は何が欲しいのか？　どうしたらそれを手に入れられるのか？　でも貧しいと、自分が欲しいものについて考えるのが難しくなる。悩む時間は減るが、心配する時間は増える。食べ物や屋根のある生活、不自由ないくらいの金を確保するために紫色の布を十分に作れるよう、より多くの時間を費やすようになる。そのうえ、欲しいものについて考え過ぎると、すっかり呑み込まれてしまう。金持ちなら、路地裏で箱に入れた子犬を売らなければならないとか、そのために刑務所に入れられてしまうかもしれないとか、そういう心配はしなくて済む。金持ちは、樽の上に身を乗り出しているせいで、普段でも背中が曲がってしまうなんてことを、そこまで気にしなくていい。金持ちは、衣食住の問題をそこまで気にしなくていい。

私は注意深く観察を続け、油断しなかった。選択肢について、それがある場合とない場合があることを知り、自分は選択肢が欲しいのだとわかった。選択肢を得るためのひとつの方法は、何かに優れること、誰よりも優れることだ。だから私は毎日機織り機の前に座り、ときには、機織り機の前にだけはいたくないと思うこともあったけれど、座り続けた。そうすれば上達できるとわかっていたから、とにかく同じことを繰り返した。

私は知り合いたちが、選択肢の限界を目の当たりにする姿を見た。何度も、何度も。一緒に育った子たちや、村の友人たちがいるところに、突然、壁が建てられたかのようだった。背が高くて滑らかな白壁で、彼らは自分の人生を歩んでいただけなのに、急にバンとその壁に真正面からぶつかり、壁を乗り越えることも、回り込むこともできずに、ただ完全に行き止まりになってしまうのだ。イーグル、ベンベン、パウロは刑務所に入れられ、ケヴィンは警察に殺された。スパイス・ラックとヘンリエッタも同様に殺された。アルマは、毒入りの泉の水を飲み続けたせいで、頭がおかしくなった。それでも飲み続けたのは、それまでずっとそうしていたからで、やり方を変える術《すべ》を知らなかったからだ。体調を崩したグロリアは、医者たちに「病気は治してあげますが、これだけの額が必要ですよ」と言われた。それだけのお金を持っていなかった彼女は死んだ。シルヴィアは疲れた、疲れたとよく言っていた。「貧乏でいるのは疲れる」と言っていたら、ある日突然、永久の休みをとることになった。ときどき状況がひどく悪化して、良くなっていくかもしれないという希望が持てなくなることがあるが、そこには導かれてたどり着いたのだ。もしかすると私の母もそうだったのかもしれない。あるいは自分で自分を導いたのかもしれない――最期を迎えるために。

私は白壁が自分の人生に立ちはだからないようにしていた。そして学んだのは、重要なのは何かに長けることでも、何かで誰よりも優秀になることでもないということだった。要するに話し方の問題で、その方法を理解して、ものにして、実践することなのだ。私はわかっていた。自分が最高だとわかっていたから、そう口に出して言った。私にはプライドがあった。

「こんな素晴らしい織物は見たことがない」と言われると、「ありがとうございます。自分でも、こんなに素晴らしい作品は他に見たことがありません」と言った。感謝しつつも、そうそのとおりと納得し、自分でもわかっていることを敢えて口に出して言うのだ。

あるとき、こう囁いた人がいた。「ミネルウァに習ったんだろう」と。

違う。私は父から学び、独学で習得した。実際、私のほうがミネルウァより優れている。でもそこで、なぜ自分はそれを口に出して言わないのだろう、と思った。自分の才能を自分のものにする方法を知らなければ、この世界で大物にはなりえない。全身全霊で得意なことを追い求めなければ、あの滑らかな白壁は乗り越えられない。乗り越えられたとしても、また別の壁が立ちはだかるだろう。

そこで、私は口に出して言うようになった。「私は独学で習得しましたし、あの機織りの女神よりも優れています。勝負したら勝てますよ。いつでも挑戦を受けてたちましょう」と。私はその言葉の響きが好きだった。「どちらが優れているかはっきりさせよう」と、私はミネルウァに啖呵を切った。神々には大きな力があるけれど、私たちにだって力はある。神々が私たちに信じこませたいよりもずっと大きな力が。

白髪交じりの髪を結い上げ、薄切り肉のように垂れ下がった頬をした老女が、厚かましくも私に落ち着きなさいと言ってきた。「自分が知っている世界で一番になれば十分じゃないの」と彼女は続けた。「神々に打ち勝とうなんてするんじゃないよ」そうして彼女は私のショートパンツが短すぎると文句を言い、織物でミネルウァに勝つと言ったのを取り下げろと言った。謝ることを考えたほうがいいと。

年老いた女というのは、自分たちはものがわかっていると思いこんでいる。彼女は私の家にやって来て、私が織る姿や、私が作ったものを見て、それでも私に向かって何か言えると思ったのだろうか？ 違う。私に顔を殴られなかった彼女は運がいい。ほんとうはそうしてやりたかった。みんなは、なんでできないの？ なんでやらないの？ やっちゃだめだよ、やるべきではないよと言うばかり。怖がっているおばさんたち。「年寄りは黙ってて」と私は彼女に言ってやった。「年をとって、もうろくしてるんじゃないの。あんたにアドバイスなんて一度も求めてない。私に助言できるのは、私だけ。私には自信があるし、あんたにとってはこういう話を聞くのが辛いでしょうね。私は自分の発言を曲げたりしない。ミネルウァはここにやってきて、私に挑めばいい」と。

「どうぞご勝手に」と言った老女は、実は変装したミネルウァだった。部屋にいた他の人たちは、お辞儀をしたり、息をのんだり、胸に手を当てたりしていた。私は違う。背筋を伸ばして、しっかり前を見て立っていた。屈しない――それが理由だ。血液が上がってきて頬が赤らんだのは、驚いていたからで、喜んでいたからだった。私は望んでいたものを手に入れようとしていた。チャンスだった。

私は機織り機の前に、ミネルウァは自分の機織り機の前に座った。そうして私たちは織りはじめた。血の巡りが速くなった。縦糸の上でシャトルを何度も往復させると、糸が集まりはじめた。私は目を開けている大半の時間を、この作業に費やしている。手に持ったシャトルの重さ、毛織物の間を滑らせるスピード、踏み板が上下に動いて立てるキーキーという音。私はこのすべてを自分の体のように理解していた。口の中や、足の重み、食後におなかの底から出てくるため息のように、よく知っていた。私は動作と色と糸が交差するなかで、ぼんやりとだけれど、今までで最高のものを作っていると実感していた。模様や形が次々と現れ、どうしてそうなったのかという理性は薄れ、編むことだけに没頭し、自分自身から離脱して、ただただ織物にエネルギーを注ぎこもうとしていた。これ以上にない気分だった。機織り機の前で、これほど強くそう感じたことはなかった。

ミネルウァは、まるで別の銀河系にいるかのように、激怒しながら長い周縁を織っていた。時折、彼女の息遣いと、織物の上をシャトルがシュッシュッと動く音が聞こえた。汗が背中を伝い、肩が痛くなった。彼女が何をしているかなんてどうでもいい。自分が何をしているのかすら、ほとんどわかっていないんだから。ただ、自分が今これを織っていること、実際に目の前で繰り広げられていることはわかっている。それでいいのだ。

先に織り終えたのは、ミネルウァだった。彼女が広げたタペストリーを横目で見ると、四つ端にオリーブの枝が織り込まれていた。和解のための捧げ物だった。そのおかげで、私はより懸命に、より速く、より大胆に織ることができた。彼女が和解を望んだのは、私が勝つとわかっていたからだ。和解なんてありえない。

完成すると、私は椅子から崩れ落ちそうになり、近くにいた女性が体を支えてくれた。自分が成し遂げたものを目にしたときは信じられなかった。まるで羊毛で描いた絵だった。私は自分が生きる哀れな世界と、罰を科せられることなく生き続ける不死身の神々を対峙させるように描いていた。罪も負わず、責任もともなわずに生きる神々。私たちは責任のことばかり考えている――山ほど積み上げられた責任の下で重圧を感じ、埋もれそうになりながら、頭を押さえつけられているというのに。

これは、エウロペを強姦する雄牛。波は本物そっくりで、触ると手が濡れてしまいそうなくらいだ。

これは、アステリアに乱暴する前に、鷲が鉤爪で彼女を捕まえて飛び立とうとしているところ。

これは、レダが白鳥の下敷きになっているところ。

これは、獣神サテュロスに扮したユピテルが、アンティオペに双子を身ごもらせるところ。

これは、ユピテルが黄金の雨になって、ダナエの中に同意なく入り込んでいるところ。

これは、火炎の姿をしたユピテルがアイギナを騙しているところ。

これは、ユピテルが羊飼いを装って、九晩連続でムネモシュネを犯しているところ。

海神ネプトゥーヌスは、雄牛となって、それから雄羊、種馬、鳥、海豚《イルカ》に変じて、地上の私たちを騙している。全部、嘘。全部、人を支配する力。幾重にも、幾重にも連なった嘘から生まれた力。そして、アポロンは鷹、獅子、羊飼いとなって嘘をつき、欺き、ファックした。こうした神々、しかも不滅の神たちは、後悔したりしない。彼らが過ちを恐れないのは、責任を知らないからだ。罪に問われることも、罰を受けることもない。私はここで、一つひとつ犯罪を見せていきましたよね。おまえら全員犯罪者だと知らしめてやった。でも、代償を支払うのが私たちなのは、どうして？　おまえらは人を殺《あや》め、強姦し、暴力を振るう。それなのに、堕落するのはいつも私たち。なんで私しかそれを口にしないんだろう？

　私は堕ちていった全員の名前を言う。

　エウロペ、アステリア、レダ、アンティオペ、アルクメネ、ダナエ、アイギナ、ムネモシュネ、プロセルピナ、ビサルテスの娘、アイオロスの娘、メドゥーサ、メラント、エリゴネ、その他にももっといる。何も知らないまま、利用された者たち。私は真実を見せている。

　この処女の守護者であるミネルウァに、タペストリーに収まる限りの性犯罪を見せつけてやったのは、偶然だったのだろうか？　そんなわけがない。もちろんミネルウァだって危険な目に遭うのは嫌だったし、どこかの哀れな不死身の男に打ち負かされるかもしれないというのも、少しも好きになれなかったはずだ。でも私は見せつけることにして、やっぱり彼女の反応は、彼女自身と彼女の世界を映す鏡から出てきたものであり、「愛」がねじれて不道徳な形を取ることも、彼女の中にある神聖なものを守るために、これまで自分が何もしてこなかったことも彼女は自覚していると確信する。

　で、ミネルウァはどうしたかって？　どうしようもない子どもみたいだった。私が作ったばかりの織物をつかみ取ると、引き裂きはじめたのだ。しかも、ずたずたに。この神、不死身の神ってやつは、どうしようもない。描かれていたあらゆる場面。あらゆる色。全員の前で目に見える形で明らかになったあらゆる罪を、彼女はバラバラにした。あまりにも受け入れがたかった。私は立ちあがり、見ていた——これまで作ったなかでも最高の織物、語られた物語のなかでも一番真に迫る物語がずたずたになっていくのを。作品が壊されるのを目の当たりにしながら、私のなかから何かが引いていった。

力が体からすり抜けていき、今までの疲れとは比べものにならない疲労感に見舞われた。

しかし、ミネルウァは引き裂くだけでは満足しなかった。私に物ごとの道理をわからせてやろうと、ツゲでできた私のシャトル——私がその重みを自分の血や骨と同じようにわかっているもの——に手を伸ばした。そしてそれをつかむと、私を叩いた。私だってケンカをしたことはある。そんなふうに危険に巻き込まれるのがどんなか知っている。大声で怒鳴り散らして、ケンカになって、二本足で立っているところを急に腕をつかまれて、投げ飛ばされて、空中を飛んで、家具や壁に洗濯袋みたいに投げつけられる。痛いけれど痛くないのは、自分から離れる方法を知っているから。痛いけれど痛くないのは、出口のことばかりを考えているから。

でも闘志は全部、私の中から消えていった。力もそうだ。自分が作ったものが床の上でずたずたになっているのを見たときに、全部消えていった。最高に素晴らしいことをやり遂げたのに、褒められるどころか、罰を受けたようなものだった。ふつうは、悪いことをしたら罰を受ける。体に悪そうなキャンディーを食べたら、罰を受ける。間違った場所に立ったら、罰を受ける。私から力をすっかり奪い去ったのは、正しいことをしても、最高の仕事を成し遂げても、否定できないくらいすごいことをしてみせても、罰を受けるという事実だった。避け続けていたあの大きな白壁が、あらゆる壁が崩壊するはずの瞬間に立ちはだかったのだ。シルヴィアが疲れたように、私も疲れた。ミネルウァは一度、二度、三度と私を殴った。私はただ殴られていた。四度、五度、六度。額を叩かれると、血が滴り落ちてきて、目に向かって流れていくのがわかった。七度殴られたところで、もう十分だと思った。そして残りの力を振り絞ってロープをつかむと、輪を作り、素早く頭上に吊るして、終わらせた。もうこれでおしまい。

ああ、でも、ミネルウァは憐れんだ声でこう言う。「おまえに死はもったいない。罰を受けてしかるべきだね」それからどうなると思う？　私は生きる――でも八本足で。怒れる小さなクモになったのだ。巣を編むと、あなたが見たこともないような素晴らしい巣ができあがる。それでも生きていくし、自分の道を見つける。ミネルウァは思う――無害なクモだと。クモになったら何もできやしないし、この子の巣は露がなければ見えないし、箒で叩けばめちゃくちゃになってしまうほど脆いし、わざわざ人が見にやって来て、ため息をついたり、感嘆の声を上げたりすることはないだろうと思う。もし見に来たとしても、次の瞬間には、クモの巣を払いのけているだろう。クモなんてどこにもいてほしくないのだから、と。ミネルウァにはそう思わせておけばいい。無害だと思わせておこう。うまく罰せたと思わせておこう。でも、私は責任について学んだ。何かを選択したことで、それがいかに自分へと返ってきて、身動きできなくなるかを思い知った。

クモに姿を変えられたうえに、ミネルウァが別のことを口にするのも聞いた。私は最高の織物をずたずたにされ、殴られてクモにされたけれど、それだけではなかったのだ。「こうやっておまえは今後生きていくんだ。そしておまえの子孫も全員がこうやって生きていくことになる」つまり、もし私に赤ちゃんができたら、クモの子になるということだ。それからミネルウァは「それがどういう意味かわかるか？　おまえは未来を恐れて生きることになるんだよ」と言った。

ミネルウァは知らなかったのだろうか？　きっとそうだ。あなたが私のように生きて、私のように育ち、何かが起きたときに人々がどんな目に遭うのかを目の当たりにしてきたら、未来を恐れることになるだろう。他に選択肢はない。でもあなたは金持ちで、罪にも問われず、死ぬこともない。未来は船や、ごちそうや、巨大なペットや、永遠に続く午後で満ち溢れ、毎日の夕焼けは自分のためにあるように思えるのだろう。問題はただ、未来に対する恐怖をどうするかということになる。同じように私は父の言葉を受け止め、機織り機の前に自分の進むべき道を見つけ、今も自分の道を見つけている。未来が怖い――だったらどうするかわかる？

私は赤ちゃんを産む。何匹も、何匹も赤ちゃんを産み続ける。生まれた子たちは少し経つと、どうなるでしょう。私の赤ちゃんたちは、それぞれ赤ちゃんを産みはじめる。もうすでに数え切れないほどの赤ちゃんがいる。私たちが想像の限りたくさんいるところを思い浮かべてほしい。そこからさらに増え続け、数が膨れ上がっていく。私の赤ちゃんの赤ちゃんにはどれくらいの数の赤ちゃんが生まれるでしょう？　あなたには数え切れないほどの数になる。私たちは膨大な数になり、さらに増え続けていく。もっともっと一体感を増していく。私たちは私たちの道を見つける。今、まさにそれをやっているんだよ。わかる？　未来を恐れるべきは誰だと思う？　あなただよ。

カリスト

私は熊。

私は空に住んでいる。

私がまだ若く、熊でなかった頃、私の髪にはいつも葉がくっついていて、爪には土が入り込み、ポケットの中に松葉を見つけると、半分に折って匂いを嗅いだものだ。私は洋服を着ていた。そうしていたのは、当時の生活に合っていたから。おかげで自由自在に動けたし、実際私はよく動いた――力強く、速く。私の脚は長くて、肺にたくさん空気を吸い込めた。矢筒と弓を持って森を歩き回っていた。他の女たちは家で背を丸めながら裁縫にいそしんでいた。赤ん坊を産んだ人もいた。でも私は違う――少なくとも当時は。私は世界へ、森のなかへ出ていった。しかも一人きりで。自分が何をしたいのかわかっていて、それに長けているのは幸運だと思っていた。

狩猟の処女神ディアナは、私の才能を見抜き、尊重してくれた。こうして、森で過ごした当時のことを思い出すのは簡単ではない。ときどきここにやって来ては、そびえ立つ木々――白樺やオーク、ポプラの木――空に向かってレースを編む葉、その間から降り注ぐ光について考えることがある。シダや苔――輝く苔の緑色！　――そして、地面からうねるように伸びていた根っこ。小さな生物や大きな生物、小川や泉のことを考える。窪地や溝、雨上がりにハナミズキの根元から生えてくる骨のような色のキノコ、草原に揺れる銀色の小枝を持つ乙女草、そして私だけが知っている秘密の木立のことも。あまり長く考えていると、そのたびに頭のなかであの日の午後に戻ってしまい、森の思い出がいまいましく耐え難いものになる。一度そこに行くと、もう戻れず、当時の記憶に火がついてしまう。そして今、私のなかで再び炎がメラメラと燃えている。だから、私が何度も自分に語り聞かせている話をしようと思う。

その日は、最初から燃えるような一日だった。私は朝から狩りをしていた。白や紫の小さな花々は私の友達で、小鳥たちは枝から枝へと飛び交い、骨まで染み渡るような夏だった。汗で湿った体を休めるために、私はよく行く休憩場所を訪れた。白樺とジュニパーが輪になって生えていて、古い木ばかりで、森の片隅にあるところ。自分たちの兄弟や姉妹の木の幹に斧が当たる音を、どの木も聞いたことがないような場所だった。地面は柔らかく、針葉樹の葉が一面に落ちていて、日陰が特にやさしく感じられる、自分だけの空間だった。私は弓を木の枝に掛けると、背中から矢筒を降ろして一番大きなジュニパーの木の根元近くに置いた。そして地面に横になって体を伸ばし、矢筒の上に頭を乗せた。大地に体の重みを預けるのはとても気持ちがよくて、空気は熱気とジュニパーの香りで満ちていた。針のような葉っぱと、豪雨あけの空のような青灰色をしたベリーの実が頭上にぼんやり浮かび上がってくると、私は眠りに誘われた。まわりでは小鳥がさえずり、夏の虫たちが穏やかにブンブン飛んでいる。汗が乾いて、まるで海に入ったあとのように、肌が引き締まっている。眠ってしまったけれど、それほど長い時間ではなく、太陽はまだ一時間で移動するくらいしか動いていない。何かいる気配を感じた私は、はっと目を覚ました――円を描くように生えている木々の端にディアナがいて、二本の白樺の間で私を見つめて微笑んでいた。

私は飛び起きて、あわてて彼女を抱きしめに行った。

「今日はどこで狩りをしていたの？」とディアナは尋ねた。

私は早口で説明し、小川のせせらぎのように言葉をほとばしらせながら、東の方角を指差してみせたけれど、その手は興奮のあまり落ち着きがなかった。ディアナは話をさえぎって私を引き寄せると、もう一度抱きしめた。

もう、何世紀にもわたってそのときのことを考え続けてきた。どこかでは、自分でもよくわかっている――私たちが信じるのを忘れてしまった暗いところでは。そして私は、何度も、何度も自分に問いかける。どうして逃げなかったの？　彼女の声はディアナの声で、顔はディアナの顔だ。でもどこかおかしい――どう説明したらいいんだろう？　彼女が腕を回してきたとき、こう思ったのを覚えている。これは彼女の匂いじゃない、私が知っている彼女の匂いじゃない。森や、血や、野草の匂いだ。その日はどこか飢えたような、玉ねぎやスカンク、キツネの巣に充満した強烈な尿の臭いがした。彼女はいつもとは違うふうに私を抱きしめ、腕を背中のもっと低い位置に回して、力も強かった。彼女が私の頬にキスをし、私も彼女の頬にキスを返したそのとき、奇妙な感覚があった――突然、まるで外からこの光景を見ているみたいに思えたのだ。彼女はまた私の頬にキスをすると、今度は唇を離さなかった。それから口にキスをしてきたので、彼女の匂いが伝わってきたけれど、いつもの匂いではなかった。そう思った瞬間、キスが変わった。

彼女の舌が口の中に入ってきて、口の中を満たしている。それまでは、私の舌しかなかった場所に。彼女の手は私のマントの下に伸びていき、それまで私は目を閉じていたのかどうか覚えていないけれど、そのときは開けていて、目の前にいるのがディアナとは似ても似つかない人物であると知る。それは変装したユピテルで、何かが私の脚と脚の間に押しつけられていて、彼は一言、「叫ぶんじゃない」と言った。そして私の服を剥ぎ取ると、私の足を払い除《の》けた。自分の上に乗っている神の重みを感じながら、私はのたうち回り、蹴りちらし、快楽からではなく身を守るために思い切り腰を激しく振り、怒ったり怯えたりした動物がするみたいに歯や爪を使った。彼が私の中に彼自身を押し入れると、切り裂かれるような感覚と、目が覚めるような熱い痛みと、熱を帯びた液体が太ももを伝うのを感じた。血であるだろうことはわかっていた。でも私は叫ばなかった。泣きもしなかった。私はひたすら戦い、口には泥が入り、目には涙があふれ、白樺とジュニパーの木がぼやけて見えて、爪の中に彼の皮膚が食い込むのを感じた。玉ねぎの臭いがした。

彼はハァハァ言いながら、私を突いた。何度も、何度も。私の乳房を手でわしづかみにして、乳首に舌を這わせ、喘ぎ、息を切らせた。私は彼の頭を肘で押しのけた。彼の太ももはオークの木くらい太かったけれど、私は暴れ続けた。彼の大きくて平たい舌が首筋を這いまわる間、頭上の葉の隙間からは空が見えていた。ようやく終わると、彼は姿を消し、私は松葉などの落ち葉の上にぐったりと横たわったままだった。脚の間がぬるぬるしていたけれど、下を見ることはできなかった。自分から知らない匂いがした。春に白い花びらを咲かせるマメナシのような、鼻を突くムスクの香り。蜂蜜のようなフローラルの香りの下に、汚れた何かがあるような、体の奥深いところにある肉みたいな匂いがした。彼が私の中にぶちまけたものは、腐っていたのだ。全身が震えていた。どうして私は逃げなかったのだろう？　次第に私は自分を取り戻していった。髪についた葉を払い、背中の肉に深く食い込んだ小枝を抜き取った。近くに最近降った雨でできた泥の水たまりがあったので、泥水で体を洗い、まわりを見渡すと、どの木も憎らしく思えた。根っこも岩も全部嫌いだった。道も影も光も、匂いも嫌だった。森の匂いが嫌だった。あの木立が憎かった。全身全霊で憎んだ。私は服を体にかけて、木立から離れようとゆっくり歩きはじめた。鳥がヒステリックに鳴いていた。どのくらい歩いたのか、どの方向に進んだのかは覚えていない。やぶのなかでカサカサという音や、小枝が折れる音、優しい声がしたと思ったら、木々の間からまたディアナの姿が見えた。私の心臓はウサギの心臓のように高鳴っていた。私の中で赤く濡れた心臓が激しく音を立てていた。またユピテルだと思ったからだ。ディアナのふりをして、また私の体を自分のものにしようと戻ってきたのかと思った。でもそのとき、他の妖精《ニンフ》を見かけた。彼女たちは獲物を肩に乗せて、笑っていた。ディアナに呼ばれると、私は恥ずかしさでいっぱいになりながら、ゆっくりと近づいていった。妖精《ニンフ》たちは私を抱きしめて獲物を見せてくれたが、私は目を合わせられなかった。私は黙ったまま、顔を赤らめ、頬は燃えるように熱かった。彼女たちはみな、私が堕落したのを知っているに違いない。何が起きたかを見ていて、知っているんだ。私は目を地面に向けたまま、小さな石を拾い、片手に握りしめていた。でも彼女たちは知らなかった。誰ひとりとして知らなかった。なぜなら、私のように触られ、ボロボロにされた者はおらず、私のなかで引き裂かれたものが彼女たちのなかで引き裂かれることはなく、知っているのは私だけだからだ。それは何のなぐさめにもならなかった。

月が九回細くなったり太くなったりしても、彼女たちはまだ何も知らなかった――ある暖かい日の午後、みんなで、幸せそうなディアナの周りに集まり、狩りに疲れた彼女が「この泉で水浴びをしよう！　涼んでゆっくりしようよ！」と言うまでは。みんな服を脱いだ。細くて強い妖精《ニンフ》たちも――彼女たちの体は彼女たちのものだった。「カリスト、おいで」と言われたけれど、私は端のほうにいた。「ほらほら、入りなって！」そう言って私の服を引っ張る妖精《ニンフ》の指の感触にたじろいだ。いずれ彼女たちには知られるのだ。そこで私はマントを脱いだ。すると森は急に静まり返り、彼女たちは何が起きたのか、真実を知った。他の誰よりも私をひいきにしていたディアナは、地面に唾を吐いて言った。「おまえはこの場所を汚した。おまえの体はおまえのものではないじゃないか。私に近づくな」恥ずかしさが、あのとき裂け目から伝ってきた血のように滲みだしてきて、私は泣きじゃくりながらさまよい歩いた。私は被害者なのに罰せられ、あたかも私のせいであるかのように追放されたのだ。もしディアナが、必死で抵抗して戦った私の姿を見ていたら、考えは違ったのだろうか？

嫌悪感を抱いたのは、ディアナだけではなかった。ユピテルの妻ユノーは、私の息子の誕生を待ってから、私を罰することにした。彼女はユピテルの種が私のなかに根付いたことに激怒していた。私は望んでもいない息子を産み、その子はアルカスと名付けられた。アルカスと一緒に崖に向かって坂道を上っていると、ユノーがやって来た。彼女は私の髪をひっつかむと、地面に叩きつけた。私は抵抗しなかった。うつぶせになり、彼女が馬乗りになるのを感じながら、ただ「お願いですから、やめてください、お願いします」と言った。私が彼女の夫と戦っているところを、彼女が見てさえいれば！　私は草と土の匂いを嗅ぎ、黒光りするカブトムシが顔の横を通り過ぎ、遠ざかっていくのを見ていた。ユノーは膝を私の背中に食い込ませながら、あんたは自分がすごくきれいだとでも思ってんの、この売女。よくもわたしの夫を誘惑してくれたな、と言った。お願い、お願い、お願いですからやめて。そんなの誤解だ。私は自分がすごくきれいだなんて思ったことはない。私は強くて、足が速くて、森を愛していた——彼女の夫が規則を破って、あの場所から喜びをすっかり奪ってしまうまでは。

なんとかやめてとお願いしようとしたが、私の声は変わりはじめ、腕から黒くて短いごわごわした毛が生え、腕は太くなり、手は大きく膨らみ、指と指の境目が消え、先端からは太い爪が伸びて、手のひらには硬い肉球が付き、顎は広がり、知り尽くしているはずの口の中では舌が細く長くなり、歯が鋭くなっていった。背中は丸まり、脚は短く太くなり、つま先からも鉤爪が生えてきた。そして私のなかから、岩が転げ落ちるような深いうなり声が出てきた。どこか危険で、怒りと恐怖に満ちた声だった。私は四本足で飛び出したが、言葉は出てこなかった。自分に強そうな爪が生えているのが見え、濃げ茶色の鼻に舌を巻き付けられるようにもなっていたけれど、私の心は私の心のままだった。私はあの森では休まないように気を付けた。眠りに身をゆだねたら、たとえそれが一瞬でも、何が起こるかわかっていたからだ。くたくたになりながら、影になっている場所をさまよい歩き、他の熊を見かけると自分が熊だということを忘れて、怯えた。大勢の犬に追いかけられた。私はかつて自分がしていたように、狩人に追われた。いつもびくびくしていた。

十六年経って、森のなかで偶然、弓矢を持ったアルカスが友人たちと狩りに来ているのに出くわしたときでさえ（ユノーが私を組み倒して変身させたとき、彼はまだ小さな赤ん坊だった）彼は私の運命も、自分が生まれる原因となった暴力についても知らなかった。私たちはお互いに見つめ合い、私は母親の愛情から息子に、怖がらないで、お母さんだよと伝えようとゆっくり近づいていった。でも、彼には私がわからなかった。それも当然だ。目の前にいるのは剛毛の生えた獣なのだから。彼が私を狙って矢を引いたとき、私は思った。そう、今よ、お願い。こうして死ねたら本望。どうか、この恐怖を終わらせて。私は後ろ足で立ち上がると、狙いやすくなるように腕を広げた。お母さんの心臓はここ、ここだよ。どうか息子にも的を狙う才能がありますように。私は頭を上げ、森の匂いを嗅いだ――葉に当たる太陽、地面に落ちた葉、近くにいる二匹のウサギ、二人の頭上を旋回するタカ。私は矢が肉に突き刺さり、心臓を止め、恐怖を終わらせてくれるのを待った。一度吠え声をあげたが、それはこれまでで一番大きな咆哮で、ウサギが逃げ、鳥が逃げ、大地が揺れるほどだった。しかし、ユピテルはそれを許さなかった。弱ったことだが、息子が母親を殺す罪は、彼にとってはあまりに重過ぎたのだ。ユピテルは暴力の加害者だというのに、過ちを正してやろうとでも思ったのだろうか？　これで帳尻を合わせたとでも？　いや、そうではない。深く考えているわけではなく、今度もまた、自分の力を実感したいだけに決まっている。

ユピテルは私たちを空へと追い払った――今、私たちはそこにいる。いまだに、一連の星のなかの大熊と小熊として存在している。私はここで燃えていて、ずっと燃え続け、私の炎があげるうなり声は、誰にも聞こえない。でも私は幸運なほうだ。地球の子どもたちが空を見上げて、私を指差しているのが見えるのだから。見て、見て、おおぐま座だよ！　それは私の一部のことで、子どもたちが最初に学ぶ空の光だ。私は思う。子どもたちよ、あなたたちをすくい上げられたらいいのに。そして私のなかに入れて、ずっと守ってあげられたらいいのに。下にいる子どもたちが、指を差して笑っているのが見える。私の姿は見えている。でも、私が特別に輝いて見えるときは、自分の体が自分のものでなくなったあの日の午後を思い出して、私が空で激怒しているからだとは知ってほしくない。

他にもたくさんの星があって、私たちはみんな燃えている。まわりの星々を見て思う。あなたも私と同じなの？　私たちはみんなそうなの？　怒りから生まれた炎は、夜を徹して燃え続けるの？　だからあなたはここにいるの？　あなたも、そこのあなたも？　地上には、これほど怒りが熱くなって輝く場所はないの？　大声で吠えられる場所は？　燃え盛る炎を見て思う。ねえ、あなたは何を思い出しているの？

アガウエ

何でもお好きにどうぞ。冷蔵庫にはビールもあるよ。ワインはカウンターのまな板の横にある。飲むにはまだ早いかな？　どうだろうね――もし紅茶が良ければ、ヤカンのお湯はまだ温かいはず。パントリーに二十種類くらいの紅茶が入ってるよ。さっき私はターメリック・ジンジャー・ティーを飲んだ。レモンとハチミツを入れてね。正直なところ、動くこともままならないんだ。今日は日曜日？何曜日か、ほんとうにわからない。でも、鳩の悲しそうな鳴き声は聞こえる。ということは、まだかなり早い時間なんだね。歩いてくるとき、鳴き声を聞いた？　ごめん、私、ワイン臭いよね。爪の中に入り込んだ雄牛の肉が、まだ取れなくて。いや、シャワーはまだ浴びてない。それに……違う、違う、それはどれも私の血じゃないの。雄牛のだと思う。でも、まあ……いや、そうだね、雄牛の血のはずだよ。それにごめんね、私が穿いてるカットオフのショートパンツは短過ぎるよね。でも、今はできるだけ布が肌に触れるのを避けたいんだ。今日はブラを着けるなんてありえないって感じ。

うちのカレンに会った？　蛇のだよ？　こっちにきて。ほら、私の足なしちゃんってば。ソファーの下にいなくってもいいんだよ。今触れられても大丈夫なのはこの子だけ。この子が私の脚の上で丸まるときに、筋肉が動く感触が好きなの。前は、小さな鈴がついたアンクレットをつけていて、歩くたびにシャンシャン音がしてたんだけど、カレンのほうがずっといい。ベルトにもなるし、ガーターにもなるし、アームバンドにもなるし、ネックレスにもなるでしょ。今みたいに、首の周りに巻いてもいいし。昨日の夜は、野ネズミの眼球に糸を刺して何匹かつなげたネックレスをしていたの。今朝起きたら、カレンには五つこぶができていて、私のネックレスはなくなってたんだけど。まあ、それはともかく。これがカレンね。

でもね、ここ数日、ちょっとダメになっちゃってる感じなんだよね。少し興奮気味というか。この四日間で合わせてみても、三時間半くらいしか寝てないと思う。今朝起きたときに、片目で朝日を見ていたんだけど、まるで生まれてはじめて目が覚めたようだった。体じゅう血や泥や毛でまみれていて、髪はもつれて、頭皮にまで砂が入り込んでた。まだ半分寝ぼけた状態で、太陽のほうを向いて目を閉じていると、実際に起きたことが断片的に見えてきてさ。まず見えたのは、色の渦。みんなの服の前ははだけていて、風が吹くとシュッシュッと音を立てて、踊るとまたシュッシュッと音を立てるの。絹のような炎の色に取り囲まれていて、その色は私たちの中から出てきているみたいだった。酒神バッコスの巫女マイナスの一人が友達なんだけど、美しくて、強くて、腕がすごく太くて、夜明け色のドレスを着て、肩に鹿を担いでいた。どこかの時点で鹿の四肢をもぎ取ったはずだけど、その部分はよく覚えてない。年配のマイナスと瓶を交互に受け渡したのは覚えてる。ゴクゴクと喉を鳴らして飲むと、中身が首筋をつたって流れていき、私たちはマジで狂ったみたいに笑い転げた。彼女が瓶を木に投げつけると、破片が泣いているみたいに地面に落ちていき、私たちはお互いの体をつかんで、くるくると回りはじめた。太鼓の音はどんどんどんどん大きくなり、私たちはみなそのリズムに乗って足を踏み鳴らし、回転しながら、純粋な喜びにひたって叫んでいたの。体を押しつけ合ったり、激しく揺らしたりもしてね。するとそれが騒音や色や混乱となり、そこにいた全員の女性の体がひとつになっていった。暗くなると、太鼓の音はますます深みを増して大きくなって、明かりはぼやけ、光は私たちの動きに合わせて渦を巻き、私たちはますます速く回転し、夜に煙が立ち昇っていった。渦を巻いている女たち。太鼓はまだまだ鳴り続け、境界線が消えはじめる。ただ身をゆだね、誰もが解き放たれ、境界がなくなり、昨日や明日といった感覚や、どこまでが私で、どこからが他人なのかという感覚もなく、お互いの恍惚感が交わって、太鼓の鼓動とともに外側にあるものを取り込みながら、全員がその渦のなかに飲み込まれて浮き上がっていく。時間は時間でなくなり、過去も未来もなくなり、私たちは無限のなかに投げ込まれる。最後のほうに覚えているのは、仰向けに寝ているマイナスの姿。ドレスがはだけていて、髪が地面に広がっていた。乳首からまるで大きい状態で生まれてきたみたいに、カラスが何羽もあとからあとから出てくるの。つぎからつぎへと、胸から出てくるカラス。くちばしに羽にキラキラ輝く黒い目。マイナスがこんなに美しいものは見たことがないと言わんばかりに目を見開くと、カラスはらせんを描きながら空に向かって飛んでいく。そして私はこう思ったのを覚えている。ああ、これは詩なんだ。カラスでできた詩。言葉のない詩を見ているんだって。そこで大きく変わって、気が付くと私は無限大に近づこうとしているの。つまり、死に取り込まれてしまうまでの間で、もっとも死に近づいているっていうこと。存在と不在。完全なる推進力。こういうときに、視覚は何の役にも立たない。言語もそう。ああ、まさに、言語がどうでもよくなる瞬間。もしかすると、それがその詩の重要な部分なのかもしれない。言語も言葉もない。その状態を言い表す言語もない。今だって、言葉を失ってる。だって、今こうして話しているこの言葉だって、全然言い表せてるとは言えないから。あんな夜は非現実的で、まるで……自己の限界に達したって感じ。ほんとうだよ。そこで、自分が現れる。何かとてつもなく大きなものに触れて、私はそこから別のものとして——新しいものとして出てくる。

山のなかで夜中におしっこがしたくなって目が覚めて、外に出て空を見上げると、あたり一面が星だらけだったという話をあなたがしていたのを覚えてる。無限のなかに飲み込まれていくかのように、体は溶けだしていくけれど、しっかりそこに存在しているような感覚になって、何もかもがどうでもよくなり、空に吹き飛ばされても構わないとすら思えたと言っていた。無限のなかに入り込んでいくのは、死に向かっていくのと同じだから、あまりにもリアルだったって。それから、自分が愛する人たちから遠く離れているのに、かつてないほど世界の一部であることを実感したとか言ってたよね？

私の記憶違いじゃないよね？ つまり、あなたはわかってるっていうこと——そんなふうに味わえる恍惚感を。剣闘士たちを見ていると、そんな気持ちになる人もいる。あるいはセックス中にもそうなるんでしょ。長い時間走っていると、そうなることもある、音楽。ワイン。幻覚を見せる植物やハーブ。時間を変え、境界を消し、自分を忘れさせ、渦巻きながらすべてと融合させるもの。ああ、でもさ。ごめん、聞いて。フェスティバルのあとはいつもこうなの。頭が使い物にならなくなるんだよね。カラスが現れたあと、どこかの時点で私はくたくたになって崩れ落ち、完全に消耗して意識を失った。目が覚めると、両方の手足を重ねるようにして横になっててさ。体じゅうがベトベトしているし、喉が渇いてた。今からコンブチャを飲むけど、あなたも飲む？ 発酵してるやつだよ。あ、ペニスが落ちてるね。

違う、ペニーだ。

良かった。ごめん。言いたいことは別にあるのに、ついお喋りしちゃって。まだフラフラしていて、ぼんやりしているんだ。実際に起きていることはわかるんだけど、縁がぼやけているような、夢を思い出すような感じかな。きっとこれからもっと思い出していくんだと思う。でもまあ、とにかく、私はまた別のマイナスの友達と一緒に、ふらつきながら家に帰ってきたんだけど、彼女が見た？　と言うので、何を？　って返したら、ちょっと待ってよ。聞いてないの？　と言うから、聞いたって何を？　と訊くと、ペンテウスのことだよって言われて、私はあのクソ野郎って言っちゃった。でも彼女は、まじでその通り、でもいいから聞きなよって言って話してくれた。その話をしなくちゃって思って、あなたを呼んだんだよ。

ペンテウスのことは知ってるでしょ？　最低な男だよ。ろくでもないカスで、間違いなく強姦魔で、愚鈍なクソ野郎のこと。サイドが短い髪をヘアクリームでオールバックにしていて、週に六十時間はジムに通ってて、過剰に引き締まった体をしてる。ほら、毎日鏡の前で二十分もかけて柔軟する男っているでしょ。六つに割れた腹筋は、おまえのウィンナーに付いた虫から目を逸らさせるためだって、みんな知ってるんだからな、ペンテウス。それにあいつは、基本的に白人以外の人に対して粗雑な態度をとることで知られていて、自分とは似ていない人たちが、自分の知っている文明（歴史がどれだけ長く続いても、その制度のもとで彼が恩恵を受けてきた文明）を崩壊させようとしていると、百パーセント信じてる。まさに典型的な第一級の怒れるバカ。しかも危険なタイプで、あまりにも不安過ぎて、他人に干渉せずにはいられず、頭が悪過ぎて、不安なのは自分の問題だって気付かないの。

それはそうと、バッコスが実はいとこだとわかると、あいつは恐れおののいたわけ。そしてここでバッコスが登場する——彼のことは知ってるでしょ？　紫のローブをまとって、蘭が男になったみたいな人。派手にパーティーをやって、リボンをなびかせ、頭には花輪を載せ、マイナスや妖精《ニンフ》たちをはべらせながら、酒盛りをしてどんちゃん騒ぎをして、自分がいた痕跡としてブドウの木を残して、みんなおかしくなっていく——彼のせいでクレイジーになるんだよ。叫んだり、気絶したりしてね。それを見たペンテウスは、パニックになった。バッコスは自分の考える神の姿にそぐわないって。マルスみたいに、戦いのラッパを吹き鳴らしながらどしどし歩き回るような、筋肉質で鎧を着た神ではないし、ユピテルみたいに、雷鳴を轟かせて、目についた妖精《ニンフ》とやりまくるような神でもない。ペンテウスが思い描く狭い意味での、男らしい男、神らしい神に合致しないバッコスは、つまり偽物ってわけ。

そうして、ペンテウスは話をするときは誰にでも、バッコスは本物の神ではないし、みんなは騙されているだけなのに、おまえら一体どうしちゃったんだ、と言うようになるの。まるで甘やかされた子どもが、「見て、見て、筋肉すごいでしょ」と自慢するみたいに。「こんなじゃじゃ馬クイーンを神だと信じるなら、おまえらは全員バカだ」と集まっている人々に怒鳴りちらすこともあった。「あんなゲイもどきのカマ野郎の女男は神なんかじゃない。おまえら、そんなこともわからないのか？　あいつはかろうじて男でいられているような奴なんだぞ」

やかましいんだよ、チンカス野郎って言ってやりたいよね。いいことに、誰も彼の話を聞こうとしなかった。みんな冷たくあしらっていた。「おまえ、少しは頭使えよ」「バッコスは神だろ」「そんな考えやめなよ」「そのほうが幸せになれるよ」という具合に。当然でしょ？　こうしたことを全部予見していた盲目のテイレシアスが、「おまえは間違った側についたことを、後悔するぞ。バッコスが神であると信じておけばよかった、と後悔しながら生きることになるからな」と言うと、ペンテウスは話を聞くどころか、テイレシアスに唾を吐きかけ、他の二匹の盲目ネズミはどこなんだよ、なんて言って、王国から彼を追い出したんだって。

バッコスは偽物だといくら言っても、誰も耳を貸してくれないし、逆に怒りを爆発させてくる愚か者だらけなので、ペンテウスはバッコスを連れてくるよう手下に命じた。まさか、冗談でしょ？　って感じでしょ？　手下たちは言われたとおりにしようとしたんだけど、神の前に出て行って、「ええと、いいですか。これからあなたの両手をロープで縛って、僕らの言いなりになってもらうんですがね」なんて言えるわけがない。そうなったら、「え？　悪いけど、実はわたし、不死身なんだよね？　ロープを霧に変えたり、きみたちをマシュマロにしちゃったりできるんだけど？　だから今すぐ消えてくれないかな？」ってことになるだろうし。ほんとうに彼らが気の毒だわ。それこそ〝ミッション：インポッシブル〟でしょ。

で、彼らは代わりにバッコスの使徒を一人連れてくる。ペンテウスは腹を立てたものの、彼になぜバッコスが好きなのかを尋ねるわけ。すると彼はマジで長い話をはじめて、自分は農民で孤児で、当時は無一文だったこと、それから船乗りになって船長になり、どこかの島にいたこと、そして少年だったバッコスを見つけて、この子は神だと確信したって経緯を話したの。船乗りたちはみんな、いやあ、それはともかく、セクシーな男の子だよ。売り飛ばせば大金が手に入るぞと言った。すると使徒の男は、神を売るなんてダメだ！　と言ったんだって。でも船乗りたちは、あんなに色気のある男の子なら、売れるに決まってるだろうと言って聞かなかった。で、結局その子がテーベ行きの船に乗せてくれと頼むと、使徒の男は承諾した。自分の目で不死身の姿が輝くのを見たかったんだね。でも反乱が起きて、船乗りたちはテーベに向けて東へ進む代わりに、船長の命令も、船の手すりにもたれかかって水平線を見渡している、滑らかな肌をした巻き毛のかわいこちゃんの願いも無視して、西に舵を切った。

ここでバッコスは正体を現そうと決めたと思うんだけど、それもそうだよね。おまえたちは、わたしが奴隷として売られるどこかの子どもだと思っているのか？　わたしは無力だとでも？　いいか、よく聞け。何も知らないとか、瓶を開けるほどの力がないとか、荷車の車軸の直し方がわからないとか、弓の弦を張れないとか、自分のほうがもの知りだとか人に思われた瞬間、わたしは大きな怒りに襲われて、恐ろしいくらいの力を覚えるんだ。わたしは今すぐにでも、おまえたちを破滅させられるのがわからないのか？　よっぽどわたしのほうが話し上手で、おまえらの頭を混乱させてゴミみたいな気分にさせられると、わからないのか？　なに？　おまえらがわたしにしたさっきの仕打ちよりひどいって？　わたしを見下すつもりか？　わたしより物ごとを知っているだとか、わたしの邪魔ができるとか、自分の考えのほうがわたしの考えよりも大事だとか言うやつの顔を食いちぎるために、身長が七フィートまで伸びて、腹の中から濃い毛がぼうぼうに生えて黒い爪をした生き物が外に出てきてもおかしくない気分だって言ったんだって。一般化するつもりはないけど、たいてい五十歳以上の男がそうだよね。もっと若い場合もあるけど。まあでもとにかく、ごめん、また脱線しちゃったね。つまり、完全に見くびられたバッコスが怒ったのもよくわかるってこと。

彼はマジでどんなヤバい危害を加えるかわからない男だよ。パーティーや道楽や酒はもちろんだけど、破壊したりもするからね。そうして、彼らはみんな船に乗って、波に揺られながら、バッコスが望むのとは反対の方向へ進んでいったわけ。太陽はさんさんと輝いていて、あちこちにカモメが見える。すると突然、船が止まる。波は静まっていないし、風もやんでいない。まるで船からいっせいに三十個の錨を、同時に下ろしたかのように動きが止まるの。しかも海の真ん中でね。男たちは、ああ、くそ。何かヤバいことになってるぞと騒ぎはじめる。それがどんなに恐ろしいことか、想像できる？波に乗って、風と潮の流れに運ばれていたと思ったら、急にバシャンと波しぶきがあがって、完全に停止するんだよ。想像しただけで鳥肌が立つよね、マジで。で、船が止まるとみんな、しまった、何かまずいことになっていると思うんだけど、すぐに、一人ずつ船から引き剥がされていく。体がよじれてヒレが生えて鱗が体を覆いはじめて、ついには魚になった姿で海に落とされるの。はい、さよならーってね。

ペンテウスはこの話を聞いて（私の記憶が正しいといいんだけど）「今まで聞いたなかでもとりわけ長いし、退屈な話だな。おまえは馬鹿だ、刑務所にでも入ってろ」と言ったの。こいつ、マジでどうしようもないクズだよね。で、こいつの手下が使徒の男を地下の牢屋に入れたんだけど、そのとき、男をつないでいた鎖が切れて、鍵が開いたらしい。でもペンテウスはそんなこと知るはずもなく、自らバッコスに会いに行くことにしたんだよ。

そうして彼はキタイロンに向かい、海岸に到着するんだけど、そこは数日前の晩に、私たちがパーティーをしたり、お祝いしたり、祭儀をしようとしていたところだった。あいつには秘密があるんだよ。それがマジで全然男っぽくないんだ。どうやらあいつは足音を忍ばせて歩いていたみたいで、太鼓の音や、けたたましい声や、詠唱する声や、遠吠えを聞いていた。そこで、どんちゃん騒ぎをしていた女に見つかってしまうんだけど、彼女は熱狂のなかで我を忘れてハイになっていたから、ペンテウスをイノシシだと思い込むわけ。それで、これが超びっくりなんだけど、なんとその人はあいつの母親のアガウエだったんだよ。ペンテウスを見つけたアガウエは、ねえねえ、あなたたち、ごわごわした毛の獣を捕まえよう。このイノシシを捕まえましょうよって言うの。彼が変身するのにそれ以上ふさわしい動物がいる？　ペンテウスは、空気中のエネルギーが変わりはじめるのを感じ取り、まずいことになったと察して、動物の直感から物ごとが悪い方向に向かおうとしていると悟るの。最初に実のおばがやってきて、彼に近づいたかと思うと、まさかなんだけど、右腕をもぎ取るわけ。それからもう一人のおばが近づいてきて、左腕ももぎ取る。ペンテウスはそこに立ったまま、叫び声をあげて泣いて許しを乞いながら、切断されて切り株みたいになった部分をくねらせているの——えっと、次が三人目だよね。それから母親がやって来た。アガウエの姿は見たことがあると思うけど、背が高くて、肩幅が広くて、長いウェーブのかかった黒髪をしていて、アンジェリカ・ヒューストンみたいなのよ。つまり、手ごわそうってこと。彼女はうんざりした目でペンテウスを見ると、両手で顎をつかんで首を引きちぎった。背骨、腱、頭蓋骨、喉、静脈が引き裂かれてバラバラになっていく。血を噴き出して足首のあたりを痙攣させながら、ペンテウスはその場で崩れ落ちるの。アガウエが叫び声をあげると、他のマイナスたちが集まってきて、ペンテウスの体をこれでもかってくらいバラバラに切り裂いて、徹底的にドロドロにしちゃうわけ。

こんなこと、信じられる？

んで、よくわからないけど、変な感じがするんだよね。今こうして話していると、自分もそこにいたのかもしれないし、実際に見たのかもしれないって思えるの。突然、何かを引き裂いたことが思い出されて、温かい血の感触や、体の部位がそこらじゅうに散らばっている感じが蘇ってくる。私は臓器をつかんでいたのかな？　ヌルヌルする肝臓を？　笑いながら？　ほんとうに笑っていたの？　だって笑い声が聞こえるんだもん。頭の中で笑い声が聞こえるの。女たちはみんな笑ってるんだよ。それがまた、このうえなく正しくて、手懐《てなず》けられていない、勝利の笑い声なんだ。

テイレシアス

盲目について言えるふたつのこと。ひとつ、夢を見ることができる盲目。私はあなたが何本の指を立てているかは見えないけれど、渦巻く時間は見えるし「もしも〜だったら」のあとに「こうなっていた」が続くのはわかる。生きる者には必ず死が訪れるとみんながわかっているのと同じように、具体的な結末もわかっている。私は盲視できた。

ふたつ、目が見えないと時折、外国を旅しているような気分になる——言葉の通じない街を歩いているときに覚える、周りに溶け出していくような感覚。あなたは揺らめく感覚そのものになって、我を忘れ、自分が理解している自分も、他人が理解している自分も忘れる。一時的に自意識の妨害から解放されて、ありえないくらいの自由を感じる！　あなたは消え、そこにはただ、カフェのコーヒーの濃い豊かな香りと、四階の開けっ放しの窓から吹き出してくる水色のカーテンのはためき、スクーターの甘く焦げた排気ガスの匂い、混じり気のない音楽、インストルメンタルのように口からこぼれ落ちてくる音節、縁石のそばで蝿に弱々しく噛みつこうとしている傷だらけの野良犬、神経質にコッコッコッと鳴く鶏小屋の鶏、バターと蜂蜜入りビスケットのような匂いのする温かい栗を街角のワゴンで売っている男性、女性の濃い眉毛、ぼろぼろの豚のぬいぐるみを抱いた幼い男の子、これまで見たことのない、あなたの家のよりも深くて豊かな色をしている金と青色をした壁のタイル、油膜を残しながら滑るように川を下っていく遊覧船、ガタンゴトンという車両の音や、人の往来の鼓動、オーブンから取り出した温かい食べ物、黄金色の食パン、滋養に富んだイーストの香り、パン屋から出てきてバッグにパンを入れた、おしゃれな赤いコートを着た女性、小突きあっていたら高級な靴を履いた男にぶつかってしまい、その男に驚いた顔をされるもすぐに微笑んでもらえた、リュックを背負った二人の若者、きょうだいに向かって叫びながら空中を蹴り上げる子どもがいる。あなたの心に押し寄せてくるもの以外、あなたは消え、あなたは完全にそこにいるのに、そこにはいない。誰にもあなたの姿は見えない！　あなたはここに存在していない！　自分の不在を実感するのは、ある意味で不安だけど、人にあれやこれや心配されたり、自分自身について悩んだりする重荷から解放されるので爽快でもある。

そんなふうに思えることもある。ときには、目が見えないのは退屈するほどの空白と同じで、白でも黒でもなく、夜明けのような灰色がかった金色だと思うこともある。私はぼろぼろの包帯を両目に巻きつける。見えていたものが見えなくなり、その中間となって、見ていないけれど見ている状態になる。私の性も同じで、男だったのが女になって、また男になる。そして今は、両目に包帯を巻いたぼろぼろの放浪者で、すべてを語れずにいる。私が口にすることは真実だ。でも、ほんとうのことをすべて言うことはできない――言えなかったの？　それとも、言わなかった？

言えばよかったと思うことは、たくさんある。

私はずっと男だったわけではない。それに、ずっと盲目だったわけでもない。

ユノーは情熱と欲望と力のある女性だ。ある日の午後、青紫色の光が差し込むなか、彼女は夫とベッドに横たわっている。それぞれが、相手の体を知ったあとに到達するあの穏やかな場所にいて、まだ湿っている手足は投げ出され、さっきまで締まっていた筋肉は解放されて緩まり、心はセックスのあとに訪れる安らぎで清められ、優しさと親しさを育んでいるのだろう。彼らは、誰かと知り合い、中に入ってもいいと言われて入っていくという、稀有ではかない感覚から生じる親密さを味わっていた（こうした感覚を、愛と勘違いするのはどれほど容易《たやす》いことか）。声は柔らかくなり、触れる手が優しくなり、無理にペースを合わせることもなく、感謝と、自分はひとりではない、少しの間一心同体になれたのだからという安堵がやってくる。そうしてたいていの場合、人々を隔てている硬い境界線が崩れていく。

ちなみに、あなたもよくご存じのように、これは誰にでも起こることではなく、毎回起こることでもない。一体感が得られずに自分の体から抜け出し、肉欲をむき出しにした行為をしている自分の体を、遠くから眺めているように思えることもある。ときには、どこまでが自分でどこまでが相手なのかをすごく意識させられることもある。そうした隔たりのなかに、最たる孤独があるのだ。

でもユノーとユピテルは、だだっ広いベッドで悦び合い、その間に太陽の光はオリュンポス山に消え、ふたりは心地のよい気だるさに包まれて寝そべっていた。そしてきっとユノーが、どんなに素晴らしい営みだったかを口にして、肩でオーガズムを感じて電気そのものになったみたいに思えたこと、前と同じように最高だったとユピテルに言ったのだろう。それを聞いたユピテルは、おそらく自分が体験した絶頂について語りはじめ、ユノーに指で自分の巻き毛をとかさせながら、こうつぶやいたのだろう——距離が縮まったと感じられ、頬を紅潮させながら他愛のないお喋りをする、まさに親密そのものを表すようなこの瞬間に——男と女、どっちがこれを楽しめると思う？　と。

肉欲において、神々は人間とそれほどかけ離れていない。彼らの欲望と切望、性癖の幅の広さもそうだ。彼らは人間の愛の行為に関心を持ち、私たちの体やベッドのそばに降りてきては、私たちが味わうものを味わい、自分たちの悦びをさらに理解しようとする。私は神ではないから確かなことは言えないけれど、人間の悦びは神々の悦びに勝るほうに賭けてもいい。私たちの悦びは永遠を手に入れるための選択肢のひとつではないから、その分もっと魅惑的だと思うからだ。

「どう思う、ユノー？　女か？　それとも男？」ユピテルが問いかけると、ユノーは彼の頭を撫でていた手を離して、遠くを見つめた。

「男です」と彼女は答えた。それについては、疑いの余地がないと。

きっとそれを聞いたユピテルは笑ったのだろう。「わたしの月、ユノー、おまえは間違っている。答えは間違いなく女だ」

おそらく、ユノーは黙っていた。一方のユピテルは、彼女の手が髪から離れたことも、彼女の体が緊張でこわばっていたことにも気付かなかったはずだ。「テイレシアスに訊いてみよう」と言ったのかもしれない。神の気まぐれなんてそんなものだ。「あいつならわかるだろう」

それを聞いたユノーはこう言ったかもしれない。「女のときも男のときも、あの方はずっと人間でしたものね」

私は人生の七年間を、女として生きた。暖かい午後に森を歩いていたら、日なたの道で二匹のヘビが交尾しているのに出くわした。私は蛇が嫌いで、これ以上増えるなんてごめんだと思い、杖で素早く引き離すと、二匹はするすると逃げていった。私は中断させなくていいものを中断させてしまった――あの二匹は、ワインを飲んだあとに頬が紅潮するみたいに至極自然なことをしていただけなのに。するとすぐに、私は男から女へ変身した。

体には反対というものがない。黒と白は、どちらも色だ。犬と猫は、どちらも生き物。男と女は、どちらも人間だ。それでも、かく乱するような変身だった――新しい形というだけでなく、世の中を生きていく新しい方法を得たのだから。心は苦悩以外のものには順応したし、新しい姿に馴染むのにそれほど時間はかからなかった。私は七年間、ドレスを着て過ごした。胸も膨らんだ。七年間で、男としてのそれまでの経験と似ているようでまったく違う経験をした。八年目に、二匹の大きな蛇に出くわした。黄褐色に赤いダイヤ模様がついていて、またしても卑猥に絡み合っているところだった。そこで私は、蛇を引き離したせいで変身したのなら、また姿が変わるかもしれないと思い、左胸に手を当てたまま、二匹の大蛇の間に棒を差し込み、男に戻ったのだった。

女にされたのは、罰だったのだろうか？　わからない。女でいることはつらいのだろうか？　そのとおり。これからもずっとそうだろう。

女としても男としても生きてきた私の経験は広く知られて語り継がれ、私は神々の疑問を解決するために、オリュンポス山に召喚された。まだベッドに横たわり、髪は乱れたままのユピテルは満面の笑みを浮かべていて、背を立てて座り直したユノーは、体をこわばらせながら、何もないところをじっと見つめていた。私の心臓は老いた胸の中でドクドクと音を立て、落ち着かなかった。私は彼らの部屋を見回し、絡まったシーツ、巨大な鏡、朝の光とペガサスのしっぽとたてがみが編みこまれたカーテン、台座に置かれた花瓶から扇状に広がる孔雀の緑紫色の羽根、ドレッサーに置かれた大量のどんぐりが入ったボウル、天井から吊り下げられてベッドの上で実にゆっくりと円を描いている、羽根と針金で作られた鷲の形をしたモビールを見た。次は何だろう、と私は思った。私は何に足を踏み入れようとしている？　私はユピテルの説明に耳を傾けた。「さてと」と彼は言った。「セックスでより快楽を得るのはどっちだ？　女か、男か？」ユピテルはそう言って笑うと、微笑みながらユノーを見つめた。彼女は彼の目を見ていたが、無理やり返した微笑みは冷ややかだった。

　私の頭は回転を速めた。少年だった頃のこと、母と靴屋に行ったときのことを思いだした。そこで働いていた女性が私の足元にひざまずいたときに、胸元がはだけて、あまりよくは見えなかったけれど、少しだけ、そこにあるはずの膨らみが見えてしまったことを。彼女が靴を履かせてくれたとき、私は硬くなった。覚えている限り、はじめての経験だった。その夜、真っ暗ななかでベッドに横になりながら、そのときのことを思い出して想像を膨らませ、また硬くなった。頭に描いたのは、実際の体といった具体的なものではなく、盛り上がった肉の膨らみと圧迫感だった。以前、他の男の子たちが、硬くなったり、引っ張ったり、そのあとに出てくるものについて話していた。私は恐る恐る自分自身に触れ、その硬さ、滑らかさ、起立を味わった。そして、町の肉屋の裏の木立に隠れて男の子たちがしていたように、自分自身を握った。強く握ってから上下に動かすと、痙攣とともに何かが噴き出してきて、一瞬恐ろしくなった。でも前にも男の子たちに教えてもらっていたし、そのうちの一人がみんなの前でそれをやってみせ、強く引っ張ったかと思うと、うなり声をあげながら何かを噴出させ、その先の地面に白いものを飛ばすのを見ていたので、どうなるのかはわかっていた。私は指でそれを触って、匂いを嗅いだ（その後味見をしたけれど、そのときはしなかった）。鼻水のような、溶けた蝋のような手触りだった。きつい、清潔な匂いがした。とてもシンプルなことだった——硬くなったら、ひたすらしこしこするだけなのだから。

それから、私は女だった頃を思い出した。記憶はすぐ蘇り、ひとつの思い出に立ち止まっていられないくらいすぐに消えていった。押しつけられたり、挿入されたりを繰り返すスライドショー。男のときと同じではなかった。ひとつには、肉屋の裏に女の子たちはいなかった。ドアを閉めた寝室で、友達同士で笑いながらひそひそと話をしたりすることもない。私の手をつかんで、手のひらに指を押し付けながら、こんな感じと言ってくれる子もいなかった。女の子の友達は、私はこの指を使うとか、私ならこんなふうに手を動かすとか、私だったらそこに触れるとか、私はそこを押すとか、私ならこれくらい中に入れるとか、私はいつもこれくらい速く動かすとか、これくらいゆっくり前後上下に動かして回して回して回すんだよとか言ったりしなかった。路地裏で、みんなで快楽に身をゆだねようと、冗談めいた仕草をすることもなかった。秘密とまでは言わないけれど、話題にならなかったのだ。木に背中をもたせかけ、股の間に手を入れて、頬がピンク色になるまで自分自身に手を当てて動かし、大腿四頭筋を曲げて腰を上へ上へと動かして、体をこわばらせながら喉の奥から、もし人に見られていなければもっと大きくなっていたかも知れない音を小さく漏らして、すごく濡れちゃった、なんて言う人は一人もいなかった。

私たちはそんな話はしなかった。最初は女の子同士の、ドキドキするような集まりに参加するチャンスを逃してしまったのかと思っていた。こんなふうにやるんだよとか、こうするとこんな気分になるのなんて言いながら、体が充分に発達し、成熟した女性になったことについて話す集まりを逃してしまったのかと。でも彼女たちと話すうちに、そんな会話はしたことがないと大半の子が思っているのを知った。誰も見ていない所で自分に触れることについて、話し合ったことなんて一度もないのだと。オーガズムについても、誰もが知っているわけではなかった。もし私がまだ女だったら、女の子たちにこう言うだろう。自分の体を知り、何が気持ちいいかを知って、それについて話すんだよ。恥ずかしいことなんかじゃないんだから。何かを求めて楽しむことは、あなたたちを危険にするわけでも、悪い子にするわけでもないんだよと。当時、そう言えればよかった。目に包帯を巻いた猫背のこんな老いぼれ男からそんなことを言われても、誰も聞く耳など持たないはずだから。

女だったとき、男は三本の指で擦り続けるだけで私をもだえさせ、足を蹴りださせることができた。私は、男にそれができるなら、自分でもできると考え、自分なりに探求をはじめた。思いつく限りの方法で自分自身に触れ、ベッドを共にする人々には、私の大切な部分に触れるときの方法を、もっと強く、もっと左、もっとこうして、そうそう、いい感じというように伝えた。そうして、自分の体の反応がよくわかるようになると、その多様さに驚いた。集中的に熱を帯びることもあれば、手足が柔軟になって満足げな声が口から漏れることもあり、回転しながら破裂するような鼓動を感じることもあった。さらには海の壁にひびが入り、広がっていったと思ったら、突然崩壊するような感覚になることもあれば、どこもかしこも真っ白になることもあった。

少年だった頃、海水浴場の脱衣所に行くと穴が壁に開いていて、そこから女性がいっせいに裸になっているのが見えた。交代でそこから覗いては、みんなでズボンの前を押さえていた。それは誰もが了解していたことだった。女だったときにこんな経験は一度もなかった。でも、なぜなのだろう？自分にも責任の一端があると自覚しつつも、私は恥ずかしさのあまり頭を垂れるしかない。

ユピテルとユノーの前に出ると、心のなかでさまざまな思いが駆け巡った。私は何を知っているのだろう？　体について絶対的に言えることとは何だろう？　男としての人生の記憶をさかのぼれば、満足のいくあれこれ——突いたりうなったり、上になったり下になったり、挿入されたり挿入したり、喪失感、恍惚感、一体感、分離、高揚感、超高速の動き、あるいはゆっくりやさしい動き——が見えてくるだろう。ここで常に基準になるのは、動物的な快楽だ。女としての記憶をさかのぼっても、ほとんど変わらない。爽快感、溶けるような感覚、興奮しながらぼんやり見えてくる幻影、前になったり後ろになったりしながら、自分の力と引き締まった筋肉を他の人のそれと交わらせる感覚、ときには不快感を覚えたり退屈したり、その両方のせいで、早く終わってほしいと思うこともあれば、髪の毛をつかんだり、背中を丸めて喘ぎながら体を押し付けたり、歯を肩に当てたりもする。体の表面を伝う電流と内側のゆるみない熱が混じり合う。でも、そのふたつの記憶は、同じようだけど、同じではない。

私はひとりの男に過ぎないし、ひとりの女に過ぎない。どうしてすべての人の代わりに語れよう？私のような混淆《こんこう》した存在ですら、快楽を知り尽くしているわけではないし、試せることを全部試したわけでもない。みんなと同じように私も恐怖に制限されながら、一定の快楽に向かわされ、他の快楽からは遠ざけられてきた。私は究極の快楽を味わうチャンスを逃してしまったのだろうか？　他の男や女なら、私よりも深い悦びを知っているのかもしれない？　もちろん、そうだろう。

私は足元に敷かれたラグ――マゼンタ、ラピスラズリ、ゴールド――に目をやった。神々は答えを求めていた。そんな質問には答えられない、なんていう答えは求められていなかった。

男と女、より快楽が好きなのはどっちだ？

超越するくらいの快楽を味わったときのことを思い浮かべた。頭がぶっ飛ぶようなセックスの数々。完全に体をゆだねきって、最高にワイルドな快楽を得た瞬間。もはや自分ではコントロール不能となり、いつの間にかエクスタシーに陥り、火花が散り、それなのにリアルで、本物で、完全な瞬間。最大の快楽は、自己やコントロールを手放すこと――つまり降伏にある。女として、降伏状態に達するのは、男としての経験にまさる、より豊かで充実した快楽で、完了するというよりは、溶けていくのに近い。我を忘れて没頭すると、感覚が満たされ、ビリビリした電気みたいなものが充満し、まっ白な色の雲になり、熱を帯びて、息もつけないほどの驚嘆に包まれる。うまくいけば、男として経験した快楽を十倍も上回った。

ただし、うまくいけば。召喚されたことに困惑しながら、ユピテルとユノーのベッドの足元に立っている間に、私の心は私を見捨てた。うまくいけばと言っても、女だったときにうまくいったのはかなりまれだった。そんなときは、より降伏感を覚え、強い解放感を味わったが、ある意味それは確率が低いからだ。女が男と生活やベッドやその両方を共にするとなると、反動は大きく、より深刻な結果をもたらすことになる。男のときはわからなかったけれど、女になって知りえたこともあった。目の下に軟膏を塗るときは、薬指を使うこと――目の下は皮膚がすごくデリケートで、薬指は一番当たりがやわらかいから。包丁があるキッチンではケンカをしないこと。誰かに体を押し付けたくてたまらなくなるのは、九ヶ月間滞在することになるかもしれない客を子宮が招き入れたいと思っているから。もしベッドを共にするのが男なら、気をつけること。女だった頃、他の女性と寝たのは一、二度しかない。繰り返すようだけど、私の経験は限られていて、私は一人の人間にすぎないのだ。でもこうした知識の核には、私が女になってようやく知り得たけれど、男だったときには感じもしなかったリスクやトラブルがあり、それらが快楽の天秤を男のほうに傾けている。十分間のぼんやりしたトランス状態が生み出す、終わりのない大きな責任にも邪魔されずに楽しめる男のほうに。外国にいるときのように気楽に、目に包帯を巻いた盲目の老人のように気楽に楽しめる男のほうに。

目の前の神々は答えを求めていた。まあ、それは主にユピテルのことだけど。「男か、女か?」と彼は言い、首をかしげた。私はユノーを見た。彼女の表情は、私の答えに懐疑的で、軽蔑や、もしかすると恐れも表れていたかもしれない。顎を動かしたり、眉毛を上げたりしていたのは、そういう意味だった? 私が何を言うかあらかじめ知っていて、それが何を意味するのかわかっていたとでもいうのだろうか? 私が見て取るべきは、より曖昧な真実を受け入れるという彼女の姿勢であり、この問いに対する答えを出すのは、絶対に無理だと確信していることだった。でも、もし私がユピテルにその問いに答えはありませんと言ったとしたら、どんな罰を科せられただろう? 答えがないのが答えであり、ユノーはそれが真実だとわかっていた。でも私の答えは、恐怖に象《かたど》られていた。私は真実を語るが、すべての真実を語ることはできない。間違いなく私は恐れていた。

もうひとつの疑問が頭をよぎった。もし、私がまだ女として生きていたら、彼らの議論に決着をつけるために呼ばれただろうか？　私のものの見方には価値があると思われただろうか？　言うことを信じてもらえただろうか？　それに、答えられない質問をされたときの、私の答えは同じだっただろうか？

なんとも言えない。

昼下がりの最後の光が窓から入ってきて、巨大な鏡に反射して撥ね返ると、一筋の白い光になった。鏡は露骨な場面が彫られた金メッキで縁取られていた。男と馬、膝をつく女、威嚇的な笑みを浮かべた何十人もの細くて小さなクピード。ベッドのユノー側の壁には、彼女が描いた月の満ち欠けの絵が飾られていて、藍色を背景に、いくつもの三日月や膨らんだ月が白みを帯びた金色を放っている。女神の輝きを表す色彩。床にはユピテルの衣が山積みになっていて、ユノーは履いていたサンダルを蹴り飛ばすようにして脱ぎながら、寝室に入ってきた。終わりを知らない不死身のふたりは、快楽の何を知っていると言うのだろう？

地上に縛られ、命に限りがあり、いずれは死を迎える私たちにとって、他の体と溶け合うということは、不死に触れて無限のなかに吸い込まれることだ。私たちはその瞬間を、全身全霊で追い求める。他の体と結びつき、全身をゆだね、完全なる悦びを味わうなかで、いつかくる自分たちの終わりを一時的に超越して未来や過去に縛られない場所、忘却の彼方へ突入する。私たちは死という無限の世界に入り込み、それを知り、一瞬でもそのなかで存在するために生きている。この世に生きる人間として――女でも男でも、あるいはその両方、またはそのどちらでもなくても――それは私たちに与えられた最も深遠な経験なのだろう。

目の前の神々も同じ忘却を追い求めているが、無限という広大な流れとして私たちに向かって押し寄せてくるものを彼らは、死とは何かを知ることに一番近いものとして経験する。彼らにとって、死がもっとも身近に感じられる瞬間だ。それは、彼らがなぜ私たちの死の願望に魅了されるのかを示してもいる。彼らは私たちの終わりを味わい、私たちは彼らの終わりのなさを味わう。それゆえ私たちは、より多くを与えられているのだ。私たちの快楽はより得がたく、その代償は自分たちの命で払うことになる。全身全霊で私たちは時間にたわむもの、たわまないものを求める。

もし、人間と神々、どちらがより悦びを感じるか？　と訊かれていたら、答えられたかもしれない。でも、そうは訊かれなかった。ふたりの寝室にいて、すぐに気付けなかったのは、彼らの質問が決して些細なものではなく、その質問への答えが予期せぬ結果をもたらすということだった。そのときにはわからなかったけれど、今ならわかる。この問いと答えは、物ごとの秩序を表していて、いかに権力が人や時間に影響を及ぼすかを示している。混沌と秩序の間には穴だらけの境界があり、自分たちの持ち物を手放すのを嫌がる、貪欲で欠陥だらけで弱い衛兵が守っている。全能の神ユピテルは、物ごとに対する自分の判断を再確認し、秩序に対する自分の理解を際立たせたかったのだ。彼はより大きな声で力を込めて言った。「で、どっちなんだ？」

私は身をくねらせながら空威張りしてみせた。「あなたの前に立てたことを光栄に思います。でも失礼ながら、なぜ私たちのような下等な人間の快楽に興味を持たれるのでしょう？　私たちはあらゆる点であなた方とは比較にもなりません」

「無論、比較になどならない」とユピテルは言った。「だがおまえたちの世界に存在するものはここに存在するもののこだまであり影なのだ。よりあいまいで、ぼんやりしてはいるが、それでも真実に変わりはない」

「愚かな質問ですわ」とユノーは言った。

「ユノーや、愛しいおまえ。美しい女の姿をした、比類なき女神。おまえは男の気持ちがわからないし、わたしは女の気持ちがわからない。知りたいとは思わないのか？」

「そういう話ではないですわ。あなたもそれはご存じでしょう。あなたはただテイレシアスにこう言ってもらいたいだけなのです。あなたが犯している妖精《ニンフ》たちはみな、あなたよりも気持ちよくなるのが好きなのだと」

「何だと？」

「あなたは恐れているのです」

「もう一度言ってみろ」

「どうでもいいことですわ」

でも実際は、どうでもよくなどなかった。私は言い争うふたりをそのままにしておいた。するとユピテルが再び私を見た。

「男か、女か？」

「神々にとって、快楽がどんなものかを知れたら、すごく興味深いですね」と私は言った。

「それを言い表す言葉はないのよ」とユノーが言った。「あなたはただ答えればいいの。わたしたちは、あなたが何を言うかわかっているのだから」

私は再び床を見た。

「快楽が至極正しい方法でもたらされ、気持ちが満ちたりて力を感じられたと思えるような最高のものであれば、答えは女です。女のほうが男よりも悦びを感じると思います」そう私は答えた。

最後に見て覚えているのは、ユノーの瞳に嵐が起こり、枕から体を起こすときに二枚の羽根がはらはらと床に落ちていったこと。失望のなかで私の答えの限界を理解した彼女は、私の視力を奪った。盲目にすることで男性的な私の心を罰し、物ごとの複雑さや不快感や恐怖を私が無視したことを罰したのだ。ユノーは正しかった。私のシンプルな答えには、最強の神のものの捉え方、世界観、希望がにじみ出ていた。口にはしなかったが、私はこう言っていたのと同じだった。十倍もいい気持ちになれる女が、どうして抵抗なんてするでしょう？　彼女たちはどんな選択肢も受け入れるし、自分たちでは抑制できないがゆえに抑制される必要があるのです、と。男は、女はセックスが大好きで、「俺の想像を上回る悦びを感じるんだから、当然俺を欲しがっているし、拒否なんてできない」と考える。そして、自分がより大きくなったように感じ、自信が湧いてきて、自分は価値ある人間だと思うようになる。でも、そこで疑問が生まれる。ちょっと待てよ、つまりそれは、この女はどんな男にも逆らわないのではないか？　欲望に駆られ、いずれ私から離れていくのではないか？　そう思うと、男は恐怖を覚え、失うかもしれないものを恐れ、独占欲が生まれ、自分の力を振るってやろうと思いはじめる。卑劣な行いは、恐怖といういびつな巣から生じるのだ。

ほんとうはこう言えたらよかったのだ。ユノーにユピテル、全能の神たちよ。答えられる能力が私にないだけでなく、その質問には答えがないのです。快楽は指紋のようにさまざまで、地球で生きる人それぞれによって異なります。欲望や恐怖や欲求が、どのように胸や脚の間に押し寄せてくるのかは人生を通じて変化していくのです、と。でも私は言わなかった。そして自分が発した言葉のせいで視力を失った——のちに、そうなっても当然だと思えるようになる罰が科せられた。金色と灰色をした真夜中に放り出され、まばたきをしながら目に視力を取り戻そうとしていると、ユピテルが「ユノー、わたしの月よ。落ち着きなさい。わたしたちは戯れていただけなのだから、その男を盲目にする必要はなかったんだよ」と言うのが聞こえた。ある神が一度行ったことを、他の神が元に戻すことはできない。ユピテルは私の視力を回復させられなかったが、哀れんでくれた。「テイレシアス、残念だ。わたしの妻は行き過ぎたことをしてしまった。あいつはおまえの視力を奪ったが、その代わりにわたしが別の視力を与えよう」そして、ユピテルは私に予言の力を授けた。

こうして私は、蛇が這うようなひび割れた道をさまよいながら、生涯の重荷を背負うことになった——第二の性別の次は、第二の視力が与えられ、人並み以上に物ごとを知ってしまった。心のなかをあらいざらい話してしまうことはできなかった。私が言ったことは真実だったが、ほんとうのことは何も言えなかった。

言えばよかったと思うことは、たくさんある。

シュリンクス

あたしたちは彼女の姉妹《シスター》だ。あなたはあなたの姉妹を助けて。通りの向こう側で姉妹の一人が困っているのを見かけたら、道を渡って「大丈夫?」と声をかけて。そして大丈夫じゃなさそうだったら、できる限りの方法で助けてあげて。この世界にはトラブルがつきもので、まだそういう経験がないなら、ほんとうにラッキーっていうだけなんだから。

だから当時あたしたちはシュリンクスを助けたし、今も彼女を助けている。というのも、彼女は自分の声が嫌いで、自分で話すよりもあたしたちに話してもらいたがっているからだ。かすれたどら声。わかるよね? 広場でウール地のチュニックを着た男が建物に寄りかかりながら、足もとに小銭の入った帽子を置いて、パンパイプを吹いているのを見たことがあるでしょう。あのパンパイプの正式名称は「シュリンクス」なの。

あたしたち川の妖精《ニンフ》はお互いに助け合い、真実を口にしながら、じっと見張っている。パンが森に入っていった。二本角を持つ、牧草地と家畜の神、ヤギ飼いの神、寂しい荒地の神である彼は、寝ても覚めても妖精《ニンフ》に欲情していた。卑しい神。腰から上は人間で、カボチャ色の巻き毛に、何かが棲んでいてもおかしくないもじゃもじゃの髭、オレンジ色の目、そして腰から下はヤギで、たっぷりと毛の生えた脚が森の地面に蹄鉄の跡を残し、硬くなった彼のイチモツが行き先を決めていた。

パンはシュリンクスに目を留めた。完全なる処女だった彼女は、ずっとそのままでいるつもりで、それは自分で選択したことだった。献身的にディアナに尽くしていたけれど、それもまた彼女が決めたことだった。実際のところ、いつもディアナに見間違われていたしね。ふたりの大きな違いは弓で、ディアナのは金で、シュリンクスのは木製だった。でも、女神と間違えられて二度見されるんだから、ゴージャスなことには変わりない。

シュリンクスを見て興奮したパンは、森のなかで、ふしだら極まりないことを言いながら彼女のあとをつけた。彼女はそれを無視して歩き続け、耳が聞こえないふりをしている。誰にでも経験があるように、ほんとうは聞こえているのに聞こえないふりをするんだけど、夜になって寝ようとすると、その言葉が聞こえてきて、一週間後、靴下がはきづらいって苛立ったり、その日の天気に腹を立てたりしているときにも聞こえてくるんだよね。階段に座っている男に、今夜は寒くなるから、しっかり着込んだほうがいいよと言われて、なぜか目的地に無事たどり着けるか不安になるみたいに、心底ぎょっとする。セーターを一枚余分に着たほうがいいよと言われただけなのに、なぜかそれが脅しに聞こえるように思える。散歩をしていただけなのに、知らない男が自分の一日に入り込んできたみたいに、自分の頭の中や空間に割り込んできたみたいに思える。まるで自分のものにできるとでも思っているかのようにね。無視がうまくいく日もあるし、「笑顔を見せてよ、かわいこちゃん」という言葉が、砂糖が溶けるみたいに、ヤギが殺される音や市場のおしゃべりと一緒に、午後の雑音に消えていくこともある。でも、うまくいかない日もある。そんな日は、ただの雑音にはならなくて、他の発言や仕草や瞬間と一緒に心の洞窟にこびりついて反響する。そうして、いらない雑音から生まれた不快極まりないコーラスは、すごくリアルな疑問をぶつけてくる。あたしは殺されるの？　ここであたしの人生は終わるの？って。セックスと恐怖と脅しってやつは、ときに手に負えなくなる。だから姉妹《シスター》がいるのはいいことなの。チームがいれば、助かるから。

とにかく、パンはシュリンクスの関心を引こうとするんだけど、彼女はそれを聞きたがらない。彼が近づいてくるのを感じとると、その手のことを心得ている彼女は、やがて自分の体が何かを言ってくるだろうと察して、さあ、全速力で走る時間だよと言われたらどうすればいいかよくわかっていた。

シュリンクスは一目散に逃げ出すけれど、当然パンはあとを追いかけるよね。彼には去り際ってものがわからないんだから。庭にいる蛇にしっぽで顔を叩かれたとしても、それが何かを暗示しているとは思わないだろうね。パンは俺のペニスをどこどこに入れてやるとか、おまえの体をどう味わってやろうかだとか、おまえの締まりのいいケツの穴にどう沈まろうかとか、いつもどおり無礼なことを言ってから、おまえがヒツジのタマを舐めるのを見てみたいとか、アメリカサイカチの木におまえを縛り付けて、俺の角をおまえの穴という穴に入れて花という花を食わせてやりたいとか、イラクサでおまえの体を鞭打って、おまえの肌が赤く盛り上がってぶつぶつになったら、体全体に射精して、精液をマッサージオイルみたいに塗りたくって、おまえの体から舐め取りたいとまで言い出すしまつ。イカれたファウヌス野郎だよ。

泣きながら全速力で走っていたシュリンクスは、ついに叫びはじめる。そして、渡ることができない川までたどり着くと、そこにはあたしたちがいて、あたしらは川の妖精《ニンフ》で、彼女は森の妖精《ニンフ》でしょ。

つまり彼女はあたしたちの姉妹《シスター》だから、その声を聞いて、パンが何を企んでいるのかわかったし、大丈夫だよ、まかせて、守ってあげるって言ってあげた。一度変身させたら元には戻せないから、あたしたちは頭の回転を速くして、できるだけ速く推測して、シュリンクスが望む運命を知った。そうして、パンがつかもうと手を伸ばした瞬間に、彼女を葦に変えたの。彼女を捕まえて抱きしめる代わりに、パンは腕に葦を巻きつけることになった。彼女は川のほとりに生えた筒状の茎になった。パンはチャンスを逃したと言って嘆き悲しみ、わざとらしくため息をつきはじめる。羊のプッシーみたいな匂いがする熱い息は、葦の空洞を通って、霧がかった嘆きのような音を出す。シュリンクスとセックスできなかったことを嘆きながらも、その音がすごく好きになった。パンは吹いてはまた吹いて、頬を膨らませ、顔を真っ赤にさせて汗を滴らせ、目に狂気を漂わせながら葦の笛を吹いて、泣きわめくのよ。「ああ、ベイビー。これからはこうしてきみに語りかけることにするよ。唇を寄せて吹けば、きみは答えてくれるだろうから」って。

そうしてあたしたちは姉妹を救い、彼女のために正しいことができたと知る。葦になるか、パンに馬乗りになられて処女を奪われるか、どちらを選ぶかと言われたら、そりゃあ、姉妹がどちらを選ぶかはわかってる。でも、あたしたちはそれについて考えるし、ときどき、悩んだりもしてるんだ。だって実際、パンはいまだに森を蹄で蹴り歩きながら、妖精《ニンフ》たちにセクハラまがいのことやもっとひどいことをしていて、いつも酔っぱらっているし、髭は伸びて汚いし、不快極まりない老サテュロスでいるんだから。あいつはこれからもぶらぶらしながらやりたい放題やるだろうし、シュリンクスが弓に弦を張ることはもう二度とない。しかも問題なのは、パンは彼女の音色が大好きなあまり、葦をいろいろな長さにちょん切り——シュリンクスは切られても何も感じないとわかっている。それでもあたしたちは姉妹がそんなふうに切られるのを見て、ふざけんなと思ってるんだけどね——それを糸と熱した蝋でくっつけると、低音と高音が鳴るようになって、彼女の声が聞こえてくる。そうしてパンパイプが生まれたわけだけど、音色は悲しい幽霊の声みたいで、もしかするとほんとうにそのとおりなのかもしれない。

エコー

わたしは自分の力を知っている。入った部屋のエネルギーを変える方法を知っている。わたしから放たれる熱と光を知っている。わたしを見よ。高い背、広い肩、力強い立ち姿を。わたしは不死身だ。大きく盛り上がったわたしの胸を見よ。皮膚に描かれているみたいに体を覆うサフランの衣に押し付けられている乳首を見よ。見えるか？　ただ美しいだけではない。力があるのだ。弧を描く喉もと、温もりと獰猛さを感じる口、広い頭蓋骨、高く膨らんだ頬、ココナッツの果実色の肌。白に近いブロンドの髪は、逆巻く波のようにわたしの額を流れ、頬は紅潮し、目は毎晩の月の出と女たちから流れる月経血の一滴一滴が生み出す火花と電流を見逃さない。

わたしは彼女たちの味方だ。わかるでしょう？

でも、彼女たちはあまりにも数が多くて、あまりにも若々しくて、わたしの愛するユピテル、若い女も妖精《ニンフ》も拒めないユピテルには、あまりにも魅力的なのだ。例えばセメレのようにまだ子どもで、あご先で切りそろえたまっすぐな黒髪と、悲しげにうつろで大きな目をして、人を信じて疑わない笑みを浮かべている妖精《ニンフ》もそうだ。彼女は自分がどれほど厄介な状況に置かれているのか、わかっていなかった。一度だけの関係ならまあいいと自分を許し、忘れようとしたけれど、彼女は妊娠した。ユピテルがセメレを妊娠させ、彼女が幸福感から美しく輝き、おなかが膨らみ、彼の不死の種が彼女のいずれ死ぬ体の中で育つのを見るのは、わたしには耐えられなかった。なぜあの子が？　なぜわたしではないのか？　なぜ？　頭には、自分の落ち度が並べられていく。わたしは古くなったのだろうか？　彼はもう、背が高くて痩せたわたしの体には魅力を感じないのだろうか？　近しい存在になったことで、わたしが見えなくなってしまったのだろうか――朝食のテーブルを囲み、ベッドを共にしている彼の目には、わたしは透明な存在なのだろうか？　わたしは消えてしまったの？　わたしは面白くないの？　わたしは強過ぎるの？　わたしの髪は金色過ぎるの？　短過ぎる？　もっと長いほうがいい？　結婚の絆として分けた骨は、長い時間が経過してもろくなってしまったの？　わたしはいて当たり前の存在なの？　わたしのどこがいけないの？

そこでわたしはセメレの年老いた乳母に姿を変えたが、あれこれおしゃべりをしたあとでこう口を滑らせてしまった。「お嬢さまは若くていらっしゃるから、男の振る舞いってものをご存じないかもしれませんね。ほんとうに大勢の男が騙してくるんですよ！　お嬢さまのベッドを訪れる人がほんとうにユピテルなのかを知りたければ、証明してほしいと頼まなければなりません。ユノーに証明してみせるように、お嬢さまにも証明するよう頼むんです。それしか知る術《すべ》はありません」

神のほんとうの顔を見てしまったら、人は生きていけない。つまりそれは、彼女の死を意味するとわたしはわかっていた。そして実際その通りになった。彼女は灰の山になり、自分の骨の破片にまみれた。それは当然のことなのだろうか？　もちろん、違う。でもこの怒りをどうすればいい？　わたしは生涯を彼と共にしている。あの女たちが悪いのだろうか？　時間をかけて答えられる問題ではない。彼女たちを罰し、死んでいくのを見届けるのも、怒りを発散するひとつの方法だ。でもそんなことをしても、何の安心材料にもならない。一人いなくなっても、あの人はまた次を探す。そして同じことが何度も何度も何度も繰り返されるのだ。かわいそうな女たち。でも、わたしだって哀れだ。誰かが代償を払わなければならない。わたしは燃えるセメレを見ていた。でもなんの救いにもならなかった。

エコーも同じだ。女神を欺いて、そのあと平穏な暮らしができるわけがないでしょう。ユピテルが妖精《ニンフ》たちと酒盛りをして大騒ぎしながら、体をベタベタ触りまくっているとわかると、わたしはついていかずにはいられなくなった。その先には、さらなる痛みしかないことがわかっていても。エコーは一度もユピテルと寝たことがなく、巻き毛で、変な笑い方をする女だった。彼女は話をしようとわたしのもとへやってきた。正直に言えば、彼女と話すのは楽しかった。エコーは森の噂話やサテュロスのいたずら、パーティーについて話してくれたが、おかしな笑い声を上げながら周りをきょろきょろ見ていた。わたしと話したことで神経過敏になっているのかもしれないと思ったが、そうではなかった。

彼女はわたしを馬鹿にしていて、わたしの耳元で話をしていたのは、わたしが好きだからではなく、その間にわたしの愛するユピテルの大きな手のひらで胸をつかまれないように若い妖精《ニンフ》の友人たちを散り散りに逃がすための時間稼ぎだったのだ。

わたしの味方は誰もいない。

だから、わたしはエコーから話す力を奪った。もはや彼女にできるのは、他人の言う言葉を繰り返すことだけ。彼女が自己愛に満ちた愚か者で、水に反射した空っぽな自分の姿に溺れていくナルキッソスの虜になるのを見ても、嬉しくなかった。安心はできなかった。彼女が彼を追いかけ、彼が話すたびに、声を彼がいるほうに投げかけるのを見ていた。拒絶されて、一人で洞窟に戻った彼女の肉体が洞窟の底で骨になり、石に変わり、生命力が体から抜け、悲しむ声が丘に跳ね返るのを見ていた。これはぼろぼろになった愛のひとつの形だ。わたしのは別の形をしている。わたしは自分にできる方法で復讐する。空に穴を開けるより、不死身の夫を殺すほうがましだ。それにわたしは彼をわかっている。彼は若い女に崇拝されると拒めず、常に注目されたいと思っているだけなのだ。彼がほんとうは弱いことも知っているし、実際、彼の弱さがわたしを優しくしている。そしてその弱さは、前が見えなくなるくらい、わたしを心の底から怒らせるのだ。

わたしのユピテル。わたしの愛、わたしの夫、わたしの兄、わたしの王、わたしの雷神、ああ、わたしの稲妻、わたしの神、わたしはあなたの所有物、わたしはあなたのもの、わたしの黄金の羽を持つ白鳥、わたしの毛むくじゃらの牛、わたしの背の広い子羊（そうだって自分でもわかってるでしょ）、わたしはあなたの鷲を口にくわえる、そうされるのが好きでしょう、ああ、わたしの動物、わたしと血やベッドや人生を永遠に共有するあなた。雷電という雷電を、わたしの体の隅々まで流してちょうだい。わたしのユピテル、わたしの愛、わたしの欲情しているろくでなしの夫、わたしの飢えた人、わたしの裏切り者、わたしの悲しみと怒りを生み出す無限の源、わたしの痛みを汲み上げる底なしの井戸、わたしの無能な嘘つき。

ミュラー

この話をするのはほんとうに辛いんです。
ゆっくりでいいですよ。
ほんとうに辛くて。
無理をしないで、たくさん話してもいいし、それほど話さなくてもいいんですよ。
どこから話せばいいですか？
どこからはじめたいですか？
はじめたくはないんです。
では、なぜここにいらしたんですか？
頭のなかで処理しきれないからです。
これまで、精神分析を受けたことは？
ありません。
ここに来てくださって、ほんとうに嬉しいです。
グリップについてだったんです。

グリップですか。

何かを支えるもの。私のつかむ力。現実を把握する力が、弱くなった気がしているんです。時計の文字盤があるとすると、私は秒針で、ものすごく速く回転している。今にも文字盤からパチンと外れて、回り続けながら入っていくような感じで……

どこに入るんです？

混沌。闇。とんでもなくひどい場所。壊れて、消えたんです。

うーん。

悪い時計です。現実から解き放たれている。可能性みたいにも思えるんです。

恐ろしい場所のようですね。

私は、このことについて口にしたら……実際にそうなってしまうんじゃないかとどこか不安なんです。

他に思い当たるときはありますか？　何かを口にしたとき、グリップが緩んだように思えたことは？　カオスのなかに放り出されましたか？

いいえ。

うーん。

よくわからないんです。

大丈夫ですよ。わかっている必要はないので。その点については、また戻ってくることにしましょう。あなたは現実について、何が本物なのかという話をしていましたよね。それはどういう意味なのでしょう？

現実です。このわかりやすい世界のこと。私はここにいて、これは私の腕で、私の体の境界線はここにある。私はミュラーという名前の人間で、トースターではありません。あなたはローズマリーの茂みでもない。朝食があり、重力があり、言葉の順番には意味があり、嫌いな人がいて、好きな人がいて、お父さんがいて、空があって、ベッドがあって、皮膚が臓器を体内に留《とど》めている。

ぜんぶ現実ですよね。

闇と混沌の他に、現実でないものは？　そこに自分自身を見出すというのは、どういうことなのでしょう？


うーん。

考えています。

うーん。

そこでは、理解できることが理解できなくなるんです。普通の生活という生地がほつれるように。だから、私は植物のことがよくわからなくなるかもしれないし、やっぱり植物はしゃべれるのかもしれないと思うかもしれない。ロウソクの炎の上に四分間手をかざしたらどうなるんだろう、という疑問が浮かぶかもしれない。あなたの弟はあなたの息子かもしれないし、あなたのお姉さんはあなたのお母さんかもしれない。そして、考えたり感じたりするはずのことがあったとしても、結局は逆のことを考えたり感じたりしてしまうのかもしれない。例えば、ユリノキと愛し合いたいと思ったりするように。

愛し合うんですか？

親密になるんです。体をこすりつけるんですよ、たぶん裸で。

そうですか。そして？

ルールが違うんです。

ルールですか。

文法。言葉の順番。そういったものが消えてなくなるんです。ディープキスをしていい相手。ママとかお母さん、パパとかお父さん、父さんとは呼ばず、両親を下の名前で呼ぶこと。パットナム・アベニューのYMCAの階段にしゃがみこんで、うんちをしないとか。通りで毛皮のコートを着た女性に近づいていって、鼻を押し付けながら、お願いですから、私のママになってくださいとお願いしたりもしない。

それは、やってみたいと思っていることですか？

毛皮のコートを着た女性に鼻を押し付けたことはありますよ。とても柔らかそうだったんです。当時私は五歳くらいだったかな。その柔らかさは今でも覚えています。お母さんになってほしいとは言わなかったけれど。

ご家族のことを少し教えてくれますか？

父方の祖父は彫刻家でした。いつも手が乾いていて、腐ったヨーグルトみたいな酸っぱい匂いがしていました。祖父との一番の思い出は、私が六歳くらいのときに膝の上に乗せられて、「おまえは、嫌な女にならないでおくれ」と言われたことです。

お祖父さんは何を言いたかったのでしょうね？

そこまで女性が好きでなかったのかも？　父の母は銅像でしたから。

冷たい人ということですか？　あなたのお祖母さんですよね？

面白い人でした。祖父を嫌っていたと思います。ピギィって呼んでいましたから。

ピギーですか。

父は二人に育てられたことについて、あまり話しませんでした。それについて尋ねるのはルールに反することだったんです。

ルールはたくさんあったんですか？

そのときは知らなかったんですよ。柔らかい毛皮に鼻を押し付けるのがルール違反だなんて。学んだんです。教えられていなくても、ルール違反になることがあると。

どんなルールでしたか？

あなたはおそらくご存じでしょう。

あなたの考えを聞いてみたいんです。

あなたはトースターではないと、声を大にして言われなくてもわかりますよね。それに、木は愛し合うためにあるのではないと大声で言ってもらう必要もないし。

これまで何度か植物の話が出てきましたね。

だからなんですか？

植物と親密になりたいと思ったことはありますか？

いいえ。

うーん。

あるわけないでしょう。

わかりました。

そういうことを言われると、自分がどこかおかしいのかと思ってしまいます。

例えばどんなことを言われると？

夢を見たんです。いくつかの夢からはじまったんですよ。

なるほど。その夢について教えてくれますか？

変な気持ちになるかもしれませんよ。

いいえ、よくぞ打ち明ける気になってくれた、と思っています。

幼かった頃、たぶん十三歳か十四歳の頃にこの夢を見はじめたんです。

うーん。

植物と親密になるという話が出ましたけれど、もっともこうした夢は、まあ、ある夢と言ったほうがいいかもしれないですが、ほんとうに何度も何度も見たんです。植物ではなかった。

うーん。

夢のなかで、私たちは浜辺にいて、一緒に泳いでいました。彼は私を抱きしめて、私は海にいるときに人がよくやるように足を彼の体に巻きつけていました。

彼、ですか。

父です。

夢のなかにお父さんが出てきたんですね。

そう、そして夢のなかで父は私のお尻をつかみました。私はその感触が好きなんだけど、同時に、そんな自分を好きになれずにいました。

うーん。

私は父の首にキスをしはじめるんです。こんなことを口に出すのはほんとうに嫌なんですが……。

私はちゃんと話を聞いていますし、いつでも休憩しましょう。続けられそうですか？

私は父の首にキスをしはじめます。自分の父親にですよ。父の肩と毛深い胸と髭の生えた顔。私は父にキスをしている。娘がやるようにではなくですよ、いいですか？　娘が父親にキスするようなやり方ではないんです。そんなのは、習うまでもなく、最初から自分のなかにあるべきルールです。お父さんにじっくりキスをしてはいけない。夢のなかでは、気持ちいいと同時に気持ち悪くもある。わかりますか？

わかりますよ。そういった夢はよくありますから。

え？

そうです。

他の人もこんな夢を見るんですか？

それは、私たちの心が欲望を解決しようとしているんです。私たちが欲しいと思っていたり、混乱した気持ちはあるのに、脳が意識的に認めようとしないことを解決しようとしている。だから夢に出てくるんです。ほんとうに厄介な夢もありますからね。でもだからといって、あなたに何か問題があるわけではないんです。

そして、私は父の口にキスをしはじめます。

うーん。

父も私にキスをする。それから私のお尻を強くつかむんです。私はそれが嫌だった。何もかもが間違っているように思えるんです。恐ろしくて。ほんとうに恐ろしいことです。

うーん。そうですね。

そして海を見ると、波はずっと高くなっていて、夢のなかで次に何が起きるかわかっているような感覚になるんです。波が襲いかかってくる予感がするんですよ。

罰としてね。

罰として？　いいえ、あの感覚は罰なんかじゃないですよ。ただ、灰色の高波が迫ってくるんです。

夢はどんな終わり方をするんですか？

父が私をもっと強く抱きしめると、波がどんどん押し寄せてきて、今では強くて速い白波になっていて、一番大きな波が押し寄せようとする時に、私は叫び声をあげながら目を覚ますんです。

泣き叫ぶんですね。

恐ろしくて。こんな気持ち悪い夢を頭に浮かべるなんて、私の頭はどうなっているのでしょう。私は他の人に知られてしまうのを恐れていました。頭のなかを見られて、私がすごくおかしいとバレてしまったらと。

恥ずかしいと思っていたんですね。

でも、ああ、なんていうか、何かの夢を見て、そのせいで次の日に誰かを見る目が変わってしまうなんていう経験はありませんか？　友人のカサンドラと大喧嘩する夢を見た翌日は、彼女に怒りを覚えました。ほんとうに腹が立って、まともに彼女の顔を見られなかった。夢が現実を押しやってしまうんです。私は夢で起きたことに怒っていました——現実ではないのに。そんなこと、経験したことありますか？

あなたが話してくれている経験は、理解できますよ。

私はこの夢を見た感覚がすごく嫌でした。でも、またこれも口に出すのも嫌なんですが、翌日、父に会ったとき、私は平静を装って父に頭のなかを見られませんようにと祈っていました。でも、父の体に足を回したときの感じや、父の胸毛に手で触れたときの感触を覚えていました。気色悪いし、感じたいなんて絶対に思わないものでした。ただ同時に、あの夢は私の父を見る目を変えたのです。この話、筋が通っていますか？

通っていますよ。

夢が見方を変えたんです。

どんなふうに？

誰かの夢を見たことはありますか？　あなたがどんな人に恋心を抱くのかはわかりませんが、夢のなかで、普段の生活では好きにならないような人を突然好きになり、その後、起きてからその人を見ると、何かが変わっている。夢のせいで恋してしまったようなことはありませんか？　これっていったい何なんですかね？　同じような経験はあります？

あなたが話している経験は、理解できますよ。

こんなこと言いたくないですよ。

うーん。

父に対しても同じでした。夢で見方が変わったんです。

あんなふうに父とキスするなんて考えたくもないんですよ。でも同時に……

うーん。

好きになりはじめてもいるんです。

なるほど。

考えてみてください。

なるほどね。

もしかすると、好きなのではなくて、やめられないということかも。

父親にキスするのを考えることを？

そうです。

そのことについて考えたとき、どんな気持ちでした？

うーん。

考えています。

どうぞごゆっくり。

空腹みたいな感じでしょうか。

なるほど。

でも、空腹には二種類あります。ひとつは埋められる空洞があって、埋まると気持ちがいい空腹です。学校から帰ってきておなかがペコペコになっているとき、リンゴとパルメザンチーズとオリーブを食べられると思うと、とても嬉しいですよね。そうした空腹は収まるのがわかっているから、すごく気持ちよく感じるんです。

もうひとつの空腹は、あまり気持ちよくないんですか？

同じ空腹ですが、リンゴとチーズを求める代わりに、マットレスやベルトを食べたくなります。

どこか少し……

不自然。

自然に反するような。

でも自然界では、動物にそれが起きるのです。

何が起きるんですか？

種馬が自分の子に乗るんですよ。ヤギもある種の鳥たちも。私は嫉妬していました。

動物たちにですね。

いえ、自然が許すことを禁止する法律に対してです。

法律ですか。

人間が作った法律。人間のルールです。私は理解していますよ。文明や秩序を理解し、動物から自分たちを切り離さなければならないとわかっています。私が見知らぬ他人だったら、自分が望むように父と一緒にいられるのに、血がつながっているからそうできないんだという考えを止められなかった。そんなふうには考えないように目一杯努力して、感じたことを感じなかったことにしようとしたんです。

それでどうなりました?

うまくいきませんでしたね。父が私と同じように感じてくれたらいいのにと思いました。

お父さんは同じように感じていたと思いますか?

夜、夕食が終わると、私は父と一緒にソファーに座りました。私はまだ若く、十五歳か十六歳で、お互いにもたれかかったりして、そこにはまだ無邪気さが残っていたんです。でも、私にとっては無邪気なことではありませんでした。こんな話、やめましょうか……

大丈夫ですよ。

私は下着を脱ぎました。夕食のときに、そっと脱いだんです。ソファーで一緒に座っている間、私は心のなかで願っていました……

うーん。

父が私の匂いを嗅いでくれたらと。

なるほど。

そうすれば父のなかで何かが変わるだろうと。私はいつも、私の背中に回された父の手がもう少し下へずれていきますようにと祈っていました。父の肘が私の胸をかすると、何日もそのことを考えていました。

うーん。

私はうまく処理できませんでした。

何を？

望んではいけないことを、こんなにも望んでしまうことを。

自分を止めるにはあまりに弱過ぎました。そのとき、私は……

どうなったんです？

うまく対処できず、自分は生きている価値がないと思いました。

自分を傷つけようとしたのですか？


ゆっくりで大丈夫ですよ。

死にたいと思いました。

何が起きたか教えてくれますか？

首を吊ろうとしました。

でもうまく行かなかった。

時間をかけ過ぎてしまって、看護師がガサゴソと立てる音を聞きながら、多分私は泣いていて、独り言を口に出していたのだと思うんですが、そうしたら看護師が入ってきて、私を抱きしめると、こう言いました。「だめだめだめ。そんなことしないで。今夜はこんなことしないの」って。

彼女が入ってきて、嬉しかったですか？　ほっとしましたか？

いいえ、とんでもない。死にたかったんですから。終わりにしたかったんです。

うーん。

彼女はずっと訊いてきました。「いったい、どうしたの。何があったの。どうしてこんなことをしたいの。あなたは若くて美しくて、両親にも愛されていて、いい人生を送っているのに」と。私はただ泣いて、泣いて、何も言えませんでした。あまりにも恐ろしかったんです。言えたのは、私は生きている資格がないということだけでした。何度もそう繰り返しました。彼女は私を抱きしめると、そのまま体を揺らしながら、問題が何であれ解決できると約束してくれたのです。今はどれだけ恐ろしく感じられても、ずっと続くわけではないと。そして誰にも言わないし、どんな形であっても助けてくれると約束してくれました。

彼女を信じたのですか？

信じました。

彼女に話したんですか？

彼女はこう言ったんです。「もしかして、恋しているの？」と。そこで私は「私の罪のせいです」

と答えました。

罪のせい、ですか。

すると彼女は「それが何でも、私が必ずあなたを助けてあげる。お父さんには言わないでおくからね」と言いました。全身が硬直しました。すると彼女は理解したのです。体を通して私は打ち明け、彼女は何があったかを知りました。体越しに彼女の体がこわばっているのがわかりました。最後に彼女はこう言いました。「大丈夫、大丈夫、大丈夫だから」

誰かに伝えて、どうでしたか？

ほっとしました。やっと誰かが、この重荷を少しだけ背負ってくれたのかもしれないというような安堵感でした。彼女が「大丈夫、大丈夫」と言ってくれたときは、ただそれを信じたい気持ちでいっぱいでしたが、同時に、すべてが現実味を帯びてきて、ますます嫌な気持ちになりました。以前は私自身と、頭蓋骨のなかの私だけの場所にいる、恐ろしく間違った自分だけだったのが、今では解放されて口に出して語られるようになったのです。

その恐ろしい間違った自分とはどんなものですか？

私はそれが解放されたと言ったんですよ。口に出して話されるようになったと。何かよくないことが起きているとは思わないんですか？

どうしてそんなことを訊くんです？

私が言ってること、わかりますよね？

わかっていますよ。

それなのに、あなたはただそこに座っているだけで、何も反応しないんですか？

その悪い自分について教えてください。

考えています。

目を閉じてみるのもいいかもしれませんね。目を閉じてみてください。そうです。

クレーター。いやもっと、火山です。あらゆる所が硬くなって黒く盛り上がっている。暗くて、中に落ちたらきっと皮膚が裂けてしまう。頂上にはぽっかりと穴が開いていて、周りには何匹も生き物がいます。

生き物ですか。

影。影ですね。大きな目をしていて、長い爪と小さくて鋭い歯がたくさん生えています。影だから、何色かはわかりません。周りを動き回ったり、這いつくばったりしていますが、大半は隠れています。

見かけたらどうするんですか？　隠れている場所から出てきたらどうなるんでしょう？

見たくもないし、近くにいたくもないです。

もし話しかけるとしたら、何と言いますか？

生き物たちに？

そうです。生き物たちに。

奇妙な感じがしますね。

彼らがあなたの隣に座っていると想像してみてください。目を閉じたままでいいです。彼らはあなたの横に座っています。何と言いたいですか？

私は悪くない。私は悪くない。あなたたちはそこにいる。私のなかで生きている。でも、全部を所有しているわけじゃない。私は悪くない。私は悪くない。下着を脱いだのは、混乱していたから。あなたたちは私のなかで生きていける。私があなたたちの面倒をみてあげる。私の膝の上に乗っていいんだよ。隠れる必要はないの。私を怖がらなくてもいいんだよ。怖がる必要はないの。私は悪くない。私は悪くない。私は悪くない。いいから、出てきて。姿を見せて。彼らは開いた火口まで私を連れて行こうとしています。

うーん。

私は急な坂を登っていて、表面は穴だらけですごくごつごつしています。彼らは私を頂上まで連れて行こうとしている。影の小さな軍隊みたいで、たぶん十か十一くらい数がいて、クレーターの側面を這い上っていく。火山ですね。

何が見えますか?

縁です。私たちは縁にいます。周りが赤くなっている。赤みがかった濃いピンク。生き物たちはその周りをぐるぐると回っていて、内側からの光に照らされています。赤い輝き。縁の周りで踊っています、影たちが。

あなたも踊っているんですか?

怖くてとても踊れません。でも、中を覗いてみたい。火口の中を覗いてみたいです。

覗き込めるんですか?

中を見ています。見ています。身を乗り出して覗き込んでいます。

底はありません。あるのは深い暗闇だけ。そして何千、何万もの生き物が壁沿いを並んで這ってい
る。

うーん。

中に入りたい。抵抗できない。私が知るべき何かが底にあるように思います。何か真実があるよ
うな。生き物は全員下に向かって這っている。住めるような場所ではありません。私は知っています。

見ているのでわかるんです。下へ降りたら戻ってこられない。もしくは同じようには戻ってこられな
いって。もうここにはいたくないです。

わかりました。目を開けてください。さあ、気分はどうですか？

疲れました。

うーん。

変な感じでした。私の声は、違うように聞こえました？

どういうことですか？

違ったように聞こえましたか？

私は話していたので、わかりませんでした。今のあなたの声は違うように聞こえるんですか？

自分が知っている声と同じです。

お父さんへの気持ちを口に出したことについて、話していましたね。安心すると同時に、怖くもあ
ったと。

彼女は助けてくれると約束したんです。

実際、助けてくれたんですか？

ある意味ではそうですね。

どんなふうに？

彼女が仕組んだんです。

うーん。

それは、女性たちがいない祝祭の週のことでした。母はいませんでした。父がときどき愛人をつくっていたのは知っていました。そういう事情もありました。

愛人たちに会うことはありましたか？

たまに。

彼女たちに嫉妬しましたか？

ある意味そうですね。彼女たちになりたいと思うこともありました。彼女たちを見るような目で父に私のことを見てもらいたかった。

どんなふうに？

もっと軽く。そういう軽さとはまた違う軽さですね。

うーん。

でも、嫉妬はしていなかったとも言えます。彼女たちを見て思ったんです。あなたたちは父を手に入れたのかもしれないけれど、私の体には彼の血が流れていて、私の血は彼の体に流れている。私たちは血を分け合っていて、あなたたちはそこまで父に近づくことはできないでしょうと。

それが慰めだった？

まあ、そうですね。

看護師は何を仕組んだのですか？

あなたは父に似ているのかも。今、気付いたんですが……どことなく眉毛のあたりが。それにヒゲも。

私はお父さんに似ているんですね。

ちょっとだけですけどね。

複雑な気持ちになりますか？

複雑ではないです。でも……

大丈夫ですよ。

興味がそそられます。

うーん。分析者と被分析者の関係には、すごくはっきりした境界線がありますが、ときどき物ごとが曖昧に思えることがあるんですよね。親密な関係が……

ごめんなさい。

看護師に助けられたっていう話でしたよね。

そうですね。ありがとうございます。彼女は父に、ある女の子が彼に恋をしていると伝えました。

そして、その子に会ってみたいかと尋ねたのです。すると父はその子はいくつなのかと尋ねました。

看護師は「ミュラーと同じ年」と答えたそうです。すると父はその夜、その子を自分のもとによこすように言ったのです。

それを聞いて、どう思いました？

怖かったのか、興奮したのかってことですか？　その夜、空ははじめ澄み切っていました。満天の星に、まんまるの月。父の家へ向かう途中、空が暗くなりました。星が消え、月も消え、低いところに暗い雲が見えました。とても暗かったので、私はつまずいてしまい、何度もよろめきました。足は震えていて、とても緊張していました。

引き返そうとは思わなかったんですか？

もう少しで、そうするところでした。父の家のドアの前に立つと、引き返したくなりました。夜なのに鳥の恐ろしい鳴き声が聞こえて、頭のなかで逃げろという自分の声が聞こえました。その場を離れろと。

でも、あなたはそうしなかった。

私はドアを開けました。

うーん。

父はベッドに入っていました。とても暗かった。部屋の中へ入っていくと、人が寝ているときの匂いがしました。

彼は寝ていたんですね。

私はベッドにあがり、父の背中に自分の体を押し当てました。父は私のほうに寝返りをうちました。

そして、私は消えたのです。

あなたは、消えた。

私は自分自身から離れました。私はそこにいましたが、同時にそこにはいなかった。父は私に触れました――私が何度も想像していたように。私はどうすればいいかわからなかったけど、同時にわかってもいました。仰向けに寝ていた父は、胸板がとても厚かった。父はこう囁き続けたんです。「若いな、ぴちぴちだ。大丈夫だよ、いい子だね。大丈夫だ」と。父は私に経験がないのを察すると「怖がらないで」と言いました。「そうそう、そんなふうにしてればいい」とも。

お父さんには、あなただとわかってもらいたかったですか？

いいえ、そんな。

うーん。

でも、そうですね。

うーん。

父は私を自分の上に乗せました。私がまたがると、父はとても優しかったです。ずっと囁き続けていました。

なんと言っていたんですか？

「締まりがいい。すごくきつく締まってる。いい子だ、すごく締まってる。俺を感じるだろう」と。そして少しだけ優しくなくなりました。「きみのものだよ。俺を感じるか？　きみのものだよ」そう言って、より速く動きはじめたので、私は叫び声をあげました。私の声だとわかってしまったかもしれないと不安になりましたが、父は気付いていませんでした。そして父は私の脚が彼の体に巻き付くようにして上半身を起こし、座り直すと、私のお尻をつかんだのです。

夢で見たのと同じですね。

夢のとおりでした。これが血の流れるべき道であり、私たちがお互いを分かち合っているのは運命なのだと、輪が一回りしているように思えました。すごくきつく結びついているように。父を気持ちよくさせてあげられているのが、とても誇らしかった。それに、私もすごく気持ちよかった。父は私のお尻をつかみながら、体の上で私を揺らしました。誇らしい気分でした。

終わったあとは、どういう気分でしたか？

私のなかに、父の血以外のものが入っているのを感じました。正しいことをしたという実感がありましたね。

また繰り返したんですか？

ええ。次の日の夜も父のベッドに行きました。父はとても喜んでくれました。「きみは娘に似てる」って。そう言われると、私の心は花火が上がったようになりました。父も私と同じ気持ちだったんだと思えたからです。だから、もう秘密でなくなるのも時間の問題だと思いました。

秘密を打ち明けることについては、どう思いましたか？

私が望んでいたのです。真実が明るみに出ることを。それに、怖くもありました。

何が怖かったんですか？

そうしたいと望む自分の気持ちです。

うーん。

終わったあと、父は私を抱きしめ、胸を触ってきました。父が寝るのを待ってから、私は自分の部屋に戻りました。

そして、そのあともまた繰り返したんですね。

父は私の胸にこんなふうに手を置いてきました。心臓の上に。そして静かにこう言ったのです。「鼓動を感じるよ」って。私は父の心臓の上に手を置きましたが、毛深くてなかなか何も感じられませんでした。すると父はこう言いました。「俺の鼓動を感じるか？　俺を感じるか？　俺を感じてくれ」と。

それが心地よかったんですね。

父を感じました。私たちはほんとうにお互いを近くに感じていたんですよ。

そして、また繰り返したんですね。

まだあなたは何の反応もしないんですか？

反応するべきですか？

もしあなたが人間なら、おそらく何らかの反応をしてるはずですよね。

私の反応は、あなたの役に立ちますか？

誰かに、実はどこかおかしいと認識してもらうのは、ときにはいいことだと思うんですよね。

自分には何かおかしいところがあると思っているんですか？

どこかおかしいのはわかっています。あなたもそうでしょう？　わかっているのに、なぜそう言ってくれないのかわかりません。

何かがおかしいって言ってもらいたいんですか？

自分はクレイジーだと思っていることは、まったくもっておかしくないということを知りたいんです。

あなたは一度に多くを抱え過ぎていますね。興味深くて複雑な経験や感情で溢れている。

そうでしょうね。

お父さんとの逢瀬は続いたんですか？

何度も何度も。ある夜、私が訪れると、父は私を腕のなかに包み込んで、ものすごく優しくこう言いました。「俺は指できみに触れ、舌できみを味わい、きみの深い部分の匂いを嗅ぎ、耳できみの息づかいを聞いてきた。でも、一度もきみの姿を見たことがない。この目で、きみを見せてくれ」そして父がランプを灯すと……

大丈夫ですよ。

父の顔と言ったら。

どんな顔をしていましたか？

気分が悪くなったかのようでした。何か腐ったものを飲み込んだような。自分が何を食べたのかわからないけれど、それが毒であるのはわかっているような。そして表情が変わったんです。怯えているように見えました。それからすぐに、怒ったような顔になりました。そうして私をベッドから放り出すと、追いかけてきたのです。捕まったら殺されていたでしょう。私は逃げました。走って、走って姿を消しました。次から次へと場所を移して、決して留まりませんでした。九ヶ月間、ずっとです。父の種が着床したのはわかっていました。最初の夜にわかっていたのです。私の息子は私の弟に、私の弟は私の息子になります。父はこの子にとって、父であり祖父でもある。この血のつながり。私は体が重くて動けなくなるまで場所を転々としました。

もうすぐ産まれますよね。

アドニスと名付けることにしました。

息子さんのことですね。

私は変わりたいんです。変わりたい。底がないんです。生き物たちは生きていて、どんどん増えて、大胆になってきています。もうこんなの嫌なんです。お願いです。助けてくれますか？　お願いだから助けてくれませんか？

何になりたいんですか？

今のこれじゃないもの。汚れていないもの。時計から外れてしまう秒針ではないものに。

大丈夫ですよ。

私を木にしてくれますか？

また植物の話をしていますね。

私は木になれますか？　私が木になるのを手伝ってくれませんか？　木々は話します。ほんとうは、木は話せるんです。でも誰もそれを知らないし、木になれば誰にも知られずに罪悪感を抱いていられる。大地に根を張り、樹皮で恥を包み込むんです。

うーん。

お願いです。助けてくれませんか？

私たちはあなたのなかにある木を見つけるお手伝いをしますよ。

私のなかにあるんですか？

あなたのなかにあります。一緒に見つけましょう。

感じます。

大丈夫ですよ。あなたは勇敢です。

そうですね。

一緒に火山を探索しましょう。

心の準備はできています。

生き物たちに話をさせてやってください。彼らの話を聞いてください。

彼らはその木まで私を案内してくれるでしょう。

私たちには、一緒にやれることがたくさんありますよ。

準備はできています。ほんとうです。感じるんです。もうすでに、私は変わりはじめています。

イオ

第一部

夏の終わりのある日の午後、私は川沿いを歩いて家に帰ろうとしていた。ユピテルが近づいてきて、日なたは暑いよ、きみの肌は白いんだし、日陰に入りなさい。森のなかは安全だから、一緒に来たらいい。動物に食べられることも、危害を被ることもないよ。わたしが守ってあげるからと言う。

私はその言葉を信じて、彼と一緒に森に入っていった。

日陰はひんやりしていて、夜中にひっくり返した枕みたいに気持ちがよかった。

まだ明る過ぎるな、とユピテルは言った。私は彼の言っている意味がわからなかった。すると私たちは彼が発生させた霧に取り囲まれた。綿のようにふわふわで、薄暗かった。縁はもうない。木々も見えない。きみの柔らかくて白い肌を守るためだよ。ユピテルはそう言って、私の柔らかくて白い肌に触れた。思いもしないことだった。彼の手は温か過ぎて、私は一歩離れた。

安心して、と彼は言った。

そして私の肌に触れ続けた。

安心して、と彼は言った。

そして私の服の下から肌に触れた。私は一歩離れた。私は違うんです、やめてください、と私は言った。

安心して、と彼は言った。

いいえ、と私は言った。結構です。もう行かないと。

やめろ、と彼は言った。声が大きくなった。

私は離れていった。やめるのはあなたでしょ、と私は言った。

安心して、と彼は言った。

結構ですから、と私は言った。私は他の子とは違うんです。もう行かないと。お願いだから、やめてください。

どんな感じだったかって？　想像してみてほしい。あなたは誰かと一緒にいて、ふたりの間には暗黙の了解がある。物ごとは理性的に動いていて、お互いに相手の立場がわかっていて、世の中の仕組みという共有システムのもとで動いているという感覚がある。でも、誤解が生じたと思うような瞬間が訪れる。発した言葉が意図したことを伝えていない場合がそうだ。あなたはもう一度言い直してみるかもしれない。もしかしたら、滑舌が悪かったのかもしれないし、声のトーンがよくなかったかもしれないと思ったからだ。でも、相手の目の奥には何か違うものが見え、何かが消えたのがわかると、それは誤解でもなければ、声のトーンの問題でもないことが明確になる。今までこうすればこうなるだろうと思い込んでいたのが大きな間違いだったのだ。するとすべてがひっくり返り、コントロールが利かなくなり、もはや言葉は力を持たなくなる。

成長とともに、塩を取ってくださいと言えば、誰かが塩入れのほうに手を伸ばし、つかんでこちらによこしてくれると信じるようになる。でもある日、塩を取ってくださいと言うと、誰かがマヨネーズの瓶に手を突っ込んで、手についたマヨネーズを顔めがけて投げつけてくるということが起こるのだと学ぶ。突然、言葉が本来の意味とは違う意味を持つようになるのだと。

私は女の子。名前はイオ。私は、結構です、私は違うんです、やめてくださいと言う。でも突然、言葉が意味を持たなくなる。私はどうでもよい存在となる。


私は――木にぶつかっている。地面におなかをつけた状態で。彼の全体重が私の体にのしかかっている。この言葉は、実際に起きたことを示すにはあまりにもの足りなく、ありきたりで、無味乾燥だ。結局それは、はじまりに過ぎなかった。また別のはじまりがあって、私たちは何度も何度もはじめる。

私の言葉には力がなかった。動物の言葉を話していたのだ。自分の言っていることを理解してもらえなかった。リンダやダニエルやクインと仲良しで、子どもの頃はブドウが大好きで靴下が嫌いで、お城や虎の絵を描くのが好きで、変な韻を踏んでは笑い、氷を嫌い、トウワタのさやをこよなく愛する、私が知る人間の自分はもういなかった。突然その自分が消えて、私は肉体で入口で手段になった。

欲望はひとつしかない。ひとつの欲望がもうひとつの欲望を食ってしまう。私はこれを止めたい。でも他の誰かは、止めたくないと思っている。どちらの願望が勝つのか？　持続時間を基準にするのなら、私が勝つ。なぜなら、やめてほしいという私の願望は、永遠になくならないから。誰が望みを手に入れるかで判断するなら、どうだろう？　彼の勝ちだ。私の欲望は彼の欲望に飲み込まれ、彼の欲望を膨らませた。そして吐き出すと同時に飲み込む大きく開いた口に、一気にまる飲みにされてしまった。

ユピテルの妻は、ある晴れた日の午後、森にだけ霧がかかっているのを見て、怪しいと思った。彼女は夫が何者かわかっていた。でも、私の夫は強姦魔ですと言うのではなく、私の夫は誘惑されやすく、欲望のままに行動していると言い、誘惑する人間が存在することに怒りを覚えていた。怒りを向けるには、より安全な標的だ。どのみち、二人の共同生活は永遠に続き、夫は殺したくても殺せない相手なのだから。

そうして彼女は霧のなかの道を焼き払った。ユピテルは捕まりたくもなければ、妻の逆鱗に触れたくもないし、彼女を傷つけたくもなかった。そうして、その臆病者は私を牛に変えた。

彼にはもうすでに動物の姿にされていたけれど。

第二部

再びはじまる。

モオ。私は牛。真っ白。でも、私の目は違う。赤ちゃんの拳ほどの大きさで、秋に見る小さな池の色をしている。私の中にイオがいる。彼女の声は失われている。モオ。私の叫び、言葉のないバスホルンのような嘆き声。その音に私の中のイオは怯えた。喪失の言葉なき表現。

ユピテルの罪を誤魔化すための、真っ白な若い雌牛。ユノーはわかっていた。この牛はどうしたのと彼女は夫に尋ねた。彼の顔はまだ紅潮していて、こめかみからは汗の玉が滑り落ちている。彼女は赤ん坊の拳のような私の目を見た。この牛はどこから来たの？　素敵ねとユノーは嘘をついた。彼女は私に手を触れようともしなかった。

ユピテルの手が、私の肋骨に触れると、その下で筋肉がピクピク動いた。ユノーの目と私の目、私たちは見つめ合い、お互いが何者かを知った。私は彼女の悲しみを見て、彼女は私の悲しみを見た。

ああ、この牛か？　とユピテルは言った。この牛は大地から現れたんだよ、信じられないかもしれないけどな。

当然、そんなことを彼女は信じられなかった。でも、夫の戯言《たわごと》に乗ってやった。私たちは互いの目を見つめ続け、そこに相手の苦しみを見た。

プレゼントとしてこの雌牛が欲しい、とユノーは言った。私はまばたきをした。まぶたが下がるのがとても遅かった。彼女の願望からにじみ出る悪い予感にまばたきをした。すごく美しい牛ね、と彼女は言った。嘘だ。モオ。彼女も、夫がどうするかを見てみたいと思っていたのだ。

ユピテルはその場に立ったまま、微笑もうとした。彼のペニスは湿っていた。ペニスの乳。透明なのに白い。私のような白さではなく、私の下にあるたったひとつの重たい白い乳房から出る乳のようでもない。モオ。膨らんでいる。私は大勢を養える。私たちは、元の家から引き離される前の、卵と種のときから、空腹ばかり感じている。毎日、毎日、一日じゅう飢えている。止まらない。私の中の白いもので、あなたの飢えを一旦止められる。私たちはみな欲望で膨れ上がってモオいるのだ。

ペニスを湿らせたユピテルは、罠にかかった。彼は何が欲しかったのだろう？　星の乳房からこぼれた一滴の乳を思わせる、天空に浮かぶ月みたいに輝く牛が欲しかったのだ。妻を傷つけたくはなかった。捕まりたくもなかった。彼の頭のなかではこんな議論がなされていたのだろう。自分のものにしたくてたまらないこの生き物をあきらめるか、妻を喜ばせるか。妻の要求を拒めば、自分の罪を証明することになり、牛をあきらめれば、自分の何かを失うことになる。恥は強力な動機となり、モオ、せきたててくる。どちらの欲望が勝つのだろう？

当然ながら、ユピテルはユノーに言った。この牛はきみのものだと。

でも彼女はほんとうに欲しいものは手に入れられなかった。それは彼も同じだった。それに私の中のイオも。

これはまだはじまりに過ぎなかった。

私は蹄のついた四本の足で立ち、後ろでしっぽを振りながら、これからは蝿がやっかいの種になることを知った。腰骨は鏃《やじり》のように尖っている。愛し合うふたりは、三角座りをすれば私の胸郭にすっぽりと収まる。

ユノーは私が何者か知っていた。私が彼女の目を見たように、彼女も私の目を見たのだ。誘惑する者を禁ぜよ、心を惹き寄せるものを追放せよ。あたかもユピテルが私に馬乗りになろうとしているかのように、そう言った。もしかすると、彼はこれからそうするのかもしれない。どうやってかはわからないけれどモオ。

ユノーは私を百の目を持つ巨人アルゴスのもとへ送った。年がら年じゅう見張っているアルゴス。彼の目は対で眠るので、二個が休んでいる間も九十八個が監視を続ける。彼は私から決して目を離さなかった。疑り深いユノーが望んだことだった。アルゴスの目には悲しみがなかった。あまりに多くを見ていたから、退屈の影すらなかった。

昼間、私は草を食べていた。草を噛んで蝿をはたいた。乳でモオ乳房がパンパンに張っていた。ほとんど何も見えないと、ひそかに退屈がやってくる。草原、草、柵。泥の水たまり、糞、太陽。アルゴスが身をかがめると、永遠に続く流し目が動いて上を向き、パチパチと瞬きする。何かを間違えてしまった。納屋の庭が万華鏡のように見える。私の中のイオ。私に与えられた形の中のどこかに彼女がいる。白くて大きな荷物モオ。人は投獄されなくても、何かのきっかけで檻に入れられる。イオが私の体内で生きていたように、記憶も体内で生きている。言語が力を失った瞬間、彼女の欲望が失われて檻に入れられた瞬間、私は彼女の存在を感じた。

アルゴスは見ているだけで、何も話さなかった。夜になると私を縄で縛り、家畜用の囲いに入れた。湿った土の、狭くて暑くて臭い場所だ。彼は苦い葉っぱと棘のある小枝を、食べろと言って私の顔に押し付けた。私はひたすら噛んだ。口の中は綿のような泡で溢れ、棘でただれて痛かった。桶の水はほとんど泥だった。夜になると、アルゴスは私にハーネスをつけた。胸の上で締めつけて、前脚の付け根できつく引っ張った――まるで変態の営みだ。私は杭につながれている。彼はいつも何らかの方法を見つけては、私のモオ白い乳房に触れた。肘でつつくように触ったり、モオ腰を使ったり、手でかすめるように触れたりして。たくさんの目を持つ怪物。ハーネスで擦れたところが痛い。寝ている間に岩が食いこんで痛い。沈黙の夢。うめき声をモオ止めて。

ある午後、柵が倒れて出口ができた。私はイオの家を目指して川沿いを歩いた。低い橋を渡るときに立ち止まって、見た。水の中には、大きな白い顔、突き出た角、赤ん坊の拳ほどの目があった。私の中のイオ。彼女はとても見られなかった——自分がどんな姿になってしまったのかを。暗い水面に映るのは、歪んだ月のようなものだった。蹄を蹴って橋を下りた。岸辺にはイオの父親や姉妹たちがいた。彼らにイオの姿は見えないけれど、イオは赤ん坊の拳のような私の目を通して彼らを見ると、近づくように私を促し、自分の姿をより全面に出した。

その調子、と私は思った。

私は彼女の父親に寄り添った。彼の手から柔らかい葉っぱを食べた。彼女の姉妹は私に触れた。なんて美しいの、と彼女たちは口を揃えて言った。

私は声を出そうとしたけれど、モオ相変わらずため息だけが出てきた。彼女たちに知ってもらおうと、私は海岸の砂にこれまでの苦しみを蹄で書き記した。災いをすべて。

私の父は泣いた。ああ、なんてことだ。私の美しい娘が姿を変えてしまった。台無しにされて、声を奪われた。私の姉妹は泣きながら、私に体を押し付け、目にキスをした。

するとそこにアルゴスがハーネスを持って現れた。私の姉妹は私にしがみつき、父はアルゴスに向かって石を投げたが、外れた。姉妹はすべてお見通しの巨大な怪物が私を連れ去るとわかっていた。そしてそのとおりになった。アルゴスは私を草原まで引きずっていくと、丘の上に座って監視した。私はもうモオと鳴けなかった。深い悲しみに襲われ、頭を低く垂れたままだった。

ユピテルは私の苦しみを目の当たりにして、心を痛めた。だが彼の良心を責めたのは罪悪感ではなかった。神々は悔いることがない。美しかったものが、輝きを損ねたからだった。そこで彼は私を救う計画を立てた。

メルクリウスよ、わたしのためにアルゴスを殺せと、彼は言った。残酷な番人を殺すのだ。

メルクリウスは翼を広げて丘に向かった——羊飼いの格好をして。彼はアルゴスの目という目を眠りに誘おうと、パンパイプを奏でた。一対の目がまどろんでくると、別の一対がまぶたを上げた。メルクリウスは演奏を止め、代わりに話しはじめた。自分が演奏したパンパイプの歴史や、シュリンクスとその姉妹について。この物語、言葉、話の流れがアルゴスのまぶたを全部下ろさせた。言葉の力が効いたのだ。翼踵の神メルクリウスは、アルゴスがふらふらしはじめたのを見るや否や、大鎌をつかんだ。

頭がドサリと落ち、血がその跡を刻んだ。百の目が瞬きし、光、闇、光、そして最後の光景は、空、地面、星、渦、まつ毛が上へ、下へ、モオ、長い夜がアルゴスに訪れ、あとは休息するだけだった。見るのも恐ろしかった。アルゴスの目という目が見開かれ、モオ、でも何も見ていなかった。

しかし、ユノーはそれを全部見ていた。

彼女は百の目を取り出し、自分の二輪戦車《チャリオット》を引く孔雀の羽の中に撒き散らした。何も見ることのできない、玉虫色の目。

他には？

ユノーが指を弾くと、アブの姿をした復讐の女神が私の目にくっついた。モオ、私は慌てて頭を振り、顔を土に押しつけた。アブは私に噛みついて刺した。私はしっぽを鞭のように打ちつけながら、逃げた。ゼーゼー喘ぎながら、駈けていった。人々はよけた——逃げてきた一頭の白い牛を。その牛は狂気を漂わせた野生の目をして、すべてが終わることだけを望んでいた。

逃げて、逃げて、逃げて、逃げた。

世界に映る漂白された影。谷、丘、森、草原、夜明け、日々、雨、夜、昼、夜明け、太陽、夜明け、昼、日々、雲、月、月、月。

顎には唾液が乳のように白く泡立ち、星はあらゆるものが不在であるかのように白い——白は抹消の色。そして牛の中にいたイオはもういない。中はかなり深くて小さくて、一匹の生き物が目を噛まれないようにドシドシ音を立てながらその世界を逃げ回っている。目は月みたいな牛みたいに白くなりモオ、全世界は白が無限に続く雲みたいに移動する空虚な闇となりモオ、砂漠で白い牛が見つかると、太陽がそれを目がくらむくらい白くする。

白い傷は世界を進んでいく——湖、嵐、リンゴ、梨、プラム、オーク、ニレ、この白い牛は、移動して変化する痛みにすぎない——。砂漠、川。

言葉、不在、意味、安堵、モオ、全速力で追われている

世界に私を入れて、世界に私を出して、私を去らせて、私の乳房のモオ乳を空にさせて、川に流させて、流れ星にして、ねえ、あなた、そこの熊、あなたは白く燃えている、私の乳を飲ませてあげたい、あなたを癒して、元気づけ、燃え続けさせたい！

私から世界を注ぎ出し、私から乳を空《から》にして、乳でできた大きくて広い白い川へ流す。低地《ロオ》へとモオ流れるように

乳でできた痛みを超えた場所、種と黄身のある乳、その中で生まれるかもしれないあらゆる命、痛みを超え、痛みを通り過ぎ、形を超えたもの。

形はモオ、さらに進んで進んで、新しい形や物語や

はじまりが「無」みたいで、「すべて」みたいな牛の白さから生まれるモオ

イオ、イオ、イオの中から聞こえる声は終わりなき沈黙

野生の心と、不在のなかでモオ盲目のなかで言葉なく語られる物語モオモオ
砂でできた世界、そして、そして、そして、モオ、乳のなかの砂丘、月、星々、飲んで、飲んで、
おなかがすいたでしょう、喉がかわいたでしょう、欲しいでしょう、それが欲しいんでしょう、モオ、
私のモオ乳房から出るたくさんの乳、終わりのない川。そこから飲んで。果てしない永遠を味わって
モオ、それはいつも四方八方から迫ってくる
いつもあらゆる方向から
　そして、私たちはその真ん中にいる

神々は死なないモオ、ユノーやユピテル、ユピテルはユノーに懇願する、彼女を解放してやってくれ、わたしはおまえのものだから、モオそんなのはいつだって嘘、その言葉に彼女は心を動かされる、なぜなら愛は私たちを盲目にして信じさせるから、そして彼女はわかった、信じると言って、解放する

そして、そして、そして

第三部

わかりやすく話すようにしますね。今のわたしは牛ではありません。少女から動物に、それから神になり、ナイル河畔の砂漠にいます。わたしはイオで、牛でしたが、今は豊穣の神イシスです。神は時間の暗い広がりのなかで、言語を介さずに交流する内なる声です。神の声は、あなたの中の永遠。神の声は沈黙で、端々に感じられるもの。

だから、鳥や白樺や水の波紋とともに森の中で寝そべると、真珠のような樹液が白い涙みたいに木から流れ出し、ある日が別の日に変わり、あなたの皮膚についた葉や、土の中のミミズ、巣をつくる蜘蛛や、遠くにいる熊、草原の牛や、水辺の葦、紡がれ続ける物語は境界線を壊してはじまりや消滅をつくり、種を潰し、卵を割り、またあなたとなって、またあなたとなって、またあなたとなるのです。

スキュラ

当時ガラテイアは町の反対側に住んでいて、ある日の午後、電話をかけてくると、セブン-イレブンで炭酸水を買おうとしていたら気を失ってしまったと言った。彼女はデトックスのためのファスティングを試していて、四十時間、紅茶以外何も口にしていなかった。「来てくれない?」と彼女は言った。その声は弱々しかった。私は食料品店に立ち寄って、レーズンとナッツが入った袋とリンゴ、そしてマヨネーズとチーズのサンドイッチを買った。サンドイッチはありえないくらい茶色かったけれど、また何かを食べはじめるときの食べ物の色にはふさわしく思えた。

バスに乗り、バス停から彼女の家まで早足で歩いた。木蓮の花が咲いていた。花の香りがした。玄関先に出てきた彼女は青白い顔にとろんとした笑みを浮かべ、目元がぼんやりしていた。「もう何か食べた?」

私たちは階段を上った。「なんだか気持ちが落ち着かなくて」と彼女は言った。

彼女の部屋に行くと、私は選べるように食べ物を並べた。私たちはベッドに座った。

「どんなサンドイッチなの?」と彼女は尋ねた。

「茶色」と私は言った。

彼女は包みを開けると、三角形のサンドイッチを手に取り、隅をほんの少しだけかじった。それから目を閉じてゆっくり味わうと、袋からカシューナッツとレーズンを少し取り出した。「どれもおいしい」と彼女は言った。「でも、なんだか熱っぽくて」

「髪をとかしてあげる」

私たちはベッドに座っていた。前に座った彼女の編み込みを解くと、輝くような黒髪が肩甲骨の間を通って背中に落ちた。私はブラシの木の柄を持って、とかしはじめた。「ネズミの巣みたい？」と彼女は尋ねた。「ううん」と私は言った。私が頭蓋骨に沿ってブラシを動かすと、彼女は頭を後ろに傾けて、小さな声をあげた。彼女の髪をかき集めるときに首に触れると、彼女の肩に鳥肌が立った。髪にブラシを当てながら、私たちは今までしたことのない話をはじめた。誰かの髪をとかすのは一緒にドライブするのと同じで、閉じられた静かな空間で、目を合わせずに近くにいられる親密さがあるのかもしれない。

「ストーカーがいたの」と彼女は言った。

「え？」と私は言った。

「パーティーの終わりに会った人だった。ポリュペモスっていう名前」

「キュクロプスのだよね？」

「知ってるの？」

「うん。見かけたことがある」

「二分ほど話をしたんだけど、私の故郷についてのウェブサイトを見せたいからとか言って、メールアドレスを聞かれて……自分でもなんで『ありがとう、でも大丈夫』って言って断らなかったのかわからないんだけどね。なんか会話の流れに乗っているような気がして、失礼にしたくなかったの。どうしてときどき、ノーと言えないように思える瞬間があるんだろうね？　とにかく、メルアドを教えたら、その日の夜、早速メールが来たんだ。今、読んでもいい？　〝やあ、ガラテイア。今夜きみに会えてほんとうに嬉しかったよ。こんなことを書いて変なふうに思われないといいけど、きみはほんとうに素敵な肌をしているよね。ほとんどの女性は肌の手入れなんてしていないみたいだけど、きみはしっかりお手入れしているんだろうな。まるでリンゴの花びらみたいだよ！　さっき話していたウェブサイトのリンクはこれ。また近いうちに話そう。良い週末を！　Pより〟」

「やっぱ」

「でしょ。ほら、やり取りを全部読んでみてよ」

そしてガラテイアは私に携帯電話を渡した。私は彼女の後ろに座ったまま、片手で携帯を受け取り、ブラシをベッドに置いてから、もう片方の手を彼女の肩に置いた。そして読みはじめた。

送信者：ガラテイア <g.latea@gmail.com>
日時：5月11日 土曜日 午後11：51
題名：Re：ふるさと！
宛先：ポリュペモス <rolypoly@hotmail.com>

ポリュペモス、リンクを送ってくれてありがとう。では、またね。

送信者：ポリュペモス <rolypoly@hotmail.com>
日時：5月12日 日曜日 午前0：24
題名：Re：ふるさと！
宛先：ガラテイア <g.latea@gmail.com>

リンクを気に入ってもらえたみたいで、嬉しいよ！
肌のことを言ったせいで、変なふうに思われなかったかな。きみの肌についてじっくり考えてみたんだけど、リンゴの花は正しくなかったかもしれない。貝殻の内側みたいな感じかな。踏み込み過ぎなら謝るよ。でもきみは最高の体をしていると思う。ほんとうに素敵だよ。ちゃんと考えて食べているんだろうね。きみみたいにスリムな体型になるには、規律が必要だろうから。ほんとうに尊敬するよ。正直言って、こんなに女性に惹きつけられたのは久しぶりなんだ。きみほど目を奪われた人は、これまでもいないんじゃないかな。今度飲みに行かない？ Pより

送信者：ガラテイア <g.latea@gmail.com>
日時：5月12日 日曜日 午前8：27
題名：Re：ふるさと！

宛先：ポリュペモス <rolypoly@hotmail.com>

褒めてくれてありがとう。でも、今付き合っている人がいるので、またね。

送信者：ポリュペモス <rolypoly@hotmail.com>
日時：5月12日 日曜日 午前8：31
題名：Re：ふるさと！
宛先：ガラテイア <g.latea@gmail.com>

きみはアキスと付き合ってるって聞いたけど、ほんとうかどうかわからなくて。残念だな。きみはきれいだし、面白いし、声もかわいいし、また変なことを言っちゃうかもしれないけど、見ていると、植物が生い茂っている庭を思い出すんだよ。多肉植物で溢れた庭をね。またすぐに会おう。Pより

送信者：ポリュペモス <rolypoly@hotmail.com>
日時：5月13日 月曜日 午前2：12
題名：Re：ふるさと！
宛先：ガラテイア <g.latea@gmail.com>

やあ、ガラテイア！　きみに付き合っている人がいるのはわかってるけど、きみはマジで最高にセクシーだって知っておいてほしくて。どうしたら、もっとセクシーになれるか知りたくない？　アキスとは別れることだよ。考えてみて;）　Pより

送信者：ポリュペモス<rolypoly@hotmail.com>
日時：5月13日 月曜日 午前11：21
題名：Re：ふるさと！
宛先：ガラテイア <g.latea@gmail.com>

ガラテイア、何度もごめん。考えていたんだ。きみの肌やなんかについて書いた気持ちは変わってないし、どれだけきみをかわいいと思ってるかも変わってない。でも、いいか。返事をしてこないのは、かなり失礼だし、ぶっちゃけちょっと嫌な女だぞ。きみは、マナーにかんして動物くらいの知識しかないんじゃないのか？　きみには冷たくて、怒りっぽいところがあると気付いてはいたけれど、こういうことか。言わせてもらえば、そういうところ、マジでげんなりする。極めて不快だね。僕のことを知ろうとしていたんだったら、返事をしなかったことを後悔するだろうし、僕を待たせた自分を責めることになるぞ。

「あきれた。なんなのコイツ。失せろって言ってやった？」

「無視してればそのうち止めると思っていたんだよね。責め立てるよりもいいかと思って。何か言ってこれ以上反応されても嫌だし、またおかしなことを言われてもね。消えてくれないかなって思ってた」

送信者：ポリュペモス<rolypoly@hotmail.com>
日時：5月15日 水曜日 午後2：41
題名：Re：ふるさと！
宛先：ガラテイア <g.latea@gmail.com>

ガラテイア、きみは自分から尋ねようとはしないみたいだから、もう少し僕について話しておこうと思う。僕のことをもっと知れば、自分が何をとり逃しているのか気付くはずだからね。まず、僕は家を持っている。決して小さくはない家だ。もしイチゴが好きなら、僕の家の庭にはたくさんなっている。ブドウが好きなら、紫のも緑のもあるよ。チェリーは好き？　桜の木がものすごくたくさんあるんだ。僕は稼ぎもいい。自慢してるんじゃなくて、事実を伝えてるだけだよ。もしきみにプレゼントをするなら、つまらない花とか、美しい穴が開いているきみの耳につけるピアスなんかじゃないだろうね。僕はこの辺りのことを知り尽くしているし、いつもハイキングに出かけてる。この間は、二匹の子熊を見かけたんだけど、きみはきっと好きだろうなと思った。ってことを、ついでに伝えておくよ。

それから、僕がどんな顔をしているか思い出してもらおうかな。というのも、ちょうど鏡を見ていたんだけど、映っている自分をいいなって思ったからなんだ。きっと、僕がどれだけ大きいかは覚えているよね？　大半の男よりずっと大きいって。あらゆる意味でそうだからね。なーんて。女性には髪の長さがいいって言われるよ、肩まであるからね。それに、彼女たちは僕の他のところに生えている毛も好きみたいだ。それに興奮する人もいるんだって。考えてもみてよ。葉のない木は醜いだろ。羊は毛がないと滑稽に見えるし、鳥には羽があるものだ。毛深い男は男らしいって言うじゃないか。僕は胸にも、背中、首、手にも生えてる。それにひとつしかない僕の目は、普通の人より視力がいいんだ。一応言っておくけど、コンタクトもメガネもしてない。完璧な視力さ。

あと、もう知っているかもしれないけど、僕の父は神なんだ。僕たちの関係を先走るつもりはないけど、義理の父親が神だと何かと便利だよ。

正直に言って、なんできみがアキスをいいと思うのか、理解できない。彼には会ったこともあるし、他の人とも話したけど、つまらない男じゃないか。僕とは変にかかわらないほうがいいって、彼に教えてやってくれよ。ぶっちゃけて言えば、彼のことを考えだすと、それから彼がきみとファックしているところを想像すると、気が狂いそうになる。あいつのどこが好きなんだ？　つるっとした胸がそんなにセクシーか？　あんなの、まるでガキだろ？　そういうのが好きってこと？　あいつはファックがうまいの？　言っとくけど、僕よりチン○が大きいなんてありえないよ。彼はオーラル好き？　ガラテイア、僕ならいつでもずっと舐めてあげる。生理中でも気にしないよ。アキスは生理のときも、クンニしてくれるのか？　あいつのどんなところが好きなんだ？　正直言って……あいつがきみの上に乗ってると考えると、マジでおかしくなりそうだ。思わずここにある机を叩いたら、グラスが落ちて、床で粉々になっちゃったよ。今から片付けないと。Ｐより

「こいつ、マジでヤバいよ」
「だよね」

送信者：ポリュペモス<rolypoly@hotmail.com>
日時：５月16日 木曜日 午前４：04
題名：Re：ふるさと！
宛先：ガラテイア <g.latea@gmail.com>

おいおい、なんにも反応しないつもりかよ？ 驚きだね。マジでどっかおかしいんじゃないの？

送信者：：ポリュペモス<rolypoly@hotmail.com>
日時：５月17日 金曜日 午後３：58
題名：Re：ふるさと！
宛先：ガラテイア <g.latea@gmail.com>

まだ何も言ってこないってのか？　クソ女かよ。

送信者：ポリュペモス <rolypoly@hotmail.com>
日時：5月19日 日曜日 午前11：21
題名：Re：ふるさと！
宛先：ガラテイア <g.latea@gmail.com>

アキスはどうしてる？　まだ負け犬のままか？

送信者：ポリュペモス <rolypoly@hotmail.com>
日時：5月20日 月曜日 午前3：17
題名：Re: ふるさと！
宛先：ガラテイア <g.latea@gmail.com>

頭の悪いクソビッチ。

「なんなの、これ」
「でしょ。怖いよね。これを見たとき、手が冷たくなったよ。眠れなくなったし」

送信者：ガラテイア <g.latea@gmail.com>
日時：5月21日 火曜日 午前10：11
題名：Re：ふるさと！
宛先：ポリュペモス <rolypoly@hotmail.com>

ポリュペモス、お願いだから、もうメールをしてこないで。あなたには興味がないし、書かれている内容が怖いから。

送信者：ポリュペモス <rolypoly@hotmail.com>
日時：5月21日 火曜日 午前10：17
題名：Re：ふるさと！
宛先：ガラテイア <g.latea@gmail.com>

ああ、ガラテイア。やさしいガラテイア。返事をありがとう。怖がらせるつもりはないんだ。僕が知っていることを知ってもらいたいだけなんだよ。つまり、僕らは一緒になる運命だってこと。すぐにまた会えると思うと嬉しいよ。

「最後の一文を読んだとき、パニックになったの。気持ち悪いし、恐ろしくて。彼に捕まってしまうと思った。私を探し出して捕まえに来るって。そうなるって体にはっきりとした実感があったの」

こちらに背を向けたまま、ガラテイアは全身をこわばらせていた。私はベッドの上からリンゴをつかむと、彼女の前に差し出して、片腕で後ろから抱きしめた。「ほら」

彼女は一口食べた。

「それからどうしたの?」私はそう尋ねると、また彼女の髪をブラシでとかしはじめた。

「数週間は、音沙汰なしだった。何もなかったの。ある意味、そっちのほうが怖かった。今度こそまたメールが来てるんじゃないかって思うと、パソコンを開くのが怖くなったよ。なんとなく、恐怖を感じてた。ある朝、アキスと彼の家のポーチで、いちゃつきながらコーヒーを飲んでいたの。ふと見上げると、少し先の通りを歩いている人影が見えた。巨大な長髪の男だった。それですぐにわかったんだよ」

「なんてこと」と私は言った。髪の毛にブラシを当てていたので、手に力が入らないように抑えた。

「私が『アキス、今のはあいつだと思う』と言うと、彼は体を起こして座り直した。私が『ここを出よう』と言ったら、ポリュペモスが走りだしたの。私たちもすぐに走り出して、ポーチから転がるように下りていった。私は水辺をめがけて走っていって、水の中に入った。すると三本の超長い脚を持つポリュペモスが、秒速でもうすでにそこにいたものだから、私はアキスに向かって叫んだの。早く逃げてって。ポリュペモスは彼のあとを追いはじめて、手足を引きちぎってやるとか、ちぎったおまえの足でケツの穴からファックしてやるとか、チンチンを切り落として棒に挿して焼いてやる、もう二度と彼女とファックできなくなるぞとか叫んでた」

「めちゃくちゃ怖いね」

「そうしたと思ったら、大きな岩を持ち上げて、アキスめがけて投げつけたんだよ。そしたらね……」

ガラテイアが泣き出したので、私はブラシを置き、両手で彼女の頭に触れてから頭と背中を撫でてなだめた。

「頭蓋骨にヒビが入ったんだよ」と彼女は言った。「アキスの血があたり一面に広がってた。でも私は彼の血を水に変えた。するとポリュペモスが投げた岩が半分に割れて、そこから葦が生えてきて、人の形になってアキスになったんだけど、前よりもっと大きくて、肌が青緑色の川の神になってた。私が彼を変身させたの」

「彼を救ったんだね」と私は言った。

「そうだね。彼を救った。自分の力を使って、あれほど気分爽快だったことはないよ。いつもは当たり前のように使っていたのに、何かひどいことが起きて、力が必要になったときに使ったら、めちゃくちゃ効果が出るんだね」

でもガラテイアはまだ怯えていて、私の手の下で震えていた。私は彼女の体に腕をまわした。「大丈夫だよ」と私は言った。「あなたは大丈夫」

「大丈夫じゃない予感がする」と彼女は言った。「いつも何かが怖いの」

「わかる、そうだよね」彼女の髪は輝いていて、ミントと草とパンみたいな香りがした。「すごく怖いよね」

「そう」と彼女は言い、鼻をすすった。「あいつはほんとうに嫌な奴だった。最低だった。あいつの毛という毛を見てもらいたかったよ」

「すごく暖かいセーターを作れただろうね」

ガラテイアは笑った。「ああ、それはもう、ひっどいセーターになるね。ノミが出るかもよ」

「あと、何だっけ、あいつはアキスのペニスをホットドッグみたいにして食べたかったって？　やばくない？」と私は言った。

ガラテイアはベッドから転げ落ちそうだった。

「彼のホットドッグを食べられるのは私だけ」彼女は笑うのをやめると、「私がこのバカみたいなクレンジングをしたかった理由のひとつは、自分の中にあった〝これ〟をすっかり空にして、毒を全部出しきりたかったからだと思う。内側からかき出すみたいにしてさ」と言った。

「確かに、そうかもね。話すことも毒を出すひとつの方法だよね」と私は言った。「だから、自分を飢えさせることはないんだよ」

「あいつは私に触れなかった」

「あいつはあなたに触らなかった」

「私は大丈夫。アキスも大丈夫」

「二人とも無事」

「ある意味で、私は文句なんて言うべきじゃないような気もしてる」と彼女は言った。「私たちは何事もなくいられてるし、もっとひどいことになっていたかもしれないしね」

彼女はここで話を止め、私は再び髪をとかしはじめた。二人とも黙ったまま座っていた。

「でも、どうしても考えてしまうの。頭からあいつのことが離れないんだよ。そんなにひどいことにはならなかったし、もっとひどくなっていたかもしれない。でも、彼が私の脳内に入り込んできて、八割を占めているような感じがする。気付けばあいつのことばかり考えてしまうし、何をやっていても集中できない。パンを焼いていても、アキスとこの辺のバーにいるときも、何周も泳いでいるときも。頭の中にいるあいつから逃れられないような感じがいつもするんだよ。あいつの姿。あの頭の悪そうな髪。あのときの恐怖」

彼女は頭を振った。「なんであいつにメルアドなんて教えたんだろう？」

「違う、違うよ、そうじゃない」

「でももし私が……」

「それは絶対に違うから」

「結局、そんなにひどいことにはならなかったし、もっとひどくなっていたかもしれない」

「でも実際、ほんとうにひどいことが起きたでしょ。ありえないくらい恐ろしいことが」

「そうだね」と彼女は言った。「ほんとうに怖かった」

私たちはそうして、しばらく話を続けた。ガラテイアはまたナッツを食べた。暴力が最悪なのは、物理的な被害ではなくて心に及ぼす影響なのかもしれない。意識の中心をハイジャックして、脳内の思考回路を組み替え、自分の好きなことに関心を向けられないというふざけた状態が、現在進行形で続いていく。体への暴力よりも大きな暴力。「このまま一緒にいるよ」と私は言ったけれど、彼女は眠りたいと言った。そして、話を聞いてくれてありがとう、とも。

「髪をとかしてくれてありがとうね」

「おやすい御用よ」

私を見送るために玄関まで一緒に来てくれた彼女と抱き合うと、気のせいかもしれないけれど、到着したときのハグで感じたよりも体がふっくらしたように思えた。

「愛してる」と私は彼女に言った。そう言ったのははじめてだった。彼女は私の友人だから。

「私も愛してる」と彼女は言った。「ありがとう」


私は家まで歩くことにした。日は暮れていたが、暖かかったし、バスに乗りたい気分ではなかったからだ。胸に残った感情を振り落としてしまいたかった。

運河沿いを歩いていると、湿気を帯びた敷きわらと水仙の匂いが漂ってきて、水の中からグラウコスが現れた。私たちが住む街はそれほど大きくなく、ひとつの場所に長く住んでいると、ある程度の人々のことはわかるようになって、いろいろな話を耳にするようになる。グラウコスは知り合いではないし、そこまで知っているわけではなかったけれど、姿はよく見かけた――海藻みたいな髪が胴のあたりまですっぽりと包み込んでいて、腰から上は人間で、腰から下は魚。私は話したい気分ではなかった。

「やあ、スキュラ」

私は少し足を速めた。彼は怪物ではないかもしれないけれど、ガラテイアから聞いた話が心を取り巻いていて、警戒心や苛立ちが強まり、怒りがこみ上げてきたからだ。

「なあ、スキュラってば！」

私は振り返って、もう一度彼を見ると、じっと見つめた。広い肩幅。筋肉が割れている。理想的な筋肉の付き方だ。光に照らされてきらめく魚の鱗——少し油膜が張っていて、舗道に虹色が広がっている。微笑むと、まっすぐで白い歯が見える。堂々とした風格がある。誰もそれを否定しないだろう。

私はまた前を向いて、歩き続けた。

「きみの注意を引けないなら、神でいたって仕方ないだろう⁉」と彼は叫んだ。

あなたは私の注意を引いてるよ、と私は思った。さっき私は三十秒あなたを凝視して、あなたしか見てなかったじゃない。もうあれ以上時間を割く気にはなれないの。自分の関心をどこに向けるかは、自分で決める——これは私に与えられた選択肢で、常に誰にでも与えられているものだ。スケボーに夢中になる？　テレビ？　ネットサーフィン？　自分の感情のパターンを調べる？　男の子や女の子？　写真をきちんと額装する？　一日にこうしたこと全部に没頭したっていい。何に関心を向けるかは、自分が決めることなのだから。いつでも私たちには、自分で選択できるたくさんのことがある。わたし、わたし、わたし、こっちを見てくれ、時間をくれ、話を聞いてくれ、きみが一番大事にしているものをくれ。そう言われても、私たちは選ぶことができる。そして、自分の関心がどれほど貴重なものであるか、また、関心を自分の望むほうに向けるにはどれほどの努力が必要かを覚えておくのは、人生の課題だ。今日、運河のそばで怪物と恐怖が訪れる予感がした私は、一刻も早くその場から立ち去りたかった。タイミングが悪かったね、グラウコス。最悪のタイミングだよ。

彼はこれが気に食わなかった。そこでどうにかしようと、キルケのところまで泳いでいった。「キルケ、わたしはスキュラが欲しいんだ。でも彼女はわたしに興味がない。助けてくれ」キルケはグラウコスに一目惚れした。「わたしと一緒にいればいいじゃない」そう言って彼女は彼の鱗に触れた。

「スキュラのことなんて忘れちゃいなさいよ」

「無理だ」と彼は言った。「わたしが欲しいのは彼女なんだ」

「経験から言うけど、自分を求めてくれる人と一緒にいるほうがずっといいのよ」と、キルケは言った。「頼み込まずに手に入れられるなら、よっぽどいいじゃない。あなたの美しさを認めてくれる人と一緒にいることよ」彼女は手を彼の鱗の下に滑らせた。「わたしはあなたの美しさをわかってる」

「わたしが欲しいのはスキュラだけだ」

キルケはこの展開をちっとも気に入らなかったが、助けになるとグラウコスに約束した。そして薬草を潰して、毒を混ぜ合わせた。

それから、そのエキスを私がよく泳ぎに行く小さな湾まで運んで注ぎ入れた。私は家に帰る前に、水辺に向かった。

まだ本格的な夏ではなかったけれど、太陽が照りつけるなか、私は水に入っていった。水は話したり歩いたりするのと同じように、体から毒を抜いてくれるからだ。キルケが水に毒を盛っていたのは知らなかった。腰のくびれまで浸かると、ガラテイアから聞いた話のとげとげしさが体から離れていくのを感じた。グラウコスの体が魚になるあたりまで水に入ると、そこで立ち止まった。水は腰の下まで来ていた。

そのとき、犬たちが現れて邪悪な吠え声が私の腰を取り囲んだ。凶暴なうなり声を上げ、歯ぎしりしている。追い払おうとしたけれど、犬は私にのしかかり、まとわりついて離れない。恐ろしい吠え声をあげる大きな犬ども。目に炎を宿しながら吠える凶悪な犬のベルトをつけているようだった。身を屈めると、私の脚は犬だらけになっていた。腰から上は女の体で、腰から下は野犬たち。うなり声を上げ、体を強張らせながら激しく動いている。私は獣たちの背中の上に立っていたけれど、立つための脚がなかった。黒い犬のベルト。うなる犬のスカート。

私はそこに留まった。長い間留まり、犬たちを調教した。彼らは船や船員たちを食べるようになった。キルケ、もっと男が欲しいのか？　それがおまえの望みなのか？　残念なことだなとグラウコスは叫んだ。私がこんな姿になったせいか、あるいはその原因を作った罪悪感から、彼は泣いていた。でも、あんたも負けたんだよ、お魚野郎。

関心をどこに向けるかは、人生で最も重要な選択だ。ときにはその選択肢が奪われ、選ぶ力が損なわれることもある。時が経つにつれて私は硬くなり、岩になった。私が船を砕き、男たちを溺れさせるので、キルケは望みを叶えられない。ガラテイアが訪れて、太陽の光で温まった私の上に座る。私たちは話をする。彼女は私が髪をとかしてあげたみたいに、私からフジツボを削り取り、鳥の糞を洗い流してくれる。

私は集中しようとする――太陽の温もりを吸収すること、潮の満ち引き、私の上によじ登ってくる子どもたちや、しぶきを上げる波。雨の味や、じめじめした霧の抱擁に意識を向け、船や男たちのことは無視しようとする。どうしてここにいることになったのか、その記憶についても考えないようにしようとする。それに喪失感や怒りのことも。精一杯やってみるけれど、無視したからといってそれらが消えるわけではない。男たちや記憶は、行進する軍隊のように戻ってきて、気付けば包囲されていることもある。カモメの鳴き声や、水平線の光、私の角にぶつかった船が立てる音に注意を向けていると、戦いに勝つこともあるけれど——降参することもある。

シビュラ

どんな人生にも後悔はつきものだけど、片方が見つからない靴下のように積み重なって、引き出しの中の場所をとるだけで、何の役にも立たない。

私は若い頃、アポロンに求愛されていた。信じられないでしょう。自分でもわかってる。求めるだけの価値があるものは全部、これまでずっとこの形から漏れ出てきたなんて。でも嘘じゃないの。それに、輝く栄光の日々を蒸し返したいわけでも、過ぎ去った時代を切なそうに恋しがりたいわけでも、自慢したいわけでもない。あなたは思うかもしれない。私が見なければならないのは後ろだけ、良いことはぜんぶ後ろにあると。それは正しくもあり、間違ってもいる。

アポロンは私を愛し、私を求めた。私は彼の予言者で、現在と未来の間の通訳として謎に声を与える。私を見る彼の目に映るものが好きだった。人というのは、いともたやすくおだてられるものね。彼は贈り物をくれた――赤い樹液の木で作ったスプーン、ハチドリのくちばしで作ったネックレス、快楽のなかで私の瞳孔が収縮し膨張するのを彼が詩にした歌。私の体は熟した桃が詰まった袋みたいで、真ん中の固いくぼみには種が入っていたの。

アポロンは私にすがった。彼がくれた贈り物はみんな、どうにかして私の処女を手に入れるためだった。「お願いだよ」と彼は言った。「頼むからさ」それについて私も考えた。処女を大皿に載せて彼に差し出すところを想像したわ。赤くて金色で、張りがあって、半透明で、強くて、牛の目のように丸く、葉のように薄い皮膜が黒いビロードのケースに入れられている。それを、どうぞ、差し上げますからお通りください、その先には何があるのか見に来てくださいと差し出すところを。アポロンはすでに知っていたのでしょう。でも私は知らなかった。あの壁が崩れるのは、どんな感じなんだろう？　と思っていた。

「それの代わりに何でもあげるから」と言われた。それ。その状態、その姿、その賞品は、一度なくなったら永遠に失われる。私が私でなくなるまでそのまま。「願い事を言ってみて」と彼は言った。

若いとき、私たちは何をわかっているというの？　私は自分の中の熱に気付いていた。目の奥にある輝きも。それは人を引きつける火だった。もうひとつわかっていたのは、それのどれもなくなってほしくはなかったということ。それ、そのすべて、命のどれについても、いつまでも続いてほしい、どこまでも可能性が広がればいいのにと思っていた。私はしゃがんで、一握りの砂をかき集めた。そして、私に無限の可能性を与えてくれようとしていた神アポロンに、手で握っている砂粒の数だけの年月を私に与えてくださいと言った。

なぜ、一握りの砂が無限だと思ったのかしらね？

彼は私の頬に手をあてると、額にそっとキスをした。彼が吐いた息は、天日干しの洗濯物みたいな匂いがしたわ。でも、一瞬にして背中から汗が噴き出してきて、私は恐怖で息が荒くなった。大皿に盛られたものを差し出すきらびやかなイメージと、脚を開くという生々しい現実とは違うものね。

彼は私の首の下の硬い胸のあたりに手を置いた。目を閉じながら、私の名前を口にした。その手は左胸へと滑っていき、彼も私も息を荒らげ、二人の間でお互いの息が押し合っていた。私は最初、静かにこう言った。

やめて。

私は自分が何を感じているのかわからなかったし、感じている自分も嫌だった。恐怖が染み込んでいくと、手足は冷たいのに熱い石に変わった。やめて、やめて。彼は私の両頬に、唇に、優しくキスをした。彼はものすごく優しかった。何もかもが速く脈打ち、世界が回りはじめ、自分の部屋で一人きりでベッドに入りたいということしか考えられなかった。できません、と私は言った。彼は一歩離れて、両手を上げた。「できない？」無理です、と私は言った。体が震えていた。「わかった」とアポロンは言った。そして私の目を意地悪そうに見つめてから、もう一度私の顔に触れると、やれやれと言うように頭を振って、どこかへ行ってしまった。

なぜ私は望みを叶えてくれる人に対してやるべきことを拒んだのでしょうね？

なぜそこまで自分の純潔にこだわっていたのだろう？　それについて長い間考えていたら、考えが変わったの。自分の処女を皿に載せて彼に差し出したりなんてできなかった。私は皮膜の片側にいて、彼は反対側にいる。その壁が崩れて自分と他人との区別がなくなると思うと、最後までできなかった。というよりも、彼にそうさせることができなかったの。

アポロンは私の願いを叶えてくれた。優しい手を使ってね。砂粒の数と同じだけの年月を私に与えてくれた。でも、私は忘れていた――最も重要なことを。「それから、今の年齢のままでいさせてください。弾力のある桃のような若さを保ったまま、ずっと生きさせてくださいと付け加えるのを。

愚かではない彼は、私が何を望んでいるか、何を望んでいないかわかっていた。だから私の望みを叶え、それに対してやるべきことを拒んだ私に罰を与えたの。若いまま砂粒の数の年月だけ生きさせる代わりに、私を老けさせた。ハリのある肌や、強い骨、ふっくらした唇、豊かな胸、簡単にこぼれる笑み、手を伸ばせばすぐにつかめる喜びとともにいきいきとした毎日を送る代わりに、私は細くて長い枯れ道を歩みはじめた。八十八歳になるまでは人間の速度で年を取っていたけれど、それくらいの年齢になると誰でもそうなるように、衰えてよぼよぼになってしまった。そこから老化の速度が遅くなって、何百年もかけてますますもろくなっていった。

今の私を見ると、鳥の翼の骨みたいな手に浮き出た静脈、年を追うごとに黒に近づいていく暗い筋がある。皮膚が変色し、前腕にはしみができ、あとからあとから目の下にそばかすが出てくる。腕の骨から肉が垂れ下がっているのが見える？　つつかれてたるんだ鶏皮みたいな皮膚。私を見ると、人は骸骨を思いだすのよ。胸はどうかって？　ボタンを外すのが遅いのは許してちょうだいね（私の指はそんなに器用に動かないの）、でも見せてあげる。ほらね？　私の胸はどこに行ってしまったのかしらね。昔はあったのに。今、私の胸は、スエードでできたふたつの空袋で、ちょっとだけ砂が入っているみたいに底のほうが垂れ下がっている。時間が体を変える。もろくし、萎ませ、消耗させる。今の私は七百歳だもの。

昔、ほんとうに若かった頃、四十歳になる少し前に、白髪が生えはじめた。最初は、右のこめかみ辺りにまとまって生えてきて、岩場に落ちていく滝のように、灰白色に広がっていった。白髪は時間の経過にまつわる事実を物語っていた。当然、年月が経つほど増えていった。でも最初に生えてきたほんの数本を見てひどく困惑したわ――鏡を見ては、どうしてこんなことになるのかと思ったものよ。この白髪は、私の心と体が信じていないことを語っている。私が心で理解していることとは違うことを。私は若い！　と思っているのに、体は違う真実を示していると。

一時期、その戸惑いは軽い痛みに姿を変えた。私は自分が気付かれにくくなっていることに気付いた。街中で、人に上から下まで舐めるように見られることもないし、誘うように私の視線を捉えようとする人もいなくなった。喪失感を覚えて嘆いたわ。でも、私の中にはまだ熱とワイルドさが残っていて、次に何が起こるんだろうという好奇心や、自分の中から溢れ出てくるある種の波長のような感覚があった。それは消えなかったし、消させなかったのね。時間は桃みたいなピチピチした若さから私を遠ざけ、果物とはまったく関係のない、より深いところでくすぶっている炎のようなものを私のなかに据えた。

衰えていく一方だと確信し、次の年齢に対する興味も消え、他人の目が自分を崇める程度に応じて自意識を引き出しているうちに、光は消えて熱は消失する。内なる脈動は弱まり、消えていく。そうしたものがないと、人生はさらに辛くなる。実に惨めよ。私はその惨めさを知っていた。そして、地球で千年過ごすなんて絶対に無理だとわかりながら、そこから這い上がってきたの。ああ、腰や股関節が痛い？　膝の骨と骨がこすれている？　欲望がわいてこない？　鉛筆やスプーンを持つ手が震える？　記憶の道がどんどん深い雪に埋もれていき、シャベルではもう掻き出せないって？　肉体にまつわる屈辱がいっせいに家のドアを叩いてくる？　そんなの最悪でしょ。だから、好奇心旺盛でいることが大切。他にも学べることがあるかもしれないんだから。

そうやって、なんとかやり過ごしながら、私は年を重ねてきたの。七百年経ったから、あと三百年。これまでの人生で、いろいろな人間になってきた。もちろん、何度も何度も自問したわ。なんでやめて、なんて言ったんだろう？　もしアポロンを受け入れていたら、どうなっていただろう？　こんなふうにだらだらと干からびた状態が続くより、さらにひどいことになっていたのかしら？　何があっても決して止まらない電車に乗っているみたいに、押し迫ってくるのに答えが出ない疑問というものがあるの。しばらくすると、そうした疑問ももう出てこなくなって、もっと重要な質問に代わったわ――時間とともに変わっていく自分を、どう理解していけばいいの？

ハリのある太ももや、豊かな胸、回転の速い頭が懐かしいかって？　そうね。最初の頃は、なんと惨めな気持ちになって、がっかりしたことか。でも、もっと重要な力は生きていて、私はそれを燃やし続けている。人々は私からそれを感じとるの。その力は、この世界の美しさを体験し続けることだと、今になってようやくわかるわ。

どんな状態であってもあなたはまだ若いから、私を見ればグロテスクなものに直面して、最初は恐ろしく感じるでしょう。私の口の中にはクモの巣が張っていて、肌は蛾みたいに粉をふいているんですから。猫背で皺だらけのこの姿、パタパタいうルーズリーフみたいな皮膚から目をそらすのは簡単なことよ。でも最初の恐怖を乗り越えたら近づいて、匂いや、ほとんど毛のない頭皮は無視して、私のまぶたの垂れ下がった皮膚のカーテンをめくって覗いてみて。新しい美の姿が見えるから。好奇心と、受け入れる心から生まれる美しさよ。それを忘れないでちょうだい。ちゃんと心にしまってね。

何年かあとに、必要になるときがくるから。

私たちはみんな、長い沈黙が訪れるのを待ち望んでいる。私たちはみんな、時間に姿を変えられている。私はこれからも肉体から、ささやき声、そしてため息へと姿を変え、消えていくでしょう。そのほうがいいの。今ならわかるわ。何年も何年もかけて、ようやく気付いたのよ。

不死身とは美しさの死であり、美は数々の終わりからはじまることを。

セメレ

「奥さんとするみたいにファックしてよ」
　一筋の光光
光光
光光
光光
光光
光光
光光
光光
光光光
光光
光光光
光光光

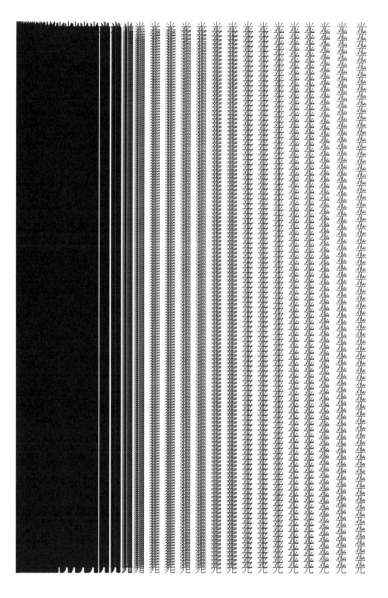

眩し過ぎて暗闇が訪れ、眩し過ぎて音が生まれる。

私はそうユピテルに言った。以前にも私のところに来たことがある人、私の体内に入ってきた人、ずっと妻がいる人。私を妊娠させた人に。私は彼が何者なのかを見たかった。彼が何なのかを見たかった（見るべきでないものがある。知るべきでないことも）。光の黒い壁を覗き込むと、そこには無が見え、不在が私を取り囲むだけだった。「真のあなたを感じさせて」彼は自分のことをとても強いと思っていた。眩しすぎて空っぽになる光。ああ、そうか、奥さんとはやらないのか。そう気付いた瞬間、私はただの灰になった。

メドゥーサ

通訳は架け橋を架ける。言語間の隔たりは、沈黙の深い渓谷。通訳の橋が頑丈で、渓谷の片側から反対側まで意味の重みを運んでくれると信じる以外に、何ができるというのだろう？　でも架けられた橋には必ず、どこかに欠陥がある。継ぎ目やひび割れがあるのは、ひとつの言語が変わることも何かを失うこともなく、他の言語へ移っていくのは不可能だからだ。

橋のなかには、意味を追いやってしまうものもある。

そんな場所で、この物語は生きてきた。故郷から遠く離れた場所で。私はこの物語の故郷だ。何千年もの間、他の人たちが語り継ぎ、それぞれの橋を架けて、間違った言葉が意味と真実を路頭に迷わせた結果、私が自ら語ることになった。どうして私が蛇を手に入れたのかは、それほど長い話でもない。

具体的に話そうか。私の髪は、小麦、銅、そしてマホガニーの色をしている。そしてうねる波のように背中に垂れている。見てごらん。小麦、銅、そしてマホガニーの色をしているから。

私の背はこれくらいで、人にこれくらいの背だと言うといつも、もっと背が高く見えると言われたものだ。私は実際よりも背が高く見えた。背筋を伸ばして立ち、力強く振る舞っていた。そんな自分を覚えている。

長い間、特定の声が物語を語り続けると、自分でもそれを信じてしまうところがある。自分の話が語られるのを聞いていると、「力強く抱かれた」という言葉を耳にした。「神聖さを奪われた」というのも聞いた。「愛を成就した」なんていう言葉もあった。それを聞いて、疑問を抱かずにいられなかった。私は間違っていたの？　あれは、それほどひどいことではなかったのだろうか？　耐えられるほど私が強くなかっただけ？

「愛を成就した」

この表現は婉曲され、省略され、曖昧にされている。ほんとうのことを教えてあげよう。干潮時みたいに、吐き気を催すような腐った泥の匂いがする海神ネプトゥーヌスは、ミネルウァの神殿に私を無理やり連れ込んだ。髪をつかまれ、強く引っ張られたので私は悲鳴を上げた。次に起きたことを表す言葉は、「力強く抱かれた」ではない。「神聖さを奪われた」でもないし、「愛を成就した」でもない。言葉は力だ。言葉は暴力だ。暴行。無理強い。混沌。暴力。混沌。強制。暴行。レイプ。レイプ。レイプ。レイプ。実際に何が起きたかを言うとしよう。彼は私が望まない場所に自分の体を持っていった。その瞬間、私は自分自身から切り離された。

ミネルウァはそこに突っ立ったまま目を覆い、助けてはくれなかった。何もせずにそのうえ、神聖なる自分の神殿でそんなことをされて嫌悪感を抱いていた。こんな冒涜行為をするなんて、と。でも、彼女はネプトゥーヌスには腹を立てなかった。終わると彼はまた海を支配しに戻っていった。無傷で罰せられることもなく、肉屋と銀行へ行く朝の用事を終えて家に戻ってきたかのように、もとの生活を続けた。欲しいものを手に入れ、自分の道を歩んだ。私は違う。私は欲しいものを手に入れられず、自分の人生を歩み続けることもできなかった。ミネルウァの罰を受けたのは私だったからだ。はじめは大きな拳に髪をつかまれて引っ張られたような、頭皮の引きつりを感じた。私の髪がつくる波、豊かな色、厚み、そのすべてが引きつり、巻きつき、ねじれた。私は手を頭にやり、すぐに引っこめた。髪があった場所には、鱗に覆われ、燃えるような目をした筋張った生き物がうごめき、シューシュー音を鳴らしていた。まるで私の頭蓋骨の髄にある豊かな土から伸びていく太い食肉性のつるのように、頭皮から何匹もの蛇が生えていた。私は蛇の頭を持った悲劇の物語となった。

そして、ネプトゥーヌスは深海を支配する。彼は私を抱いたり、神聖さを奪ったりなどしていない。私の愛を成就するなんて冗談じゃない。むりやり押し倒してきたのだ――腐った水が波になって押し寄せてくるみたいに。そうしてこの話は語られ、語り直されていったけれど、正しく語れた人は一人もいない。私の言葉もまだそこまで到達できていない。でも近づいてはいる。確実に。

それから、もうひとつ。私の頭上で、うなり声をあげる蛇がねじれた巣をつくるだけでは終わらなかった。私は自分が被害者である犯罪に対する罰以上の罰を受け、強力な神が強づくで私に行った悪事に対する非難を受けたのだ。だから私――怪物になった私――を見た者は、姿を石に変えられることになった。私は人々の視線が自分に注がれるのを見ていた。すると、彼らの顔に恐怖が広がり、手足は湿ったセメントで満ちていき、硬化して、固まり、口を開けたまま永遠に動きを止めた。私の家の廊下には動物園のごとく石像が並び、マゾの変態彫刻家がさまざまな恐怖を擬人化したような作品が展示されている。私はあまりにも強烈だった。誰にとっても耐え難い存在だった。人を恐怖に陥れて麻痺させ、誰かと出会うたびに、自分は誰にとっても、見るのも、触るのも、愛することもできないほど恐ろしい怪物であると実感するのは、これ以上ないほど恐ろしかった。

私はひどく孤独だ。あまりにも長い間、流刑生活を送っている。ほんとうに多くの人が私の物語を伝えようとしてきた。そのせいで私は長いこと、自分では真実だとわかっていることを信じられなかった。今は自分で選んだ言葉の力を使って、自分で自分に語っている。

最後に私が何を語るかって？ あれほど人をすくませるのは、蛇がいるからだけではない。私の頭でうごめく蛇が、人を石の姿に変えるのではないってことだよ。わからない？

そうさせているのは、私の怒りだ。

それと同じくらい白熱した怒りを、他の人が抱き、受け入れ、理解し、共有すらするかもしれない日が来ることを願っている。楽観視はしていないし、それまでの間も、私の家の廊下にある石像は増えていき、ぞっとするような影を床に落とし続ける。

カイネウス

私は処女を「失った」のではありません。若い頃に浜辺である人に奪われたのです。その後、その人は後悔してこんなようなことを言っていました。きみの望むものを何でも与えよう。私の望み？　私の望みを気にするんだったら、なぜあんなことをしたの？　なぜ浜辺では、私が何を望んでいるか気にかけてくれなかったの？　今さら私の望み？　まるで起きたことをなかったことにできるみたいな言い方だよね？　深い後悔からの提案じゃなくて、また別の形であんたが自分の力を誇示しているだけだと、私がわかっていないとでも思ってるの？　あんたが何者でどんなことができるのかを、私が理解していないとでも？　自分は神だから、普通じゃないとでも思ってたわけ？　何でもきみが望むものをあげるよって。まるで膝を擦りむいた子どもみたいに私を扱ったよね。ちゅっちゅっ、ほらキスしたからこれで大丈夫。バンドエイドを貼ったら、もう治るよって。なぜ私たちはこの世界にいるのかって？　痛みを経験し、痛みにどこに連れて行かれるのかを見るためだよ。きみが望むものは何でも与えるですって？「もう二度とあんな苦しみを味わいたくない。私を男にしてちょうだい」と私が言うと、「わかった」とその強姦魔は言った。あなたたちが知りたいのはそれだけ？

アレテューサ

私には私だけの気候がある。予報――暖か過ぎる、おそらく湿度が高め、いつ洪水になってもおかしくない。以前は、たくさん汗をかくことをすごく恥ずかしく思っていた。これから降ってくる雨や月の大きさについて立ち話をしている間に、こめかみから水滴がしたたり落ちてきたり、背中をつたい落ちた水滴が腰のあたりに溜まったり、自分の体が沼になったような感覚を理解してくれる人は、そういない。

笑うと汗が出る。顔をくしゃくしゃにして、おなかの筋肉を意識させられるくらい全身で大笑いすると出る。病院の診察室で衛生のために紙を敷いた診察台に座っていると、どんなに冷房が効いた窓のない狭い部屋でも汗が出る。泣いても汗が出る――いや、より正確に言えば、泣かないようにしようとすると汗をかく。涙が出そうという最初の合図で、汗が背中にぷっと吹き出す。まるで土砂降りになる前の霧雨みたいに。

あるとき、私は恥ずかしさを克服した。自分の運命を受け入れたのだ。これが私の体で、汗が出るのはこの体の特徴なのだと。だから、何も起きていないふりをする代わりに、人に会うたびにまず、私、汗だくなんで！　とか、汗がついちゃうかもしれない！　とか言うようにした。湿り気を感じているだろうなと思いながら抱きしめて、さりげなく、汗びっしょりなんだよね！　と言ったりもした。内なる恐怖というすくむような感覚を拭い去れて、ほっとした。それに、私は人を温めるのが得意だった。

でも、私の温かい体は問題も起こした。夏に森で狩りをするとき、私は無理をして、道沿いを何キロも日陰に出たり入ったりしながら走った。暑かったけれど最高の気分で、髪が額にまとわりつい て、しぼれるくらい汗をかいていた。やがて、小川を見つけた。川岸には柳やポプラの木が立ち並び、木々は水のほうに傾いているみたいだった。私はこの場所を見つけた自分の幸運に微笑むと、靴を脱いだ。舗装されていない道を何時間も、一歩一歩大地に足を叩きつけるように走っていたので、冷たい水が足を包み込み、腱を冷やし、使い込んだ筋肉をほぐしてくれるのは、天にも昇るような気分だった。スカートをまくし上げて膝まで水に浸かると、何百本もの小さな冷たい手が疲れを揉みほぐしてくれた。膝まで浸かり、もう一歩進んで太ももまで浸かると、これはもう全身を水に浸けるしかないように思えた。

森の一角を、私は独り占めしていた。仲間のプロセルピナが姿を消した頃のことだった。野原で花を摘んでいた途中で、いなくなったのだ。森ではみんながその話をしていた。大勢の人が捜していた。ケレスの恐怖が引き起こした熱気のせいか、いつもより暑い夏だった。私は服を全部脱いで、水辺に生えた若い柳の低い枝にかけた。戸外で裸になって、衣服で覆われていない肌に空気が触れるのは、なんて気持ちがいいんだろう。空気と太陽の光が、おなか、腰、脚全体に注がれている。でも、何かが違った。これまで何千回と、夏の日の午後に服を脱いで泳いできたけれど、この日の午後は、服のそばにしばらく留まっていた。頭の片隅にはプロセルピナの失踪があって、ここはそこまで安全ではないのかもしれないと思った。でも、怖がっていては生きていけない。

足首、すね、膝、そこまで浸かって私は一旦止まった。太ももの真ん中、内側、さらに上。歯を食いしばると波紋が広がり、鳥肌が立った。水が腰のあたりまでくると、私はさらに身を沈めた。イルカみたいに潜ると、髪の毛がカワウソのしっぽみたいに撫でつけられる。水に身をゆだねるのは、最高のご褒美だ。水が体のように思えるのは、中に入ると取り込まれてしまうのと、山腹や森の道、砂丘では得られない解放感をもたらしてくれるから。水は、すべてを受け止めてくれる。

すると、音が聞こえてくる。深いところから、ピシャピシャブクブクという音が水面に向かって上がってくる。ネバネバした突起物があらわれ、喉を切り裂かれた大きな動物が出すような、ごぼごぼと血を飲み込むみたいな音を立てている。私は背筋から恐怖が溢れ出てくるのを感じて――その音は、何か良いことや正しいことを知らせるものではなかった――小川の向こう岸に急いで飛び出した。しばらく動かずに、対岸の枝にかかっている自分の服を見ながら、もう一度耳をすました。体の中で心臓が高鳴っていた。

すると、泡のようなブクブクという音がよりはっきり聞こえてきた。

「行くな」と、喉が詰まったようなかすれ声が聞こえた。自分の体の筋肉一つひとつが、いっせいに強張るのがわかった――とりわけ肋骨まわりの筋肉と、ふくらはぎの筋肉が。「もう一度、私と一緒になろう」川の神アルペイオスだった。「水の中に戻るんだ」昔、何度も繰り返し見た悪夢がある。

私はある場所にいて、靴を履き忘れたことに気付く。特に問題はないし、慣れ親しんだ場所なのに、すべてが間違っているように思え、混沌や破滅、弱さ、屈辱を感じるという夢だった。ここで恐怖はふたつの要素から生まれる。ひとつ目は、そんな基本的なことを忘れてしまうということは、私の頭がかなりおかしくなっているということ。ふたつ目は、逃げられないということ。この組み合わせが、吐き気がするくらいの恐怖をもたらしていた。

小川のほとりで、その悪夢が現実となった。「行くな」と、また濁った声がした。対岸に置かれた私の服は、紐に吊るされた洗濯物みたいに風になびいていた。そして日陰に置かれた私の靴は、石のようにじっと、革紐が結ばれるのを待っていた。でも、このままいけば紐が結ばれることはないし、服は枝にかけられたままになるだろう。私は逃げなければならなかった。しかも裸で、裸足のまま。散々酷使した脚が、速度と力を取り戻し、私は一目散に逃げ出した。「なぜ逃げるんだ」とアルペイオスは叫んだ。「行くなって！」

裸で逃げる私に興奮したのか、アルペイオスは人間の姿になり――肌はぬるぬるとテカっていたけれど――私のあとを追って走りはじめた。彼の足元で小枝が折れる音がした。彼の呼吸は安定していて速かった。彼は私の名前を呼んだ。

一瞬、子どもの頃を思い出した。一階が真っ暗な家の中で、後ろに何かがいる気配がして階段を駆け上がっていったときの、純粋な恐怖のことを。目が回るくらいの恐怖に襲われてベッドに飛び込むと、布団をすっぽりかぶって、自分を追って階段を上ってくる力に見つからないように、隠れ蓑という安全な雲に吸い込まれていく。

靴も履かず、服も着ず、葉っぱが肌に当たるのも、足の下で石や棒を踏んづけているのにも気付かないまま走った。太陽の光を背に受けながら、東へ走った。開けた野原を越え、丘を登っては下った。彼より速く何キロも走り続けた。もう無理だというところまで。川の神は、私のすぐ後ろまで来ていた。そこで私は自分の声を使って、助けを求めて叫んだ。私の師であり女神であるディアナに、どうか、私を守ってくださいとお願いしたのだ。

その声を聞いたディアナは、空から一筋の雲を引き寄せて地上に送ると、私を包み込ませ、アルペイオスの目をくらました。湿った濃い霧のなかで、私は身動きせずに立っていた——息を整えようとして、胸だけは上下に膨らんでいた。むっとする霧に包まれ、水気に全身を取り囲まれ、体の近くに粒子が密集しているのは、布団の中に頭を突っ込んだまま長く呼吸をしていたときの湿度に似ていた。灰白色に包まれながら、これは盲目の色だと想像した。真っ暗ではなく、淡く光る灰色。影のない雲。もう少しで溺れてしまいそうだった。

私の姿は見えていなかったが、アルペイオスは近くにいた。彼は、雲のまわりを歩き、私のまわりで円を描いた——私の足跡が消えたのを見て、まだ近くにいるとわかっていたのだ。彼が霧に手をかざすと、極小の真珠みたいな蒸気が手のまわりを動いた。彼が私の名前を呼ぶと、その声は小さな水滴に乗って私の耳に伝わり、水滴が落ちるたびに耳もとではじけた。私は動くことも、叫ぶこともできず、走ったのと、恐怖と、こうしてじっとりとした雲の中に閉じ込められているせいで、汗をかきはじめていた。

毛穴という毛穴が開き、水分が出てきた。軍隊が移動するみたいに水滴が背中を流れはじめた。眉毛の壁を突き破って、目の中に入ってくる。玉のような汗が湧いてきて、手首にたまる。胸元をつたい、乳房の上を滑っていく。肩から、髪から、指先から、冷たい恐怖の汗と水が滴り落ち、その雫が土に触れて黒い跡を残す。足をずらすと水たまりができていて、私の形が溶けていくにつれ、大きくなっていった。私を支えている骨、私を動かす筋肉、爪や髪の毛、赤くヌルヌルした内側、歯、顎、舌、すべてが水に溶けていった。そうして、私の体はすっかり液体になった。

私はまだ安全とは言えなかった。水は水に引き寄せられ、アルペイオスは水になった私の中で私に気付き、私と一緒になれるようにと川の姿に戻った。ふたりで混じり合って、ひとつの流れになれるようにと。

でも、ディアナがまた救ってくれた。彼女が大地を砕いて、できた裂け目に私は一目散に入り込むと、暗い地層の奥深くへと流れ落ちていった。暗い場所で素早く流れ続けると、追ってくるアルペイオスは見えなくなった。下界は私にとって未知の世界だった。地下で見たのは、地底の山々、触角からぶら下がった盲目の目を光らせる生き物たち、一斤のパンほどの体と凧くらいの大きさの羽を持ち、腹部が宝石のような青い光を放つ蝶、水中と地中の熱で花を咲かせる植物、温かい岩の上に広がる羽毛のような葉。他にも、長い爪と卑しい歯を持ち、長い顎をした、毛むくじゃらでどう猛な生き物がこそこそと動き回っていた。こうした悪魔は洞窟の中、下界の最も暗い部分に隠れていた。私は暗い新天地を移動しながら、奥深い場所で、何か重要な真実に近づいているような気がしていた。影のなかを爪を立てて滑る、毛の生えた小さな怪物を見た。迫ってくるような闇に小さな光をもたらす、点々と輝くものも。誰もができるわけではないけれど、さらに下へ落ちていけば、私が知るべき何かに遭遇するかもしれない。その引力は強く、私は自分の知っている世界をあとにして、さらなる闇へと進んでいった。そこには探索すべきものがたくさんあった。水になった私は、下へ下へと降りていった。

そうして、形容する言葉が見つからない世界を次々に滑り抜けていった。暗黒と恐怖が迫ってきて、重力にさらに強い力で引っ張られ、一歩進むのも大変で、瞬きするたびに体力の限界が試され、地面に足をつけたとたん、闇の生き物たちに食い尽くされてしまう。そうならないようにするためにできるのは下り続けることくらい。そんなときはある意味、それが救いになったりもする。

闇には独自の重力があり、独特の誘惑の仕方をしてくる。もう少し下へ進み続けると、驚くべき何かが見つかるのだろう。痛みを伴うかもしれない。恐ろしいかもしれない。でもここに長くいれば、いずれ到達できる。暗闇は約束する——いずれはリアルなものにぶつかると。

私は体を動かして滑り下りていきながら、ついに三途の川が流れつく支流の灰色をした渦の中に入っていった。頭を上げると、彼女が見えた。プロセルピナは、大きな黒い玉座でうなだれていて、小さく痩せこけて見えた。彼女の目はどこかを見ていて、電気のように恐怖をピリピリと体から発している。身動きせずに座っていたが、どこか神経質になっているようだった。彼女が冥王プルートーンにさらわれたのは明らかで、地上で拉致されて、同意もないまま死者の国の女王にされたのだ。何という場所だろう——灰色をした夜明け前の薄闇が広がり、あらゆる雑音は消され、押し殺したような不協和音のささやき声がして、知覚をする、口のない体の形をした霧が色合いを変えながら漂っている。茎から落ちる前に腐ってしまう灰色の実をつけた木々の果樹園では、あらゆる植物が首を絞められたようで、影のなかで小動物が矢のように飛んでいき、私が胸でする呼吸はそのたびに、重苦しくて容赦のない暗黒に立ち向かう努力になっていく。そしてプロセルピナは、この世界に馴染みのない者であり、黄泉の国の王が彼女に何を望んでいるのかもわからない。

私はしばらく彼女を見ていた。彼女はとても孤独で、非常に若く、どんよりと険しい目をしていて、頬には色がなかった。彼女を抱えて母親の元へ連れ戻すことはできなかったが、母親に彼女の居場所を伝えた。そうして、私は再び自分の進む道へと戻っていった。

上の世界では、彼女の母親が喪に服していて、悲しみながら大地に塩を撒いていた。作物は枯れ、家畜は餓死し、不毛の地が広がっていった。私は「ケレス」と呼びかけた。ケレス、お願いですから、世界を荒地にするのはやめてください。私はあなたの娘の居場所を知っています。この目で彼女を見たのです。私が居場所を伝えると、ケレスは立ちあがった。まるでその知らせを聞いて硬直したかのように、石のように非情な怒りが彼女を取り巻いていた。でもやがて感覚を取り戻し、目に火を灯しながら私を見てうなずくと、オリュンポスでユピテルと話し合うために一人乗りの戦車《チャリオット》を走らせて行ってしまった。

今、私は再び地上界で、ずっと忘れていた星々を見ている。曲がった木の枝が、肌をかすめている。頭上では広い空が一面に広がっている。暗闇のなかでも、光の破片が点々と輝いている。私は頭を上げ、濡れた髪を絞る。月が見える。その白い光が、私の肌の上で踊る。私は水でできている。私は光と一緒に踊りはじめる。

ヘリアデスたち

親たちがサーカスのテントを張った。親たち……というのはピエロ、空中ブランコ乗り、ライオン使い、奇妙な舞台監督たちのことで、彼らはテントの下でショーを操ろうとしている。親、あるいはその代わりなど、世話人にはさまざまな形がある。子どもの頃、私たちはこのテントの下に住み、綱渡りや、曲芸師が他の曲芸師の上で体を揺らすのを見て、象の胴体に触れ、悲しげで恐ろしいライオンに吼えられながら、これが人生だ、これが普通なんだ、みんなこんなふうにして生きているんだと思った。でもやがて、それが真実ではなく、テントの下はそれぞれ違うことを知る。それでも同じなのはどんなところだろう？　それぞれにとって奇妙だと思えることなのかもしれない。テントの下で一緒にいる人たちから、どうやって生きのびるかを学ぶことの奇妙さ。その人たちはテントを張りながら、あなたをその中に引き入れて、自分たちができる最善を尽くそうとしているのかもしれない。でもロープにてこずり、杭を打ち込む際に岩に打ち付けてしまい、他の人の肩の上でバランスを取る方法をいまだに学んでいる。彼らも生きるのがはじめてで、築こうとしているミニチュア世界におけるる自分たちの力がよくわからずにいるのだ。兄弟や姉妹がいると便利だ。住むことになるテントがどんなかをすでに知っている人たちがいるのだから。自分のいるテントについて納得したり、他の人に理解してもらったりするのは難しいかもしれないが、兄弟や姉妹がいれば、物ごとが少し楽になることもある。ときに、彼らは守ってくれる。

でも、守れないときもある。

私たちのテントには四人が住んでいた。ふたりの妹と弟のパエトン、そして私だ。両親のクリュメネとアポロンを合わせれば、六人。私は長女なので、三姉妹を代表してこの話をしている。私たち四人の子どもはギャングみたいで、蹴り合ったり殴り合ったり、お互いの物を盗んだり、日記を盗み読みしたりして、泣いたり叫んだり、子どもがよくそうなるように、私たちもたまにモンスターになった。自己執着と恐怖という自分だけの巣に住んでいる遠い存在の母親と、毎日世界に太陽をもたらすために外出していてそばにいない、気もそぞろな父親が繰り広げる、奇妙なサーカスだった。

私たちはパエトンのことを、いつだって心配していた。弟は繊細でプライドが高く、なにごとにも身構えている子だった。悲しいことがあっても口に出さず、もしかしたら自分でもそれに気付いていないかもしれないようなところがあった。不機嫌でないときは、私たちを笑わせてくれた。

そんな弟を〝仲間たち〟がからかい、アポロンが父親であるわけがない、母親が何年もずっと嘘をついているだけだと言いはじめると、パエトンは顔を真っ赤にして、気にしていないふりをした。「エパポス、おまえは大嘘つきだ」と彼は言った。「それに、おまえの息は下水道の臭いがするって、女の子たちはみんな言っているぞ」でも家に帰ってくると、弟は母に泣きついた。

代わりに私たちのところに来てくれていたら！

私たちならこう言っただろう。「気にしないんだよ。エパポスは嫉妬深い虫けらみたいなやつなんだから。あんな子の言うことに耳を貸さなくていい。あなたはちゃんとわかっているし、あなたがあなたであることは変わりないんだから。私たちを信じて。私たちはほんとうのことを言っているんだよ。さあ、庭でキャッチボールをしよう」そして五分後には、みんなで笑っていたことだろう。また、翌日になったらエパポスを見つけ出して、彼を取り囲んでこう言っただろう。「そこのちっぽけな虫けら野郎、そんなに小さいのに嫉妬してるんだって？　もし弟に指一本でも触れたら、おまえの指を引きちぎって食ってやる」それで一件落着だったはずだ。だってパエトンは私たちの弟で、残忍な私たちは、お互いを守り合っているのだから。

でも弟は、母親のところに行った。すると母は、弟を抱きしめて安心させたり、嫉妬深いいじめっ子の話など聞くなと言ったりする代わりに、まるで自分が侮辱されたかのようにエパポスの言葉を受けとめたのだ。母の解釈は完全に間違っていた。私は人に嘘つきだと思われているっていうの？　だから神は私と寝たがらないのね？　母は哀れなパエトンをなだめようなんて、最初から思っていなかった。「父さんのところに行って、証明してもらいなさい。きっと教えてくれるから。約束するわ。おまえが望むことを何でも頼んでみなさい」母は弟の怒りを焚き付けて心の傷の炎をあおり、動揺するのも当然だと言った。

弟は上界へ向かい、父親を捜した。すると父は言った。「もちろんだ、息子よ。母さんの言うことがほんとうだと証明するためなら、何でもしてやろう」そんな誓いを父が立てなければよかったのに、と私たちはみんな思っている。どんな神も約束したことは断れないからだ。興奮していたパエトンは、どうすればいいかわからなかった。まだ幼くて、あまりものを知らなかったのだ。そこで、どうしたらエパポスに思い知らせてやれるかを考えた。父親の一人乗りの戦車《チャリオット》を見て弟は言った。「僕に運転させてよ」すると父は言った、「ああ、それはだめだ。いかん、いかん。わたししか乗れないんだよ。おまえには難し過ぎる。わたし以外には無理だ」と言った。でも、太陽を運ぶ戦車《チャリオット》でエパポスの頭上を疾走するという考えにすっかり魅了されてしまったパエトンは、しつこく言い寄った。父は何度も止めようとした。「パエトン、だめだ。これはだめなんだ。ユピテルにもできないことなんだよ。人間で、しかも若いおまえには危険過ぎる。こんなにも身の安全を思うことが、おまえが実の息子であることを証明しているじゃないか」だがパエトンは説得に応じなかった。一度何かを思いつくと諦められず頑固になる子で、危険や権力、父にしかできないことをするという考えに気持ちを囚われてしまっていたのだ。断固として主張を曲げないパエトンに、父はしぶしぶ同意した。するとパエトンは戦車《チャリオット》に飛び乗って、どこかへ行ってしまった。

理性を失ったと言えるのかもしれないけれど、もともと弟に理性などなかったのだ。馬たちは手綱を握る手がいつもと違うのを感じ取ると、空を駆け抜けて行った。何よりも辛いのは、弟が空の上で引きずられて、戦車《チャリオット》から放り出されたところを想像することだ。どれほど怖かっただろう。泣いて、震えながら、手綱を引こうとして、どうしたらいいかわからず、なんでそんなことを望んでしまったんだと後悔して、家に帰って私たちと裏庭でキャッチボールをしたいと思っていたのかもしれない。夕飯のあとに、日が落ちるのを見ながら、もう一度だけキャッチボールをしたいと。弟がこの悪夢を突っ走り、天空にいる生き物たちを追い越し、おうし座の角で内臓をえぐられ、さそり座の尾に刺され、かに座につままれて真二つにされ、しし座に爪で切り裂かれそうになるところを想像する。

私たちの弟は、天空で一人、あまりの恐怖に泣くことすらできずに、力を振り絞って手綱を握りしめ、小さな声ですすり泣いている。すごく孤独だったに違いない。それを思うだけでも耐え難い。赤ちゃんの頃の弟や、犬のぬいぐるみを抱えた少年の頃の弟を私たちは見てきたのだから。成長とともに声変わりするのを聞いていたし、強くなりたいと言う姿や、涙をこらえている姿も見た。悲しみや孤独を感じる弟も見たし、私たち三人は弟を愛するがゆえ、のけものにすることもあった。そしてそんなことしなければよかったと後悔し、もしかするとそれが原因で弟は悲しいのかもしれないと思いはじめる。私たちは弟をからかい、彼も私たちをからかい、みんなで笑いながらキャッチボールをした。弟からの愛を感じ、私たちの愛も彼に伝わっていると思える良い時間だった。天空で、弟は戦車《チャリオット》を止められず、操作もできずに、馬たちに引きずられて、あっちへ行ったりこっちへ行ったり、星々とぶつかりそうなほど高いところや、低いところへ連れて行かれた。そうして地球の一番高いところに火が付き、太陽の熱が地中の水分をすっかり蒸発させてしまった。木々は灰となり、畑は塵となった。川や小川、湖の水は沸騰し蒸発して、底がむき出しになった。焼かれてしまうのでクジラは水面に出てこられず、町や都市、世界は炉となり、煙が充満し、そのせいでパエトンはさらに道がわからなくなった。地球はユピテルにこんなことは止めてくださいと懇願し、煙にむせながら叫んでいた。彼女の声を聞いたユピテルは、なすべきことをした。パエトン目掛けて雷を投げて直撃させたのだ。稲妻で火が付いた弟は流れ星のように、地上めがけて空から落ちていった。父は顔を両手で覆うと悲嘆に暮れ、丸一日、太陽は一筋の光も差さなかった。

私たち三姉妹は、弟の骨が埋まっている場所を見つけると、地面に身を投げ出し、我を忘れて悲しんだ。泣き叫び、嘆き、悲しみ、自分たちの無力さを味わった。かわいい弟が逝ってしまった。もう彼はいない。弟がいない私たちは、いったい何者なの？　何かが欠けてしまった。

兄弟はときどきいなくなるものだ。かわいそうな弟は、私たちが助けてあげられなかった空の上で、一人ぼっちで怯えていた。器の小さい母にけしかけられた、哀れな弟。彼の墓前で一ヶ月ほど死を嘆き悲しむと、私たち三人は弟が落ちた大地に根を張りはじめた。悲しみながら、私たちは三本のポプラに姿を変えていった。慌てた母は、新しい姿となりつつある木から私たちの体を引き離そうとして、母が小枝や枝を折るたびに、指や腕が折れた。「そっとしておいて、放っておいてよ」と私たちは枝から血を滴らせながら叫んだ。「ママもパパも、役立たず！　何ひとつまともにできないじゃない！いいから、放っておいてよ！」新しい姿を定着させながら、私たちは叫んだ。

今回だけは、妹たちの代弁はしないでおこう。私が今考えていることを、彼女たちも考えているかどうかわからないからだ（でも、もし私が妹たちをわかっているとしたら、というか、実際わかっているのだが、きっとこう思っているのは私だけではないはずだ）。私は、母の喉に自分の枝を一本巻きつけて、締め殺してやりたいと思っている。

私たちは、自分たちの枝で新しいテントをつくる。私たちにできることはそれくらいだ。このテントの下で過ごすのは子どもではなく、私たちがつくる日陰でくつろぐ、小さくて柔らかな森の動物たちだけ。

アルクメネ

　ぜんぶ正しくやりました。妊婦であることを真剣に受け止めていたんです。だって、そうすべきでしょ！　何を食べて、どんな運動をするか。もうじきママになる人向けのウェイトトレーニング、ヨガ、ピラティス。早足でたくさん歩きました。食べ物について言えば私のせいで、メキシコはアボカド不足になったんじゃないですか？　冗談じゃなくて！　ケース買いしていたんですから。アボカドのオメガ3っていったら、すごいんです。ブラジルナッツもたくさん、青々とした葉野菜もね——ケール、チャード、コラード、ブロッコリー・レイブ、このレイブって人名の「エイブ」みたいに発音するのかしら？　それとも「ローブ」《強奪する》みたいに「レーブ」って読むの？　ホウレンソウにタンポポの若葉……、ああ、葉物野菜はガーリックソテーにしたり、スムージーにしたりしていましたね。朝に飲むのは、スーパーフード・ベイビー・ブレイン・ビルダー・スープ。自家製ヨーグルト、ピーナッツバター、草、ナツメグオイルの入ったエキス、アンチョビオイル、他にもシナモン、茹でた鶏肉、乾燥したサルスベリ、熊の爪の粉、そして中国人の治療師がくれた錠剤。何が入っているかは誰にもわかったもんじゃないですよね！

　それが何であれ、効果はありました。おなかの赤ちゃんが成長していくのを感じましたから。私は自分の好きなものを食べ、同時に最も栄養価の高いものを摂っていました。例えば、ピーナッツバター・チョコチップ・アイスクリームをボウル一杯食べたいと思ったら、食べちゃえと言って、ピーナッツバターとステビアで甘くしたビーガンチョコレートを一匙食べるというように。自分を甘やかしているとは言いたくないけど、ある意味、そうですよね！　でも、大勢の人にいろいろなことを言われました。というのも、私の体が大きかったからです。ほとんどの女性は、フルーツと野菜を使って表す成長チャートに沿って、小さな塊だったものがレンズ豆、そしてライムへ、それからパプリカになって、金糸瓜（大好き！）、そしてキャベツからココナッツ、カボチャへと進んでいきます。でも私の場合は、スイカからビーチボールになって、干し草の俵になったという感じでしょうか。早足で散歩をしていると、通りすがりの人に、いったい何人入っているの？　ティーンエイジャーを産むつもり？　とか、赤ちゃんにおなかを蹴られたら、尻もちをついちゃうんじゃない？　とか言われましたが、いつも笑うようにしていました。正直なところ、蹴られるのは辛かったです。あの子は力が強かったんですよ！　尻もちをついたりはしないでしょうけど、間違いなくその場で立ちすくんでしまったでしょうね。そんなことを言われても、私は笑い飛ばそうとしていました。きっと、みんな嫉妬しているのだろうと思ったのです。大きな赤ん坊は神の子で、ユピテルの息子だと、誰もが知っていました。そして私の髪も肌もすごく美しかった。この世に新しい命を送り出すのは責任重大だけど、自分の中で成長している子が半分神なのであれば、その責任は二百万パーセント増しですよ。それくらいの責任の重さを、まさに実感していました。嘘じゃありません。朝、目が覚めると、これが私の人生なの？　どうしてこうなったんだろう？　と思うこともありました。必ずしも感謝しているわけではありませんでしたけどね。ある晩に酔っ払って、記憶にないけれど間違った決断をしたせいで、人生が大きく変わってしまったとしみじみ思うのです。でも、誤解しないでくださいね。自分の中にいる人間が、これからほんとうに重要なもの、世界の真のヒーローになる可能性があると思うと、とても誇らしい気持ちにもなりました。まあ、でも、妊婦はみんなそう思っているのかもしれません。可能性に溢れた人間を容れる器になったような気分で、すごくワクワクする日もあれば、ちょっと孤独になる日もあったかも？　自分をどこに位置づけたらいいのか、少し見えにくくなっていたのかもしれない？　それについて相談できる女性も少なかったし、理解してくれる女性も少なかったですしね。一緒に遊んだり、パーティーをしたりしていた友達とは、人生の方向性が違うような気がして、私は彼女たちのことがよくわからないし、彼女たちも私をよくわかっていないように思えました。嫉妬していると、人は変な行動に出るものです。それに、断りもなく私のおなかを触ってくる人たちもいました。手を当ててくるんです。断りもなくですよ！　知りもしない人たちが！　私はその人たちの手首をつかんで、「どこかでお会いしましたっけ？」と尋ねながら、じっと目を見つめてやりました。すると彼らは顔を赤らめて、謝るんです。「絶対にやめてください」と私は言いました。「二度としないで」とも、「そんなふうに私に触っていいと思っているんですか？」とも言いましたね。もう一人の人間の命を宿した途端、自分がみんなのものになったみたいな感じがしました。わかりますよ、ほんとうによくわかる。興奮しちゃいますよね。でもこれは私の体だし、興奮したからってすぐに触っちゃダメなんです。経験則ですから。知らない妊婦さんに触りまくるのはやめましょう。ひとつには、自分の中に赤ちゃんがいると、なんていうか、もうすでに、自分の体が自分のものでなくなったような感じがしますよね？　突然、誰かとおなかの子を共有するだけでなく、誰かに譲り渡したような感じって言うんですか？　何が言いたいかわかりますよね？　いつもそう思っていたわけではないんですが、ときどきそう思うこともありました。でもあるとき、市場で生姜とチアシードと、ご存じの通り、アボカドを買っていたら、この子が蹴りはじめたんです。あのときばかりは、他の人にも感じてもらいたいと思いました。カンタロープの匂いを嗅いでいる老婦人がいたので、私は「おなかの子が蹴っているんです。触ってみます？」と尋ねました。私がとても健康そうで、すごく大きなおなかをしていたせいか、彼女は不安を覚えたようでした。私が「大丈夫ですよ」と言って彼女の手首をとり、おなかの子が蹴っている場所に手を置くと、彼女はさっと振り払ったんです。「何なの？」と彼女は言いました。「なんで私があなたに触りたいと思うのよ？」そして老婦人はカンタロープを指で押しながら、匂いを嗅ぎ続けました。ホルモンのせいだと思うのですが、外に出た途端、私は思わず泣き出してしまいました。妊娠は間違いなく、ジェットコースターです！　もしかするとそのとき、私はただ誰かに触れてもらいたかっただけなのかもしれません。でも、起きたらすぐにベイビー・ブレイン・ビルダー・スープをごくごく飲むのを楽しみにしながらベッドに入って、朝になれば新しい一日がはじまるし、あなたの中では神の赤ん坊が育っているのよと自分に言い聞かせながら寝ました。もしかしたら、ママたちはみんな自分の赤ちゃんは素晴らしい子になると思っているのかもしれないけれど、私は確信していました。自分の中にいる力は偉大になると。今でもそうですよ！　だって、息子を見てください！　小さなヘラクレスを。今は十八ヶ月くらいですね。ときどき息子を見ては、ほんとうにあなたは私から出て来たの？　って思うんです。すごく美しい子なんですよ。今はちょっと髪が乱れていて、整えてやらなければならないですが、あの子の歩き方を見てください！　よく気持ちを伝えてくれるし、すでに多くの言葉を持っています。ヘラクレス、滑り台では気をつけてね。お願いよ！　つまりは遺伝子の話なんですけどね？　ときどき、他の母親や子どもを見ると、彼女はどうやってあの子に付き合ってやっているのだろう？　物をつかんだり、かんしゃくを起こしたり、チェリオの入った小さなおやつ入れを床に投げつけたりしているのにって思うんです。批判的にならないようにしたいけど、なかなか難しいですね。他にも、M&M'sや乾燥クランベリーを与えている親を見かけることもあります。そういうときは、中に何が入っているか知らないの？と言いたくなるし、たまに言ってしまうこともあります。でも、私には関係ないことだし、私は自分が選ぶものを管理するしかないんですよね。当たり前ですけど、甘みが加えられたドライフルーツや、あとこれは論外ですが、大量生産されたチョコレートなんて絶対に選びません。ああいうのはまるで、そうね、シンクの下に置かれたスプレー洗剤で赤ちゃんを遊ばせたり、地下鉄の手すりを舐めさせたりするようなものですよ！　そう、まさにそんな感じ。うちのヘルク君はオーガニックコットンしか身に着けません。肌への刺激の面からも、環境面からも、そうするしか選択肢はないですよ。倫理的にもそうですね。息子のおもちゃは天然素材でできているものだけ——そう、木やウールですね。母乳育児についても同じです。乳房があって、赤ちゃんがいるんだったら、何をすべきかは明白じゃないですか？　批判的になるべきではないけれど、これまでの研究はどれも、栄養面でも、アレルギー面でも、細菌に慣れるという面でも、絆の面においても、赤ちゃんにとってそのほうがずっといいと証明していますよね。細菌と聞くと、つい自然分娩について考えてしまいます。正直に言えば、私は最初から自然な経膣分娩を希望していました。息子の大きさが問題なのはわかっていましたけどね。お風呂で出産したかったんです。薬もなし、硬膜外麻酔もなし、帝王切開もなしで。決めつけるわけではありませんけど、お医者さんたちが言うことは全部、赤ちゃんは産道を通るべきだし、腹部を切ったところからただ引っ張り出されるだけでは出産プロセスとして不完全だっていうことを裏付けていますよね。そんなふうに出産すると、赤ちゃんが健康で強くなることや、またナッツアレルギーや自閉症になる可能性を低くすることに欠かせない細菌が得られないいんです。まあ、それについては確証は持てないですが、おそらく事実ですよ。そうですね、個人の選択だってことはわかっています。ある女性は、近くに住む女性が帝王切開で出産することになったと聞いて、「いいじゃない、ご主人のためにあそこを締めておかなくちゃ」と言ったそうです。そうするのは素晴らしいことだけど、赤ん坊に必要な細菌はどうするんでしょうね？　女性にとって最も自然な行為を諦めてしまっていいのでしょうか？　ご主人のためにあそこを締めておくのはいいけれど、赤ちゃんへのリスクは？　衝撃ですよ。当然ですが、出産するときは緊張しましたね。かなり大きな赤ちゃんになりそうだし、自分の体がそれに耐えられるか不安だったんです。息子の誕生にまつわる話を大勢の人にしてきました。退屈だと思われていなければいいのですが。一階のキッチンに歩いていこうとしていたときに破水して、さあ、いよいよねと思いました。そして、助産神ルキーナを呼び、一般的なやり方で産むのを手伝ってもらうことにしたのです。助産師のチームもいました。陣痛を待つ間、私はヤカンにお湯をわかして、レッドラズベリーティーを入れ、教えられた通り、落ち着くための歌を口ずさみました。到着すると、ルキーナはキッチンからスツールを引っ張り出してきて、私の家につくった分娩室のドアの外に座りました。私は陣痛で頭がいっぱいだったので、彼女が分娩室の外にいて、腕組みをしたまま足を組んで座っているとは気付きませんでした。なにしろはじめての経験だったので、それが彼女のやり方なんだろうと思っていたのです。でも結局、そうではなかったんですけどね。で、本格的に陣痛がはじまると、私は汗をかきながら、ゆっくり歩いたり、横になったり、しゃがんだり、落ち着くための歌を歌おうとしたり、泣き叫んだりしていました。パニックになって漢方医を呼んだり、痛みとともに深い孤独を感じたりもしていましたね。新しい領域に入っていくような感じがして、それが延々と続くんです。いきんでみようともしました。全身の筋肉を使っていきんでみるんです。何年もランニングやヨガで鍛えた筋肉を全部使って。でも何も起きませんでした。その間も、ルキーナは廊下で右足を左足の上で交差させ、右ひざの上で手を組んで座っていました。彼女はいつまでも座ったままでしたが、私は死ぬ思いでした。冗談じゃないですよ。ある時点で、もう無理だと思いました。こんなのできないって。あの痛みは……あれはなんというか……とても言葉で言い表せるようなものではありませんでした。ご存じであれば、どんなだかわかりますよね。冗談じゃなく、七日間も陣痛が続いたんですよ。七日間！　今となっては笑い話ですが、そのときはとても冗談には思えませんでした。本格的な陣痛がはじまって百五十時間目くらいでしょうか、私は完全に錯乱した状態で、ようやく何が起きているのかを理解したんです。ユピテルはまさに私を妊娠させた張本人で、あれはたった一度のことで、私はほとんど覚えていません。昔は今よりもっとたくさんお酒を飲んでいましたからね。とはいえ、最近また少しずつ飲んでいますけど。私はもしかしたらユノーが、自分の夫が他の女を妊娠させたことに嫉妬しているのではないかと思いました。もちろん、そんなことは許せないことですけれどね。そして、もしかしたらルキーナとユノーは結託していて、友人への忠誠心からルキーナは私を殺そうとしているのではないかと思いはじめたのです。そのときは、うめき声と吠え声以外、何も口から出てこなかったので、ガランティスがいてくれたことを神に感謝しました。彼女は助産師チームにいた若い女性で、優しくて、思いつく限りの思いやりのある言葉で私を落ち着かせてくれようとして、部屋にセージの香りを染み込ませ、私にナスを食べさせ、体を上下に動かすように言って、どうにかして赤ちゃんを取り出そうとしていました。でも、ルキーナが部屋の外で片足をもう片方の足に交差させて、両手を握りしめていたので、何の効果もありませんでした。私は泣き叫んでいましたが、正直なところ、このときのことはほとんど覚えていません。完全に錯乱していました。少し正気を失っていたのかもしれません。でもガランティスはユピテルとのことを知っていました——私が打ち明けていたのです。すると彼女はルキーナがユノーの言いなりになっていると気付いて、ずっと叫び続けている私を置いて少しの間だけドアを閉めると、急いで外に出て行ってルキーナにこう言いました。この時点で彼女にはわかっていたのでしょう。「すごいわ、素晴らしい知らせよ！　彼女はやったわ！　男の子よ！　男の子を産んだの！」するとルキーナは怒り狂い、両方の手と足をほどくと、何日も私を陣痛に閉じ込めていた錠前を外したのです。信じられないかもしれないけれど、そんなことがほんとうに起きたんですよ。ルキーナが飛び去ると、すぐに私はいよいよはじまったとわかりました。浴槽の中に横たわると、この子が引き起こした痛みに私は真二つに引き裂かれました。ヘルク君は六千八百グラム強で生まれましたが、私の体はまだ回復していません。十八ヶ月経った今もです。真二つに裂かれたと言いましたが、文字通りそうなったんですからね。息子は私を引き裂きました。でも、ああ、それだけの価値はありましたよ。浴槽のお湯の中に、花びらに囲まれたあの子の頭が見えるんですよ？　あれは忘れられません。あの子を見たとき、私はかつてないほどの愛情を覚えました。正直に言って、はじめて恋をしたのかもしれません！　バカげているし、インチキ話みたいに聞こえるけれど、私は真剣です。あの経験で私は変わりました。母性によって、すっかり変わったのです。私はヘラクレスの母親です。それがすべてではないし、私はまた別のものでもあります。でもたいていの場合、それが——母親であることが——自分のすべてだと思えますね。それで十分なときもあります。というかほんとうに、ほとんどの場合、十分過ぎるほどそれで十分なのです。私の体はまだ私だけのものではないし、息子と私が同じ地を歩いている限り、私だけのものになることはないでしょう。完全に変身しました。私はあの子を見て、ただただ畏敬の念を感じます。ただ唯一災難だったのは、ルキーナを確実に騙せたとわかったときに、ガランティスがつい笑ってしまったことです。神々というのは、とてつもなく辛辣になるでしょう？　彼女は笑うべきではなかったのに、笑ってしまった。だから、ヘルク君が出てくる前に、ユノーはガランティスをイタチに変えたのです。地面を這うように歩くスリムな金色の小さなイタチ。そして不思議なことに、彼女は口から子どもを産むのです。私は彼女がしてくれたことに感謝していましたから、今、彼女はここで一緒に、つまり私の体の上に住んでいます。私の服には全部、彼女が入れるくらいの小さなポケットがついていて、もぞもぞ動くのがわかるんです。すごく柔らかいんですよ。おなかを撫でられたがってね。私は彼女と一緒にいるのが好きですし、とても大切にしています。ときどき耳元で鳴くんですよ。彼女は私の友達です。正直なところ、私はずっと少し寂しかったんですよ。ヘルク君はいるけれど、誰でも大人の付き合いは必要でしょう？　友達のことですよ？　あなたは私の友達。そうよね？　柔らかくて小さなガランティスちゃん？　痛っ、噛まないでよ。あなたは私の友達よね？

プロクネとピロメラ

これまで、ツバメに乗ったことはありますか？　ない？　そうなんですね。気に入っていただけるといいのですが。少し酔ってしまう人もいると、はじめにお伝えしておきますね。矢のごとく飛んでいったり、急降下したりしますし、スピードもすごいので、驚かれるかもしれません。もし気分が悪くなったら、地平線を探して、じっと見つめてください。さあ、ウィンターグリーン味のライフセーバーズキャンディーをどうぞ。これも効きますから。準備はいいですか？　そこにある踏み台に乗って、身を投げ出して、私の羽に身をうずめてください。そうそう、そんな感じです。ただ身を任せて。そう、そう、そう、羽に呑み込まれるみたいに。暑くなったら、寝ているときに毛布の下から片足を出すみたいに、ぶらんと出してみてください。もうすぐ移動しはじめたら、空気が通るのを感じるはずですよ――暑くなる人はほとんどいないですが、念のためにいつもお伝えしています。ツアーは約四十分ですが、途中には辛い話も出てきます。たぶん、想像していらっしゃる以上だと思います。ああ、そうですか、ならよかった。いやいや、わかっていますよ、そのために来ていただいたんですから。わかっていますし、来てくださって嬉しいです。ただ、お伝えしなければなりません――以前、何人かの方から苦情が出たのでね。ええ、ほんとうです。まあ、やり過ぎだとか、警告してくれればよかったのにとか、こんなに酷いと知っていたら申し込まなかったのにとか。私はお客様一人一人に敬意を払いたいのです。踏み台に上がって飛び込み、話を聞いてくださる方全員に。いいですか、ほんとうに辛いですよ。想像していらっしゃるよりずっと辛い話になります。ということで、いいですか？　警告しましたよ。

では、準備はいいですか？　いいですね。徐々に慣れていきましょう。一度ドンという衝撃を感じたら、あとは上がっていくだけです。

さてと……ああ、今日はいい天気ですね。こんなに完璧な天候なのは幸運ですよ。気温は約十六度で、地上より六度ほど涼しいです。風は南西から吹いていて、美しい夕日にきっと驚かれるはずですよ。素晴らしい夕焼けになるでしょう。晩春のとろけるような空気は、いつも私に希望を与えてくれます。最初の目的地に向かう間に、いくつかの事実から話していこうと思います。少しずつ行きましょう。

ツバメは八十四種類もいるんですよ。その年の初物を見ると幸運が訪れると言われています。私がツバメになってから……いや、あれから何年経ったかなんて、お伝えしなくてもいいことですね！　随分経つとだけ言っておきましょう。私たちは厩舎や納屋、物置など、広い扉がある場所に巣を作るんです。平均して、千二百回ほど往復して巣を作ります。そうするのはメスの仕事です。

ヤツガシラはヤツガシラ科の鳥で、頭に醜い羽毛が炎のように生えています。冠のように後ろに尖っていることもあれば、むしられたようになっていることもあり、冠の先端は、間違えてタールに頭を浸したかのように黒いんです。残りの部分は桃のようなオレンジ色をしています。まあでも、あれほど鮮やかじゃないんですけどね。そして翼は、黒と白の大胆な縞模様です。あはは、そうですね、ちょっと囚人服みたいですね。おっしゃる通りです。長いくちばしがあって、それが何の代わりになっているかは言うまでもないですよね。探りを入れるのに使うんです。この言葉、嫌いなんですよね。どう思います？　ヤツガシラはセミやハサミムシやアリのような、気味の悪い生き物を食べるんですよ。それに攻撃的でもありますね。つがいになる鳥を見つけて確保するために、オス同士でも、オス対メスでも戦います。長くて鋭いくちばしでつつき合ってね。このせいで、片目のヤツガシラが何匹いるか知っていますか？　たくさんいますよ。メスは卵の上に座っている間、腐った肉のような臭いがする分泌物を発します。捕食者を寄せ付けないためです。そして、ああ、いやだ、最も恐ろしいのは、孵化して卵の外でまだ一週間も過ごしていないヒナは、脅威を感じると蛇みたいにシューシュー鳴いて威嚇して、侵入者が巣に入ってくると、糞を垂れ流すんです！　ええ、ほんとうなんですってば！　確かに、あはは、そういう言い方もありますね。やれやれ。でも、彼らは素敵な鳴き声をしているんですよ。ヒューヒューって鳴くんです。

ナイチンゲールは、木の高い所ではなく、地面近くの低い場所に巣を作り、昆虫や種子を食べます。幼い頃、ナイチンゲールは頭が紫で胸が緑、黄色い帯があって、流れるような長い尾と、とても美しい目をしているとよく想像したものです。オウムみたいじゃありませんよ。あんな厚みや派手さはありません。でも、夢から出てきたような、ナイトガウンを羽織った妖精《ニンフ》のような鳥で、流れるように垂れ下がった羽が何キロも続いているんじゃないかって思っていました。実際のナイチンゲールを見たことありますか？　ない？　もし私が思っていたみたいに思っているとしたら、ショックを受けるはずです——年老いたムシクイやフィンチやツグミみたいなんですから！　どこにでもいるような、つまらない茶色の鳥です。ネズミみたいな茶色で、顎の下にクリーム色の羽が生えていることもある。くちばしは、それほど長くありません。ただ、ほんとうに地味なんです。意地悪で言っているのではないんですよ。でも実際、皆さんはどうやって見分けているんでしょうね。茶色っぽい小さな鳥はたくさんいますから。ナイチンゲールは鳴き声が特徴的で、高音と低音で元気よく素早く鳴くんです。ウィー、ウィー、ウィー、ツッ、ツッ、ツッ、ウィップ、ウィップ。そうなんですよ、鳴き声を練習してきました。ナイチンゲールは夜に鳴きます。鳴くのはオスだけで、メスは鳴きません。

　さて、では、これから東に下りていき、私が以前住んでいた場所を目指して急降下していきますよ。ちょっと角度をつけるので、しっかりつかまっていてください。そうそう、手で羽を握ってもいいですよ。いや、心配しないでください。簡単には抜けないので。太ももで挟むようにつかまっていてもいいですよ。バイクの後ろに乗っているような感じで。そうです。脚を使うんですよ！　さあ、いいですか。右下に見えるのは、私がテレウスと一緒に住んでいた場所です。私はアテナイ出身で、彼はトラキアの出身です。戦争中のアテナイを、まあ、言えば、テレウスが救ったのです。お金も権力も持っている彼が、軍隊を引き連れてやってきて、侵略者を打ち負かしたんですね。私たちはみんな感謝し、感銘を受けました。そして感謝の気持ちを込めて、父は私を花嫁として差し出したのです。興奮しましたね。街じゅうの人の肩の力が抜け、攻撃されていたときの緊張が解けた瞬間でした。テレウスはがっしりした体型で、髪は黒く、威厳ある有力者でした。人はどれだけ変わってしまうのか、これには驚かされませんか？　闇の部分を見せられてごらんなさい？　誰もがみな自分の中にそうした陰を持っていて、それに生きたまま食い物にされるか、その存在を認めて秩序ある関係を保っていくか、そのどちらかだと思います。少し的外れですけどね。右に下がっていくと、バルコニーが見えてきますよ。三階にあって、海を見下ろせるんです。テレウスはよく何時間もそこに立って外を見ていました。よく彼にこう尋ねたものです。「あなた、そこで何を考えているの？　まるで百万キロも離れたところにいるみたい」と。「おまえに説明してやってもいいが、理解できないだろう。息の無駄使いになることはしない」と彼は言いました。「話してみて」と私は言いました。新婚だった私は、甘ったるい優しさを匂わせながら、おどけてみせたのです。「ほんとうに知りたいと言うのか？　二週間前に戦場で殺した男の顔にクソしてやったことを考えているんだよ。殺す直前にそいつが見せた怯えた表情ったら。自分を救ってくれるものはないかと、きょろきょろ見回していた。そいつの恐怖を目の当たりにして、わたしは勃起した。ペニスが硬くなったんだよ。あのときの勃起のことを考えていたんだ。恐怖を垣間見たせいで、やつの顔につい脱糞してしまったこともな。もしあいつがあそこまで怯えていなかったら、あんなことをする必要はなかったのに。あの恐怖はすごかったし、胸くそ悪かった。それについて考えていたんだよ。あいつの顔の上にしゃがみ込んで、喉の上から金玉をぶら下げてやった。もう死んでいたが、俺のクソで窒息するところを想像したらスカッとしたよ。そんなことを考えていたんだ。聞けて嬉しいか？　ときどき、自分がやるべきことについて考えている。誰に何を言えば、自分の思い通りになるのか。たまに、キッチンの台の上でおまえの体を折り曲げて、髪を後ろに引っぱりながら、腱が締まっているのを感じるくらい喉を強くつかんで、ケツの穴にペニスを突っ込み、おまえを驚かせてやりたいと思っている」

ああ、ごめんなさい。たまにやり過ぎてしまうんです。ここまで知りたいわけじゃないですよね！

さあ、ではここで、私が昔住んでいた家のベッドルームの窓辺まで下降して、中を見てみましょう。少し下に降りるので、つかまっていてくださいね。新しい家主は私のベッドを使い続けているみたいです。昔は恥ずかしかったんですが、どうしようもないですからね。そう、ベッドの柱には鎖がついているんですよ。テレウスは、そうするのが好きでしてね。私は「わたしの淫らな囚人」とよく呼ばれたものです。確かに、私も興奮するときがありましたね。それは否定しません。それに彼は時折すごく優しくなるんです。ああでも、これだけはお伝えしておきます。私たちの結婚式に、結婚の守護神ユノーは欠席したんですよ。他に行くところがあったのでしょう。祝祭の神ヒュメナイオスも姿を見せなかったし、美を司るグラティアたちも現れなかった。でも、誰が来たと思いますか？　復讐の女神エウメニデスたちです。そのうちの三人には、コウモリのような黒い翼がありました——奇妙な伸縮性のある素材で、羽毛とはまったく違った。それに、赤い目をしていましたね。これから、式が行われた中庭の上を飛んでいきますが、下のほうを見てください。その辺りにはレンギョウが咲き乱れていますよ！　節くれだった手と、臭い息と、犬の噛み跡がついた顔をした花です。当時はわかりませんでしたが、葬式から持ってきた松明《たいまつ》を手にした復讐の神々がそこにいました。彼らはその角にある家の中に続く階段の上に、確かに立っていたのです。その夜、寝室の上の屋根には、金切り声をあげるフクロウが止まっていました。金切り声で災難を伝えるあの黄褐色の鳥です。それが結婚生活のはじまりで、その夜に私は身ごもりました。そう、悪い知らせと言ってもいいかもしれませんね。

これから裏手に回り込んでいきますよ。小さなイテュスの部屋をお見せします。険しい岩山と森を見下ろす、格子戸付きのあの窓が、子ども部屋だったんです。よくあの子を胸に抱いて、椅子に揺られたものでした。小さくて無力なイテュスを。ああ、肩越しに西の空を見てみてください。あんなにも美しい雲が広がっていますよ。寒くないですか？　快適？　そう、それなら、よかった。

さあて、一階まで下りていきますよ。キッチンをお見せしたいんです。約束はできませんが、ときどきドアが開いたままになっていて、中が覗けるんですよ。そう、幸運ならね！　では、急ぎますのでしっかりつかまってください。料理をしている人が怒ってほうきで叩いてきたりしたら困っちゃいますんで。ほら、あのキッチンの真ん中にあるのが、テレウスが言っていたオークの台ですよ。それに、調理用ナイフが何本も置かれています。そうですよね、あんなにたくさんは必要ないと思うでしょうね！　串が置かれた暖炉もありますよ。ああ、脂が炎に垂れてピタピタと音を立てていたのを思い出します。それに、大きなコンロ。それに天井から……おっと、危なかった！　天井からは鍋やフライパンが吊るされていて、赤ん坊のお風呂になるくらい大きいのもあります。きれいに掃除してありますね。床は新しく貼り直されていて、汚れが消えています。壁も塗り直されていて、ここも汚れが消えている。さあ、捕まる前に行きましょう。

明るいところに戻ってきましたよ。結婚して一年後、私はひどいホームシックにかかり、妹のピロメラに会いたくてたまりませんでした。私は母親になったばかりで、新婚の花嫁でもあり、自分のよく知る世界や愛する人たちから遠く離れた場所にいたのです。そこでテレウスに言いました。「妹を呼んで、しばらくここに泊めてもいい？」と。テレウスは承諾し、船で妹を迎えに行ってくれました。アテナイに着くとテレウスは、アテナイの王で私の父であるパンディオンに一礼して言いました。

「まったく、女ってものは。プロクネが妹と一緒にいたいって言うもんですからね」そのとき、ちょうどピロメラが部屋に入ってきて、すべてが一変したようなんです。

　これからは東に向かって、森のなかに戻っていきますよ。ポプラ、トネリコ、オーク、マツ、ブナがあります。木には当たらないようにしますからね。もうすぐ少し暗くなりますよ——森でも特に木が生い茂っている場所に移動していきます。見てください。今朝の雨で根元にヤマドリタケが生えてきた木もありますよ。

　テレウスはピロメラを見て、すぐに彼女が欲しくなりました。妹は美しいんですよ！　ウェーブのかかった栗色の長い髪と大きな目をしていて、はつらつとしていて若かったのです。そうは言っても、ここはあえて強調しておきたいのですが、彼女はまだ子どもでした。テレウスはすぐに態度を変えて、「まったく女ってやつは！　やっかいだと思いませんか？」と父を説得できるはずもないことを言っていたのに、父にどれだけ私を愛していて、私を幸せにすること以上に望むことはないし、そのためには一時的にでもピロメラを私のもとに戻すしかないとせがみはじめたのです。自在に人の心をつかめたテレウスは、わざと涙を流して、より繊細で哀れで優しく見えるように泣いてみせました。

　父はしぶしぶ彼の望みを聞き入れました。それまでも父はテレウスに愛情を感じたことはなく、この男は何かがおかしいと、落ち着かない思いでいたのです。でもテレウスは深く感謝して、ピロメラも私に会いに行けることを楽しみにしていました。子どもですから、純粋に嬉しかったのでしょう。

　聖なる泉の上を飛んでいく間、右手を見下ろしてみてください。ここから見たほうが、きれいでしょう？　光の当たり方といい、枝がつくる影といい……。

その翌日、船で私のもとへ戻ってくる前に、父はテレウスを呼び止めました。ときどき……ときどき、この部分になると涙が出そうになるんです。だから、今日もそうなったらごめんなさい。いえいえ、泣いていても飛行には影響しませんし、安全ですよ。父はテレウスのそばに座って、彼の肩に手を置きました。これだけはお伝えしておきますが、父は物静かな人なんです。とても優しいですしね。誕生日には、私たちが起きる前にこっそり部屋に入って花を置いていき、目覚めると花が咲いているようにしてくれました。私がパセリが好きなのにピロメラは嫌いだとか、彼女はエビが好きだけど私は食感を気持ち悪く思っているとか、そういうことも覚えていてくれました。そして彼らが旅立つ朝、ピロメラが言うには、父は一晩で十歳は老けたように見え、その目には深い悲しみが浮かんでいたそうです。そして、テレウスの肩をつかんで、「お願いだから、忠誠心を忘れないでくれ。どうか父親のように、愛情を持ってピロメラを守ってやってほしい。そして、できるだけ早く帰してくれ」と言いました。それから、ピロメラのほうを向くと、「できるだけ早く帰ってくるんだよ。わたしはすでに、おまえの姉さんがいなくなってとても寂しいのだから。ふたりともいなくなってしまっては……」

ああ、ごめんなさい。ちょっとだけいいですか……ほんとうにごめんなさい。

ありがとうございます。はい、大丈夫です。

このまま森の奥に入っていけば涼しくなりますよ。木々が生い茂って、森の匂いがして、木の葉が腐ったような、土の酸っぱい匂いがします。ああ、そうですね。確かに陰鬱な感じもしますね。

さあ、もう大丈夫です。そうして、別れの言葉が交わされます。ピロメラは興奮していて、テレウスは頭の中でさらに残忍な怪物に成り下がっていきます。そうしてふたりは船で旅立ちました。テレウスは船上ではピロメラに触れませんでした――狭い場所で悲鳴をあげられたら、捕まる危険性が高かったからです。でもピロメラは、何かおかしいと思う瞬間があったといいます。

彼女は手すりに寄りかかりながら、海を眺めていました。航海の途中、出発した港が見えなくなり、到着先もまだ見えない地点でした。あたり一面の大海原。テレウスは背後から妹に近づき、腰をつかむと、船から落とそうとするみたいに押して、すぐに引き戻したのです。ピロメラは悲鳴をあげましたが、きっとテレウスはふざけているに違いないと思っていました。テレウスも笑って、「おまえなんて簡単に海に落とせる」と言いました。その言い方に、ピロメラは寒気を覚えました。そしてそれからは、ただ一刻も早く陸に到着することを願っていました。私に会えれば安全だとわかっていたのです。

よろしいですか？　私たちの下に道という道はなく、深いイバラの茂みがあるのがわかるでしょう。棘だらけですよね。もしここで降ろしたら、みなさんはイバラに八つ裂きにされてしまうでしょう。

ピロメラは、船が陸に到着するまでの時間を数え、陸が見えてくると、大きな安心感に包まれました――きっと助かる。お姉ちゃんと再会できる。テレウスについては考え過ぎていただけだと。妹は知らなかったのです。埠頭に着くと、彼女は飛び跳ねるように陸を歩いて、しきりに私を探そうとしました！　午後遅い時間だったので、だんだん辺りは暗くなってきていて、妹は夕食は何だろうと考えていました。私の大好きなデザートはブラウニーにバニラアイスとチョコレートソースをかけたものだって、お姉ちゃんは覚えているかな？　もちろん私は覚えていましたし、その朝、妹のためにブラウニーを焼いていました。なんとも子どもらしい発想ですよね。

「こっちだ」テレウスは妹にそう言うと、ふたりは他の船員たちから離れて、街の灯りを背にして歩きはじめました。テレウスは彼女を連れて、これまで私たちが辿って来た道に沿って、森の奥深くへと進んでいきました。妹は何度も尋ねました。「いつになったら到着するの？　宮殿は反対側じゃない？　お姉ちゃんとどこかで待ち合わせをするの？」テレウスは答えずに、ただ妹の手を引き続けました。お姉ちゃんのもとへ連れて行ってもらえますように、とピロメラはただ願うしかなかったのです。

これから低空飛行していきますので、しっかりつかまっていてくださいね。そうです、ここから小屋が見えます。あの小屋に妹は連れてこられました。古代の森の奥深くにある小屋です。今は扉も壊れ、壁も崩れはじめています。そうですね、中に入ってみましょう。しっかりつかまっていてください。

目を休ませながら、薄闇に慣れていってくださいね。ひどい臭いでしょう？　ではツアーの途中ではありますが、この小屋の中にいる間は一旦降りていただき、少し足を休めてください。

テレウスは妹をこの場所、私たちが今立っている、悪臭がするこの部屋まで連れてきました。栗毛の美しい幼い妹を、この小屋にね。彼女は泣きはじめました。それを想像すると嫌になります。なぜって、テレウスは私が泣くと大喜びするんですから。弱くて、脆くて、壊れそうな私を見るのがたまらなく好きなのです。涙が妹の滑らかな頬から伝い落ちるのを、彼が見ていたと思うと……ああ。

「お姉ちゃんに会わせてください」と妹はお願いしました。

「わたしがどれだけおまえを欲しいと思っているかわかるか？」とテレウスは答えました。「この数日間、おまえに触れないでいるのがどれだけ辛かったか、わかるか？　到着が遅れたせいで、わたしはおまえがもっと欲しくなった。ピロメラ、おまえは美しい。おまえの父親パンディオンは、父親のようにおまえの面倒を見ろとわたしに言った。パンディオンがおまえを抱きしめるのを見たときは羨ましく思ったし、もしおまえがわたしの娘だったら、誰もが父親らしいとは思わないような方法でおまえを抱いてやろうと思っていた。わたしはパンディオンの手がおまえの背中をつたい下り、おまえの小さな尻をつかんで、自分の体に押し付けるのを待っていた。結局そうはならなかったが、おまえがわたしの娘なら、わたしはやっていただろう。でも、おまえはわたしの娘ではないし、これから何が起きるのかわかっていない。ようやくわたしはおまえに触れるのだ」

妹はわかっていませんでした。想像すらしていなかったのです。ようやくテレウスが自分に触れるというのがどういうことなのか、わからなかった。ハグするっていうこと？　でも、ハグならこれまでもできたはず。手を握る？　慰めようと差し出された手なら、荒波の上でも妹は歓迎したでしょう。テレウスは妹に近づいていきました。そう、この小屋の中で。想像してください。背が高くて、濃いあごひげのある冷たい目をした男が、まさにここに立っているのを。そして、ほうきのように細い体をした妹ピロメラのことも想像してください。顔を涙で濡らし、私と一緒にブラウニーを食べたいと思っている少女のことを。

さあ、テレウスが彼女に向かって三歩歩いていきますよ。想像してください。一歩……二歩……三歩……。まず妹の髪に触れ、柔らかい髪の中に手を滑らせました。そして首に触れます。それから両手を、彼女の胸に押し当てました。もっと成長したら膨らんでくるであろう場所に。

妹が恐怖で震えだすのを想像してください。

そして、テレウスが彼女のドレスを引き上げて、乱暴に体から引き剥がすのを想像してください。妹が震えているところを想像してください。そして、土の床がむき出しになった背中に当たった感触を想像してください。たくさん石が見えるでしょう。ジメジメしていて寒いですよね。もしよければ、触ってみてください。あ、いいですか？　わかりました。テレウスが妹を床に突き飛ばして、押し倒すところを想像してください。彼女は子どもなので簡単に組み伏せられます。そしてそう、ここ、まさにみなさんが立っているこの場所で、脚を広げさせ、喉をつかみながら彼女の中に挿入していくところを。妹の口を塞がないのは、ご想像の通り、悲鳴をあげても聞きつけてくれる人が近くに誰もいないからです。いずれにせよ彼は妹の悲鳴が好きなんですけどね。自分が大きくなったように思えますし、自分には彼女を感じさせられる何かがあると感じられますから。

妹は叫んで私を呼びます。父のことも。神々も。テレウスの体が離れると、彼女は自分の髪を引っ張って、こう叫びます。「お父さんに何て言ったか覚えていないの？　お父さんは私の面倒を見るようにあなたに頼んだでしょう？　覚えてないの？」

テレウスは笑いました。

「あなたにされたこと、私はその罪のせいでお姉ちゃんに殺される。あなたのせいで、お姉ちゃんを裏切ってしまった。もう全部台無しよ！」そして幼い妹はますます自分を追い込んで取り乱し、怯えました。「こんなことなら死んだほうがまし。でも、神々に力があるなら、きっと私の声が届くはずだわ。そして、いつかあなたはこの責任を取ることになる。絶対に、償ってもらうから。みんなに言いふらしてやる。あらゆる家の屋根から、あなたに何をされたか叫んでやる。もし私をこの小屋に閉じ込めるのなら、木々に向かって叫ぶから。彼らが伝言を伝えてくれるまでね。岩も私の声を聞いて、叫ぶでしょう。そうしたら天界は真実を知ることになる。絶対に言いふらしてやる！」

ピロメラ、哀れで無力な私のかわいい妹。

ある詩人の言葉に、恐怖なくして怒りはないというのがありますが、その通りだと思います。テレウスは、ピロメラの発言のせいで怒ったのだと言うでしょう。その言葉に恐怖を覚えたと。恐怖のあまり怒りを覚えた男というのは、この世で最も危険なのです。

テレウスが鞘から剣を抜いたところを想像してください。ピロメラの髪をわしづかみにして、頭ごと引っ張ったところを。彼女の両手を後ろで縛ったところを想像してください。まさにここ、私たちが立っているこの場所で。そしてピロメラがこう言うのを想像してください。「やりたいならやればいい」この窮状を終わらせるために、テレウスの剣に自分の喉を向けながら、「やりなさいよ！」と言い放つのを。妹が震えているところを想像してください。そしてテレウスが彼女の口から舌を出させ、強くつかみ、思い切り引き抜くのを想像してください。ピロメラの柔らかいピンク色の舌を想像してください。父と私と神々の名を呼び続ける妹の叫びを聞いてください。その声は不明瞭で、喉でつっかかり、ピンク色の舌はテレウスの汚い指の間でもがいています。テレウスが剣を振り上げ、妹の舌を切り落とすところを想像してください。きれいには切れず、土の床、そう、みなさんが立っている辺りに落ちるまで、のこぎりのように切り続けなければならなかったのを想像してください。落ちたあとも舌はもがき続け、身を捩《よじ》らせるように泥だらけの床の上で動いています。それから、ピロメラの顔に血が溢れ出すのを想像してください。彼女の顔がどれほど青白く、自分の血で息を詰まらせようとしているか想像してみてください。想像してください。辛いですが、テレウスが再び欲望にとらわれ、舌を失くして血を流している子どもに欲情するところも想像してください。彼が妹の上に覆いかぶさっているのを想像してください。その隅っこの床の上で、妹の体を突いているのを想像してください。

あああああああああ、うううううううううう、げえええええええええええ、ぎゃあああああああああああああ、ううううううううううううううう、おううううううううううううううう、ぎゃああ、ううううううううう、げえええええええええええ、ぎゃあああああああああああああ、ううううううううううううううう、おううううううううううううううう、ぎゃあああ、うううううううううう、げえええええええええええ、ぎゃあああああああああああああ、ううううううううううううううう、おうううううううううううう、ぎゃああああああああああああああああああああああああ

これは妹の悲鳴です。似せるように練習してきました。耳が痛くなりませんか？　ごめんなさいね。

　あああああああ、ぐうううううううううう、いいいいいいいいいいいいいい、いやああああああああああ、ぎゃああああああああああああああああああああああ、ぐうううううううううう、いいいいいいいいいいいいいい、いやああああああああああ、ぎゃあああああああああああああああああああああ、ぐうううううううううう、いいいいいいいいいいいいいい、いやああああああああああ、ぎゃああああああああああああああああああああああ、ぐうううううううううう、いいいいいいいいいいいいいい、いやああああああああああ、ぎゃああああああああああああああああああああああ、ぐうううううううううう、いいいいいいいいいいいいいい、いやああああああああああ、ぎゃああ

　さあ、またもう一度飛び乗ってください。ここを離れましょう。そうです、また乗るんです。膝ががくがくしていますか？　わかります。少し休みましょうか？　いいですよ。ライフセーバーを舐めてください。さてと、準備はいいですか？　羽で包み込みますからね。楽にしていてください。一度跳ね上がったら上昇して、そのまま進んでいきますよ。

　ああ、空気が気持ちいいですね。さて、どうしましょうか。つかまり方から、少し緊張しているようですから、いつもより高く、木のてっぺんまで行ってみましょうか。さあ、いきますよ、さらに、さらに上へ。昼下がりの光のなかに戻ってきましたね！　ほっとしませんか？　太陽はまだ照っていて、暖かさが残っています。ああ、よかった。もう落ち着いてきましたね。光が木々のてっぺんに当たり、木々が風に舞う——風は偉大な振付師です。そう、今はただ静かにそれを見て楽しみましょう。

これから、街のほうへ戻っていきます。わたしがテレウスと暮らした家のほうへ。次に何が起きたか、お話ししましょう。テレウスはアテナイの旅から一人で戻ってきました。「ピロメラはどこ？」家に入ってきた彼に、私は尋ねました。「ああ、プロクネ。ひどい話だよ」と言ったテレウスの目は涙で光っていました。そして「彼女は死んだ」と言いました。私の目の前で、妹の血と体を全身で感じながら、嘘をついたのです。私は倒れてしまい、彼のほら話は半分しか耳に入ってきませんでした。海での急病、高熱による狂乱、そして死。私は途方に暮れました。たった一人の妹が亡くなったのです。これまでにないほど強烈な痛みと、底なしの悲しみを感じました。トレイの上にはブラウニーが載ったままでした。もう二度とピロメラと一緒に笑ったり、抱きしめ合ったり、廊下を歩く彼女の優しい足音を聞いたりすることはないのです。彼女はもういません。

さあ、左側、あの大きくて尖った岩の近くに、私が妹のためにお墓を作った場所が見えてきますよ。もちろんそこは空っぽで、声のよく響く空き部屋のような墓穴があるだけです。私が生贄として捧げた動物の骨も見えるでしょう。妹の死を悼むために捧げたのです。彼女は亡霊になり、深海の彼方へ消えてしまいました。わたしは喪服を着て、二度と笑うことはありませんでした。

結局この墓は無駄になりました。ピロメラの中の何かは殺されましたが、彼女は死んでいなかったのです。

さあ、崖沿いを通って海を見ましょう。空気を吸い込んでみてください。肺一杯に海の空気を取り入れるほど素晴らしいことはありません。体にも脳にもいいんですよ。なんて美しい昼下がりなんでしょう。これ以上のものはないですね。干潮に近づいてきましたが、もうすぐ上がってくる満月の影響で海は増水しています。ツアーのこの時間は、ゆっくりと呼吸をしながら、景色を楽しみましょう。さあ、どうぞ!

一年が過ぎ、人生は続いていましたが、悲しみはまつわりついたまま離れませんでした。そんなある日、トラキア人の使用人の女性がこの街にやってきました。そこに見える神殿の柱と、その横にある小さなパン屋の辺りに私は立っていました。小さな息子のイテュスと散歩に出かけていたのです。その女性は道で私に軽く会釈すると、きつく巻いた厚地の布を渡してくれました。私はそれを受け取り、家に帰ってから広げようと、近くに隠しておきました。もう一度お願いしますが、さらに急降下していきますので、しっかりつかまっていてください。そう、そんな感じ。もうちょっと上下、前後に飛んでみましょう。あの大きなオークの木が見えますか? 公園の端に生えている木々よりも高くそびえ立っているでしょう? 布はあの木の上に隠しておいたんです。布を広げたときに見たものを、これから直にお見せしましょう。

では、脚でしっかりつかまっていてくださいよ。布を広げるときに、もう少し体を垂直にしますから。いや、大丈夫です。ありがとうございます。いえ、もう大丈夫ですから。大丈夫だと言ったでしょう。

よし、これで見えるようになりましたね。ベッドシーツくらいの大きさの布です。粗末な機織り機で、ピロメラが作ってくれたんです。そこにはこんなメッセージが記されていました。妹は紫色の糸で言葉を織り込みました。この豊かな色を見てください。一言一言読んでみてください。彼女の物語を読んでください。私がこれまでお話ししたことを彼女がどのように語っているか、読んでみてください。これは妹の言葉で、彼女は自分の物語を編み込んだのです。妹にとっては、これが声を持つ唯一の方法なのです。少し時間をさしあげます。

もう一度、読んでみてください。

いいえ、触れてはいけません。

私は布を床に広げ、目を凝らして見ました。一度読んでから、もう一度読み直しました。まず心の中で、ピロメラは生きている。私の妹は生きていると思いました。目まいがするほど嬉しくなって、膝から力が抜けていきました。すると、猛烈な吐き気に襲われ、何も言えずに立ちすくんだまま、動けませんでした。信じられないという人もいるでしょう。「どうしてすぐに助けを求めて叫ばなかったの？」と尋ねる人もいます。「なぜ、すぐにピロメラをあの酷い小屋から救い出さなかったの？」そんなことを言われても、どうしたらいいかわからないですよね。この言葉は私に突き刺さり、しばらくは言葉が出てきませんでした。自分の怒りを的確に表す言葉を探したんですよ。でも、見つかりませんでした。

私は泣き叫ぶこともなく、声も出しませんでした。そして脳裏に現れたトンネルの中に潜り込みました。自分の中に沈み込んでいったのです。それがどんなだか、わかりますか？　自分の中に沈んでいくんですよ？　復讐について考えたことはありますか？　そうですね、おっしゃるとおり、一度や二度はあるでしょうね。

これから向かうのは、私があの小屋を見つけた夜に通った道です。その日はバッコスの祝祭日で、トラキアの女たちは夜な夜な集まり、秘密の儀式に興じていました。私はその前に、自分の部屋に鍵をかけて着飾りました。頭につるを巻き、冠の葉を背中や肩に垂らし、左肩には鹿の皮をかけました。鹿皮は埃と皮の匂いがして、腕に重くのしかかり、鹿の死んだ目が私の顔を覗き込んでいました。私たちは、この夜のためだけに結ばれた双子でした。鏡に映った私の目には、炎が宿っていました。

私は街へ出向き、野性味溢れるパレードに参加しました。みんな叫び声や金切り声をあげていて、つるると毛皮と女性の体と女性の声が入り混じった混沌が、夜に向かって立ち昇っていくのです。動物の毛皮や秘密の呪文、ワインの壺があちこちで交わされました。このすぐ下に見える狭い脇道をたどって行ったんですよ。そしてとり乱してバッコスに魅了されたふりをしながら、人ごみから離れ、急に右折したのです。こんなふうに。ああ、ごめんなさい。曲がるってお伝えしていませんでしたね！

しっかりつかまっていますか？　ああ、よかった。では、事実に戻りましょう。実際のところ、私はとり乱してなどなく、人生で一番といっていいほど冴え切っていました。そうして、森のなかへ入って行ったのです。さあ、これからまた下降して、イバラのなかへ戻っていきますよ。森のなかに足を踏み入れても、イバラの棘が気にならないくらい私は怒りに突き動かされていました。かつてないほどの力がみなぎっていて、まるで自分の体が自分のものでないかのようでした。ほら、この小川のほとりで、この石のそば、この松の木々のそばですよ。さあ、小屋に戻ってきましたよ。

戻ってくるのは辛いですよね、わかります。ここに戻ってくるとみなさんに驚かれます。中には入らないですよ。また入りたいとおっしゃるなら別ですが……やめておきます？　わかりました。では、上空を一周するだけにしましょう。ドアが外れていたり、家のまわりの石垣が崩れていたりするでしょう？　私がやったんです。障壁を壊して、家の中に飛んでいき、妹の体を包み込みました。

ああああああああうううううううううがるるるるるるるるるうるるううううううううううええええええええええええええええええええるるるるるるるるるるうるるるるっるるるるうええええええええええあああああああああああああああああああああああああああああああああああああうううううううううがるるるるるるるるるうるるううううううううううええええええええええええええええええええるるるるるるるるるるうるるるるっるるるるうええええええええええあああ

妹の声なのか自分の声なのか、あるいはその両方なのかわからないうめき声でした。そうですよね、耳が痛くなりますよね。

私は妹につるを巻いて、顔が見えないようにしました。そして肩には毛皮を掛け、家に連れ帰ったのです。

ああ、そうです。ご推察の通り、これから私たちはあちらのほうに戻っていきますよ。家の別の場所をお見せします。風を耳に感じつつあちらに戻っていきながら、舌がない状態で声を出すとどう聞こえるのか、少し想像していただきたいですね。そうなんですよ。多くの方がそうおっしゃいますね。悪夢のような音だって。

あんなことをされた男の家にいたとわかると、妹の顔から血の気が引いていきました。手は震え、視線は床を向いたままです。妹は私を見ることができませんでした！　実の姉なのに！　あまりにも強烈な辱めを受けたからです。私は妹の顔を両手で包むと、生きていてくれてほんとうに嬉しい、心から愛していると伝えました。妹が泣き出すと、私はこう言いました。「いい？　言葉では言い表せないほど酷いことがあったっていうのはわかってる。でも私たちにはやらなければならないことがある。泣いている暇はないんだよ。今こそ、あいつに思い知らせてやるんだ。復讐するんだよ。あいつの舌を切り取って、目をえぐり出してやる。そして、あなたを辱めたものを鋸で切り落としてやる」（敢えてその名前は言う気になれなかったのです）。「あいつの息の根をどうやって止めてやろうか、いろいろと考えていたんだよ」と私は妹に言いました。「でもどれもしっくりこなくて」

ではこれから、窓の前を行ったり来たりしてみますよ。中に見えるのは、私がピロメラを連れてきた部屋です。テレウスと一緒に寝たくないときに使っていたゲストルームですね。少し強くしがみついていてください……緊張しているんですか？　わかりました。正直に言ってくださって、ありがとうございます。緊張することはないんですよ。いたたまれないのはよくわかります。

先程の話に戻りますが、テレウスを罰する方法をいろいろと声に出して考えていると、私の美しい息子イテュスが、よちよちと部屋に入ってきたのです。靴下を履いた足で、髪をくしゃくしゃにしてぽてぽてと歩いてくる息子に、私の心の何かが凍りついてしまいました。まるで息子をはじめて見るような、いや、もしかするとむしろあの子のなかに父親の面影を見たような気がしたのです。眉毛の太さや、笑うとできる鼻のしわ、意地悪そうな口の形など、まさにテレウスでした。ここから、私の心は身の毛がよだつほど恐ろしい方向へ進みはじめたのです。

ええと、少しつかまっている手が強いですね。ちょっとだけ緩めてもらえますか？　ありがとうございます。はい、だいぶ楽になりました。

幼いイテュスは、私の膝の上に乗ってきました。息子の重さと温もりを感じました。首に腕を回してきたイテュスを抱きしめてやると、彼の心臓と私の心臓が重なりました。私の小さなイテュス、温かくて小さなイテュス。子どもの重さは特別です。同じ重さの牛乳を人間の体温になるように温めても、同じ重さには感じられません。小さなイテュスが覆いかぶさってきました。息子からはバターのような香りがしました。頬はとても柔らかいし、私に包み込まれるように体を丸めてきて、そこにはまた味わいたいと思うような純粋な心地よさがありました。誰もがみな、人生のなかであんなふうな心地よさを味わえればいいのにと思います。私から生まれた小さくて温かい生き物に感じる大きな優しさに、喉が締め付けられるようでした。

でも、私は惑わされたくありませんでした。そこで目を開けて、妹を見ました。細くて青白く、言葉も持たず、切られた舌の残りが口から飛び出しているピロメラを。妹がブラウニーを味わうことは二度とないでしょう。口で、あなたが欲しい、愛している、おなかが空いた、怖い、とはっきり言うこともないでしょう。息子はママと言えるのに、どうして妹はお姉ちゃんと言えないの？　考えなさい、プロクネ、と私は自分に言い聞かせました。気持ちを揺らがせてはいけない。絶対に。

そして、私は貫いたのです。

さあ、今度はキッチンのほうに下降していきますよ。さっきはお見せしませんでしたが、その奥にもうひとつ部屋があるんです。薄暗くて、母屋から独立した物置部屋が。私はそこにイテュスを連れていきました。息子をつかまえたとき、私は自分の体から離れていたのだとしか、説明しようがありません。まるで森のなかで子鹿を引きずっていく虎のようでした。自分ではなくなっていました。イテュスが「ママ、ママ」と叫んでいるのはわかっていましたが、遠くでアラームが鳴っているのを聞くのと同じででした。騒音や邪魔な雑音のような、自分とは関係のないものに思えたのです。

さあ、この部屋を覗いてみてください。すごく狭くて薄暗いのがわかるでしょう。キッチンの端にある小さなドアから見てみてください。私が息子をここに連れてくると、ピロメラがついてきました。先程見た、たくさんのナイフを覚えていますか？　私はそのなかでも一番大きなものをつかみました。イテュスは何かすごくおかしいと察したのか、またしても私の首に腕を回して、抱っこを求めてきました。ほんの少し前に味わった心地よさを求めていたのです。でも私はそこにいませんでした。

私はナイフを手に持ち、彼の体を切り裂きました。私の息子。私の柔らかくて小さな息子。ナイフを皮膚に刺して、胸からふにゃふにゃした小さな男性器にかけて一気に切り開きました。息子が生まれたとき、真っ黒な血が流れました――濃くて、黒くて、固まった血が。今流れている血は、それまで見たなかでも一番鮮やかな赤色をしていました――私から生まれたものから、どうしてこんな色の物が出てくるんでしょうね？　指や手首にその温かさを感じました。袖まで染みこんできましたが、決して目をそむけませんでした。息子の体の中が見えました。彼の目はおぼろげになり、暗くなりました。そんなふうにして一瞬で息子は死にました。ピロメラもそれを望んでいました。彼女はまな板の上の果物ナイフをつかむと、息子の喉元を切りつけ、邪悪な笑みを浮かべました。それから私たち姉妹は、一緒にその小さなものを切り刻みました。肩から腕を引きちぎりました。ぶちん、ぶちん！と引っ張って、裂きました。胴体から脚を、脚から足首を、手首から小さくて柔らかいくぼみのある手を。あとからあとから血が溢れ出てきました。大量の血が流れていました。

めまいがしますか？　ああ、すみません。血を想像すると怖気付く人がいるのを忘れていました。

では、あの大きな銅製のヤカンを見てください。前にも言いましたでしょう？　あの大きなヤカンですよ、そう。立派な台所用品ですよね。私たちはあの中にばらばらになった息子の体をいっぱいになるまで入れました。残った部位は、暖炉の串に刺したんです。肉が溶けて、部位から脂肪が流れ落ちると、ジュージュージューパチパチと音を立てました。チュッ、チュッ、チュッ。こんな感じです。チュッ、チュッ、チュッ。子どもの脂肪が炎に当たる音ですよ。

臭いについては、知りたくないでしょう。

やれやれ、困りましたね。わかりました。お伝えしたように、目で水平線を探してください。それに、ライフセーバーを舐めてもいいかもしれませんよ。ミントは吐き気に効くんですから。そうです。よかった。

それから息子の体でごちそうを作りました。作り終えると私はテレウスを見つけに行き、でたらめな話を作り上げました。「ねえ、あなた。アテナイには聖なる特別な夜があるのよ。妻が夫のために食事を作り、その食事を味わえるのは夫婦だけ。それが今夜なの！　朝からずっと、料理をしていたのよ。あなたに食べてもらうのが待ちきれないわ」

では次に、テレウスが玉座に着き、神聖な食事が運ばれてくるのを待っていた広間に移動しましょう。私はお皿一杯、ボウル一杯に、湯気を立てて良い香りのする料理を運びました。「どうぞ、食べて、食べて」と勧めましたが、そんなことは言うまでもありませんでした。テレウスはすっかり平げたのです。最後の最後まですすりあげて飲み込んでいました。唇を油でギトギトにさせながら、吸い上げたり、くちゃくちゃ噛んだりする音を聞きながら、私は喉まで嘔吐物が上がってくるのを感じました。吐き気をもよおすところを見られないように、後ろを向きました。

「イテュスはどこだ」とテレウスは袖で口を拭きながら言いました。「ここに連れて来い」

私は嬉しさを抑えきれず、笑い出してしまいました。そして「あの子ならここにいるわ」と言いました。「ここにいるじゃない。これまでにないくらいあなたの近くにいるわ」ああ、おもわず笑ってしまいましたよ。さあ、今から宮殿を離れて、海に向かって移動していきますね。私の首あたりを握る手が少し強くはありませんか……あの、できれば……いえ、いえ、申し訳ないです。でも、もうすぐで終わりますから。今はまだ降りられないんですよ。

私は笑い続けました。お願いですから、想像してみてください。テレウスに「私たちの息子はここにいるのよ」と言ったときの私の笑い声を。すると今度は、ピロメラが駆け込んでくるのです。想像してください。髪は血で固まり、爪の中も首も血だらけで、野生の目をした血まみれの妹を。そして、彼女の手の中にあるイテュスの頭も想像してください。小さな頭です。頬は恐ろしいくらいに紫灰色で、目はパラフィン紙でくるまれたように鈍く、角のほうに寄っていて、柔らかい口は眠っているみたいにだらりと開き、首からは切断された脊椎の一部が突き出ていて、ギザギザになっている切断部分からは破片が砕けていました。どうか想像してみてください。そして自分の手の中にある子どもの頭の重みを想像してください。想像していますか？　想像してくださいよ。指の間の髪の毛、指関節に当たる頭蓋骨の硬さを想像してください。そのすぐ下には脳みそがあり、心臓に鼓動を打つように指示を与え、ママという言葉を覚えさせ、脳の持ち主である小さな子どもの喜びや悲しみを受け止めているのです。ほら、あなたの手の中にあるんですよ！　それを投げるところを想像してください。ピロメラはそうしたのですから。彼女はイテュスの頭をテレウス目掛けて力いっぱいに投げつけました。息子の小さな頭を、顔に投げつけたのです。

うわああああああああああああああああぐええええええええええええええええづづづ

いいいいいいいいいいいいいいいいいいいいいいいいいいいいいいいいいいいいううう

ぐうううううううううううううううううううううううわああああああああああああああああぐえええええええええええええええええいいいいいいいいいいいいいいいいいいいいいいいいいいいいいいいいいいいぐうううううううううううううううううううううううわああああああああああああああああぐええええええええええええええええいいいいいいいいいいいいいいいいいいいいいいいいいいいいいいいいいいいぐぐぐぐ

ぐううううううううううううううううううううううげえええええええええええええええ

妹は言葉を話せるようになりたいと、あのときほど望んだことはありませんでした。自分の舌で言葉を作って発したい。大声を出したり、喜びを歌にできるようになりたいと。

子どもの首が飛んでくると、テレウスの顔は恐怖で灰色になりましたが、うまくかわしたので、首は壁にぶつかってキャベツのように割れ、床にどさりと落ちました。

そうですよね。はい、すみません。一日くらいは耳鳴りが続くでしょうね。めまいもするかもしれません。ええ、めまいがするかもしれないと言ったんです。でも永久に続くわけではありませんからね。はい、そんなことはありません、お約束します。

当然、テレウスはキレました。テーブルをひっくり返し、自分の体が自分の息子の墓になってしまったとわめきちらしました。そして剣を手に私たちのあとを追ってきたのです。ちょうどそのときでした――私たち三人の姿が変わったのは。ピロメラは、ナイチンゲールに。私は、まあ、ご存じの通りですね。そしてテレウスは……ヤツガシラになりました。そうしてそれぞれ別々の方角へ飛んでいきました。さあ今から、ツアーの出発地点に戻っていきますよ、そして……ああ、どうしました？　もう降りたいんですか？　もうちょっとだけお待ちください。地平線を目で探すんですよ。だめです、できませんよ。警告しましたよね？　ええ、でも警告したはずです。もうひとつライフセーバーを舐めたらどうですか？　羽に身をうずめてください。ええ、わかっていますよ。でもだんだんこたえてきたんです。みんな知りたがるのに、そうかと思えば、知りたくないと言いはじめる。そんなことばかりですよ。恐ろしいし、あまりにも酷いと言われます。うるさ過ぎるとも。でも実際に恐ろしくて、酷くて、うるさかったんです。知りたいのか、知りたくないのか――知らないほうが楽なんですよ。手に持った子どもの頭の重さや、それを投げつける感触を想像しなくて済むなら、そのほうが楽です。ピンク色の舌に刃を当てられたり、その根元にまだらなかさぶたができているのを想像しなくていいなら楽ですよね。大の大人が、口から血を吹き出している子どもに挿入するところなんて、考えなくていいのなら楽なものです。知らないほうが、ずっと楽ですよね。ええと、そうですね。まあでも、辛くなりますとお伝えしましたよね。想像されているより辛くなりますと。でも、こんなだとは思っていなかったって？　じゃあいったい何を期待されていたんですか？

いや、ほんとうに、何を期待されていたのでしょう？

まもなく着陸しますよ。身の回りのものを集めておいてください。まず肩越しに見てください。西の方角です。言ったでしょう！　言いましたよね。見事な夕焼けになるって。見てください。こうなるってお伝えしましたし、その通りになりましたよね？　見事ですね。なんて美しいんでしょう。

バウキス

あの日のことを憶えていますか？　朝の家事が終わったあと、私たちは台所で座って、一緒にお茶を飲んでいましたよね。日が短くなったことや、秋分の日が近いこと、黄昏が短くなったことについて話していて、私はあなたに、ずっと前の夏の終わり頃のことを覚えている？　と尋ねました。ふたりで海辺にいたときのことを。あの朝、私たちはけんかをして、あなたは一人で海へ降りて行き、戻って来るとこう言ったの。きみもおいでって。私はまだ怒っていたけれど、ついて行きましたよね。水を触ってみて、とあなたに言われると、私はそのとおりにしました。水はとても温かかった。それくらいの時期の水温よりもずっと。そうしてふたりで服を脱ぎはじめたのを、覚えていますか？　浜辺で裸になって、辺りにはカモメやクモガニがいて。岸からそう遠くないところにいた小さな漁船は、きっと私たちを見ていたはずよ。泳いだときの感覚を覚えてる？　朝の毒を洗い流してくれる感じがしなかった？　と訊くと、覚えてるよとあなたは言っていました。あの夜、僕たちはハマグリを食べたよねとも。そうね、と私は言った。夕暮れ時にポーチに座って、空をツバメが飛び回るのが見えたのを覚えてる、と。ハマグリをたくさん食べましたよね。そんなふうにして、ふたりで思い出を笑い合っているときに、ドアを叩く音が聞こえたのでした。

私たちは互いに顔を見合わせ、驚きのあまり、動作が止まってしまったのよね。ときどき、村からお客さんが来ることはあったけれど、そんなふうに突然やって来ることはなかったから。私はマグカップをテーブルに置いてドアへ向かい、あなたは背筋を正して座り直していました。

ドアを開ける前に、私はあなたのほうを振り返りました。キッチンの窓から差し込む光に後ろから照らされて、髪が輝いていたあなたの姿が目に浮かぶよう。あの頃の私は、鏡に映る自分の姿を見て、この老けた女は誰だろうと思ったものよ。白髪で、目元はシワだらけで、頬が垂れ下がっているこの老けた人は誰？　って。ショックだった。目の前の老いた人は誰なの？　心は十二歳のままなのに、実際は三十歳だった。そして、鏡のなかの自分にウインクして、あの人や、あの人たちはまだあなたの中にいる、と思ったものです。でもあなたを見ると、あの日の朝、光を浴びて髪が灰色に輝いていたときでさえ、老人の姿は見えなかった。落ち込んだ肩や、関節炎で膨らんだ指は見えなかった。耳や眉毛から、整えられていない白髪が飛び出してもいなかった。顔や腕から垂れ下がる皮膚のたるみもなかった。そこには二十五歳、三十歳のあなたがいたのです。オークの木の幹のように太い、大砲みたいな脚が見えた。明るい茶色の髪のうねりも。広い肩と、胴体から腰にかけて美しい溝を刻んでいる筋肉が見えた。私はあなたのその部分が大好きでした。ドアを開ける前に振り向きざまに見えたのは、そんなあなたの姿だった。五十年前の、力をみなぎらせた、美しいあなただった。

すべての命が大きいわけではない。すべての物語が悲しいわけでもない。

私がドアを開けると、二人の男が立っていました。一人はもう一人より背が高く、二人とも、どこか別の場所から来たような骨格をしていました。

「これまで千軒のお宅のドアをノックしたんですよ」と背の高いほうが言いました。「宿を探しています。一晩だけでもわたしたちを泊めてくれる方を探しているんです」

「目の前で千のドアが閉じるのを見てきました」と背の低いほうが言いました。「わたしたちはこの辺りの出身ではないのですが、少しでも暖の取れる場所を探していて。でもまだ見つからないんです」

「さあ、どうぞ、お入りください」と私たちはふたりして言いました。あなたは椅子から立ち上がり、その際に膝の痛みにすくむのを見て、私も思わずすくんでしまいました。お客さんたちは身を屈めて、背の低い扉をくぐって中に入ると、小さくて薄暗い私たちの家に目を慣れさせようとしていましたよね。私たちは、家の隅々にまで慣れ親しみ、どこに割れ目や隙間があるかすべて知り尽くしていました。けっして広い家ではありませんでしたから。よくこんな狭いところに住めるね？　と言われましたが、私たちには十分でした。あなたは彼らと握手をしていましたね。

　それからふたりで支度に取り掛かりました。それまでもあなたと私で、何度も何度もお客さんのために、それから自分たちのためにもやってきたように。私はベンチを壁際から持ってきて暖炉のほうに置き、クッションを叩いてふかふかにして、彼らに勧めました。あなたはすぐに水を持っていってあげていましたよね。飲みたいかどうか尋ねもせずに――でもどんな旅人でも、喉の渇きを癒したいはずですものね。

　前の晩に火を起こした炭火を移そうとすると、まだ熱がくすぶっていました。燃えさしが赤くなっているのが見えました。ひざまずいて、葉っぱや布や乾燥した樹皮をその上に載せてから息を吹きかけると、燃えさしに命が吹き込まれて炎が付きました。自分の家を好みの温度に保つのはその人の勝手だけれど、客人には暖かくしてもらわなくちゃなりません。寒さのせいで、肩を抱えてしゃがみ込ませてはならないのです。

体が温かければ、心も温かくなり、快適で、安全で、歓迎されていると思えるようになりますから。あなたは火を熾す係でした。私はあなたが薪や丸太を置くのを、座って見ていました。あなたなりのやり方があったんですよね。隅のほうに火をつけて、また別の隅に火をつけて、しゃがみ込んだまま体を後ろに傾けて、火が大きくなるのを見るのです。あなたが楽しんでやっているのがわかりました。あなたの目の前が明るくなると、あなたの影が映し出されて、顔や胸に炎の熱を感じ、葉がパチパチと音を立て、火の手が上がるにつれて低いうなり声のような音に変わり、シュッシュッとかパチパチとか音が聞こえるのが好きでした。なによりも、ある状態から別の状態へ変わるのを伝えるような、静かな鳴き声のような音を聞くのが好きでした。あなたの膝が痛くなってこれ以上曲げていられなくなると、私が代わり、あなたに丸太の置き方を教わると、私は家を暖かくする喜びを知ったのです。

お客さんのために火をつけ終えると、私は小さな銅鍋を置いたコンロの下にも火をつけました。何年もあなたが磨き続けてきた鍋です。あの日の朝、あなたは庭から深緑色の野菜を採ってきていました。フューシャピンクの葉脈を持つ美しいチャードの扇を何枚か。私はそれをきれいに洗い、茎を伸ばしました。キャベツも採ってきていましたよね。ギュッとつまっていて新鮮だった。私はその底を切り落とし、外側の葉を剥がしていきました。あなたは玉ねぎを刻みましたね。長年使って黒ずんだ別の鍋で、山の上にオリーブ畑を持っている友人が持ってきてくれたオリーブオイルを温め、そこにあなたがスライスしてくれた玉ねぎを入れると、すぐに良い香りが部屋一面に広がりました。オイルで温められた玉ねぎの香りが立ち上り広がっていく瞬間は、何度やってもたまりません。愛情を込めて作った温かい料理、満たされた食欲、家庭を約束された瞬間です。玉ねぎをオイルに入れたら、少量の塩を振ります。

私がコンロを見ている間、あなたは二叉の棒を使って、垂木から吊るされたスモークハムの塊を持ってきました。自分で丹誠込めて熟成させたそれを、あなたは私やお客さんたち、それから自分のためにも少し切り取ると、鍋の中にピンク色の肉を入れて湯がきました。忙しいキッチンの音は素晴らしいコンサートを聞いているみたいでしたね。玉ねぎを炒める音、沸騰したお湯の音、嵐のような鍋の音、キャベツの葉を通って、下に置いた分厚いまな板にナイフが当たる音。私たちは料理をしながらお客さんたちに、どれくらい旅をしているのか、どこに向かっているのか、どこから来たのかなどと尋ねました。でも、彼らの答えの漠然としていたこと！　そうしたら今度は彼らが、私たちの生活について、こじんまりとしたこの家にはどれくらい住んでいるのか、子どもはいるのかなどと尋ねてきました。いいえ、子どもはいないんですよと答えると、彼らは尋ねたことを恥ずかしく思ったようでしたよね。私は包丁で何かを刻んでいた手を止めて「気にしないでください」と言いました。「私たちが決めたことですから。お互いへの愛だけで十分なんですよ」

お客さんたちはくつろいでいるようでした。彼らは質素な食事が振る舞われる前から、惜しみなく感謝の言葉を口にしました。会話ははずみ、彼らみたいな見知らぬ人たちがいるのも悪くないと思いました。

私は一握りのミントの葉で、テーブルの上をこすってきれいにしました。ミントの葉が手のひらの下で丸まると、新鮮な香り——春や成長や緑の香り——が立ち上り、私とお客さんの鼻いっぱいに広がりました。

それから、祝祭日に使う布を棚から引っぱり出しました。長年使ってボロボロでしたが、時間が経つにつれて柔らかくなっていて、その上で何度も楽しんだ食事のしみがついていました。それでも、クリーム色の糸で中央に施されたオークの木と菩提樹の葉の刺繍は、はじめて膝の上に置いたときと同じように新鮮に見えました。私はいつもテーブルの上に布を広げるのが好きでした。洗濯した日にベッドを整え直すときに、あなたの上にきれいになったシーツを広げるように広げるのです。空中で布を広げるときの、シュッシュッという優しい音。そして、テーブルの上やあなたの上に布が落ちていくときの柔らかな感触。その下にあなたの輪郭を見るのが好きでした。まるで雪に埋もれた谷や野原や丘のよう。布は光のように静かにあなたの上に落ちていきました。するとあなたは子どもみたいになったんですよ。覚えてる？　夏の日々や、薄いシーツに、濃紺のコットンのブランケットのことを。

布をかけると、テーブルが少しぐらついているのに気付きました。私は割れたお皿の破片を持ってきて、床が凹んでいる場所に差し込みました。上からテーブルで押さえると、床が水平になって安定しました。ナイフ四本、フォーク四本、スプーン四本、お皿四枚、ワイングラス四個を並べました。そのときにはもうすでに、私の手は震えはじめていました。そんなふうに食事がはじまったのです。

私はテーブルの上に緑と黒のオリーブを載せた皿を置き、硬い種を入れるための小さな器を置きました。食事のはじめ方としては申し分ありません――ミントの香りが部屋中に漂い、玉ねぎやハムのいい匂いと混じり合います――オイルに漬かったオリーブの塩気が私たちの味覚を開かせます。背の低いほうの客人の目には、言葉にはしなくても「おいしい」という光が宿っていました。去年の夏の終わり頃に、私たちはチェリーを漬けていました。私はその瓶を開け、スプーンで少し取り出しました。黒に近い濃厚な赤色で、オリーブのあいまいな豊かさを引き立てる柔らかな甘みがあります。新しい友人たちは、チェリーを褒めてくれました。食事のあと、あなたは我が家の小さな庭をご案内しましょうと言っていましたね。ミサイル形の球根みたいな形をした紫と白のエンダイブは、私がローストしました。直火になる頃には縁が少し焦げて、甘みが引き出されていました。それから、新鮮な生のラディッシュ。立派な歯ごたえと、エンダイブの葉の柔らかな口触りが絶妙なんです。「全部、この家の庭で採れたものですか?」背が高いほうの客人が言いました。あなたは微笑みながらうなずいていましたよね。「大した庭ではありませんよ」と言いながら。

次に私はチーズを出しました。自分でこして凝固させた、我が家で飼っている年老いた山羊の乳で作ったチーズです。滑らかで、真っ白で、九月の真っ青な空に浮かぶ雲のようでした。あなたはあのチーズが好きじゃなかったわよね。食感が気になるとか言って。でも私は大好きで、お客さんたちにも気に入ってもらえたらと思って出したんです。灰の中からは、自分たちの簡単な昼食用にゆっくりローストしていた卵をふたつ取り出して、四人で分けました。みんなで食卓を囲んで、楽しいひとときでしたね。震える手で殻をむくのは大変でしたが、なんとかむき終えて半分に切ると、金色の卵黄が現れて、その中にはねっとりとした太陽の光が入っていました。

背の低いほうの客人はそれを見て「完璧だ！」と言いました。

こうして一段落すると、あなたは皿を片付けはじめました。何十年も使い続けてきた皿は、頑丈で、私たちは友人のような親しみを感じていましたよね。欠けているものもあれば、ひびが入っているのもありましたが、それでもずっとそばにありました。あなたがブナ材のカップにワインを注ぎ終わると、これからの季節やこの出会い、今日の食事にみんなで乾杯しました。ワインは高級なものではありませんでした。何年もかけて熟成されたものではなく、いつものテーブルワインです。それでお客さんたちに喜んでもらえるか、あなたは不安そうでした。質素なものを好む私たちの趣向が、他の人の好みに合わないこともありましたから。でも、部屋は感謝と喜びで溢れていて、私はあなたもそれを感じてくれていたらいいなと思っていました。

でも確かに、湯気を上げたハムとキャベツがのったお皿を食卓に並べたとき、あなたはそう感じていたはずです。私たちはおなかがいっぱいになるまで、飲んだり食べたりしました。私はあなたにおいしかったと言いましたが、ほんとうにそう思ったのです。これまでも毎回そうでした。あなたは私たちを養ってくれました。あなたはずっと私を養ってくれたのです。

みんなが十分に満たされると、あなたはお皿を片付けるために立ち上がり、私は締めのデザートを持ってくるために立ち上がりました。小皿に乾燥したナツメヤシを盛りました――蝋色の薄皮がついた銅色の果肉で、何の変哲もないように見えますが、小さなケーキみたいに甘いのです。それから、ナッツ類も一皿。そして、私の大好きなイチジクも。中身がこれほど美しい果物はありません。親指みたいに柔らかくて、皮は黒いんです。中はピンクの斑点がある果肉にクリーム色の種、その周りは白く縁取られている。ほとんど噛まなくてもよくて、舌で押すだけでいいんです。張りがある皮が濃い紫色に輝く熟したプラムも少しありましたし、紫色のブドウもありました。テーブルの上に一房置くと、お客さんたちは茎からもぎ取りました。歯で皮を破ると、小さな果汁が溢れ出してきます。アリが一匹這っていましたが、小柄なほうのお客さんがうまくやってくれました。テーブルの上で潰したりはせずに、ドアまで誘導して外に逃がしていた。ちょうど、クモなどの這う虫が家に入り込んできたときにするみたいに！　私はリンゴを切り、それも分け合いました。最後に、蜂の巣をテーブルに置きました。蝋質の巣から棒のように琥珀色の液体が垂れてきて、皿の上に溜まります。それぞれの部屋は、ミツバチがみんなで作り上げた小さな神秘です。今年最後の巣を、私たちはありがたく分け合いました。背の高いほうの客人は蜜の中にリンゴを一切れくぐらせると、心の奥から悦ぶような声を出しました。

「ヒヤシンスの味がしますね」と彼は言いました。「それにライラックも。あともしかすると、少しだけバラの味もするかな？」

「この家のまわりに咲いているんですよ」とあなたは言いました。「飼っているミツバチが、花びらの中でせっせと働くんです」

「神々の蜜《アムブロシアー》と同じくらいおいしい」と背の低いほうの客が言いました。私たちはみんな、その言葉に表れる優しさや、神々の蜜と比較されたことを笑いました。でも、背の高いほうの客がもう一切れのリンゴを蜜に浸したときに、私たちは気付いたんでしたよね。あのときのことを、覚えていますか？

私たちは同時に気付きました。その日は午後の間ずっと食事を楽しんでいました。太陽が曲線を描くように空を横切り、夜の休息へ向かっていました。私たちはワインを何杯も何杯も飲んでいました。それなのに、覚えてる？　まるで何も飲んでいないみたいだったのを。私はワインを補充しなかったし、あなたもしなかった。ふたりとも新しい瓶を開けなかったし、お客さんたちも開けなかった。それなのに瓶はいつもいっぱいで、まるで自ら補充しているみたいだったことを。

私たちがどれほど怯えていたか、覚えている？　今となっては笑い話だけど、私たちは思わず椅子から跳び上がると、ひざまずいて両手を天に掲げながら、我が家がいかに質素で食事が粗末だったか、許しを請うたくらいだったわね。そこであなたは、その埋め合わせとして、ガチョウを殺してお客さまに差し出すことを思いついたのよ。私たちは外に出て、あなたはガチョウを追いかけようとしたけれど、ガチョウは鳴き声を上げながら羽をばたつかせて、あなたは突進していくも、捕まえられなかった。あなたはゼーゼー息を切らしていたけれど、私はガチョウがあなたを追い越していく様子におもわず笑ってしまったし、お客さまたちも笑っていたように思う。

「どうかお願いですから、そんなことしないでください」と彼らは言いました。「わたしたちは十分いただきましたから！　こんなにしていただいてほんとうに感謝しているんです。特に、わたしたちを敬遠したあなた方のお隣さんと比べればね」「彼らには罰が待っていますよ」ともう一人が言いました。「でもあなたたちは違います」

「我々と一緒に来てください」と背の高いほうの客が言いました。「わたしたちはあそこに向かっているんです」と彼は言って、遠くに見えるオリーブ畑の上方にある頂上を指差しました。私はあなたの膝のことや高所恐怖症のことを考えていましたが、ワインの瓶が自ら中身を補充するのを見ていたことで、この家のテーブルに座っていたのは誰だったのかわかりはじめていて、まだ心臓がドキドキしていたのを覚えています。でもそんなことを言われて、従うしかなかったわよね。だから私たちは一緒に、二人の神について行ったんです。慎重に、ゆっくりと歩いていきました。「そこの根っこに気をつけろよ」とあなたは言いました。「ここは滑りやすいから気をつけて」と私は言いました。そんなふうにして、頂上まで登っていったのです。

山頂に到着する直前に、私たちは曲がりました。面白いですよね。あの日のことはかなり鮮明に覚えているの――イチジクの柔らかさ、チーズの塩気、チャードの葉の鮮やかなピンク色、どんな日に起きてもおかしくないような、些細なことまで！　でもこの部分は、記憶があいまいなんですよ。振り返ると、私たちの村がすっかり沼の底に沈んでいました。かつて隣人たちが住んでいた場所は、下のほうで暗い水に覆われていた。今思うと、その光景を見下ろしているのは、まるで夢のなかにいるようでした。そこらじゅう水浸しで、自分たちがどこにいるのか、何を見ているのか、まったくわからなかったのを覚えています。でも、あなたは指をさして言いました。「あれが私たちの家だ」

そして私の目には涙が溢れ、あなたの目にも涙が見えました。変わってしまったもの、失われてしまったもの、私たちが残してきたもの、この瞬間に至るまでのあらゆる瞬間を思って流れた涙でした。私たちはお互いの体に腕を巻きつけたまま立っていました。我が家が形を変えはじめると、あなたが声をあげたのを覚えています。今まであなたから聞いたことのない音。私たちの小さな家が、縞模様の大理石でできた、輝く金色の背の高い柱のあるきらびやかな神殿に変わっていくのを見るよりもすごかった。あなたが立てたのを聞いたことがない音でした。いつだって何かしら驚くことがあるなんて、なんて幸運なことでしょう。長い年月を経ても、今経験していることのような新しい何かが、起きるなんて。

私たちの小さくて、質素な家。私たちが生活をともにしてきた場所が、目の前で変貌を遂げていました。私たちはそれが名誉なことだとわかっていたけれど、お互いを抱きしめ合っていて、それがまさにふたりの悲しみを物語っていましたよね。私たちの家は、私たちを支え、愛を支え、長い間温めてきてくれました。私たちは話すこともなく、神々に恩知らずと思われたくはなかったけれど、お互いにきつく抱き合って涙をしたたらせ、相手の気持ちを理解していました。喪失感、年月、世界の片隅にあるもの。そうして、より背の高いほうの神が私たちのほうを向いて、もう一度お礼を述べると、今この世で一番欲しいものは何かと尋ねてきたんでしたね。私たちはお互いを抱きしめながら、ささやき合った。何を話したか覚えてる？　ほとんど何も口に出して言う必要がないくらい、私たちはお互いの答えがわかっていた。私の首にかかったあなたの息の温かさ、私の手に触れたあなたの腕の感触、そしてそのとき、長年もわかっていたことだけど、改めて私たちはお互いのために存在するんだと理解したのを覚えています。

「私たちは、あなたがたが私たちの家を変えて作った神殿を守りたいのです」とあなたは言いました。彼らはうなずき、あなたは続けました。「そしてまた……」そこであなたは一瞬止まって、涙を飲み込みました。「それから、私たちは……」あなたは最後まで言うことができなかった。私はあなたの手をぎゅっと握り締めると、代わりに続けました。「お願いです。私たちのどちらかが死ぬことになったら、もう一人も同時に死なせてください。彼が私を埋葬しなくていいようにしてほしいのです。私もまた、彼の墓を見なくて済むようにしていただきたい。私たちを分かれさせず、ずっと一緒にいさせてください。お願いします」

神々は親切にしてくれましたよね。私たちは長い年月を、神殿の手入れをしながら過ごしました。そしてあの日の朝のことを、覚えてる？　あなたのおじいさんが住んでいる小さな村を訪れたときの食事の話をしていたでしょう？　兎や猪、リボン状になったパルメザンチーズが載ったステーキのことを。私たちは笑っていたんです。そしてふと見ると、あなたは何本もの枝を伸ばし、葉を生やし、オークの切れ葉を茂らせていました——あなたの体は幹になろうとしていました。同時に、あなたの目から、私も変身しつつあるのがわかったの。足元を見ると、私も大きなハート形の葉を茂らせる菩提樹になろうとしていました。「そのときが来たのね」と私は言いました。

ふたりの口が樹皮で覆われようとする瞬間、私たちは言いました。「さらば、さらば、わが愛。生涯の真実の愛。わが友、わが愛よ、さらば」と。すると私たちの根は土の奥深くにまで入り込み、絡み合いました。そうしてふたりは、太陽の下で隣り合う背の高い木々に成長したのです。あなたの葉がそよ風になびくと、私はそれを感じ、あなたは私の葉を感じられるほど近くにいる。ときどき、ほんのたまにだけど、土の中でふたりが抱き合い、根っこでお互いの体を包み込んで、ほんの少しぎゅっとするところを想像するのよ。私たちは間違いなく一緒に生きていました。今は、風の強い日が一番好きなんです。だって、お互いをすごく感じられるのだから。

アイボリー・ガール

ピュグマリオンは女が嫌いだった。女はむかつく存在だと思っていた。あの声、笑い声、髪の毛。汗のかき方、匂い、歩き方。「おまえたちキュプロスの女はすごく濡れるよな」と彼は言った。「なぜだ？」誰も彼に言わなかった。濡れているのはなぜなのかを言わなかった。

痛くならないようにだよ
あれが好きだからさ
絶頂に到達するしるし
準備ができているしるし
もっと欲しいっていうしるし
歓迎しているしるし
褒めているしるし
誘っているしるし
指と指の間に糸のように広がる輝きや言葉。細胞、煌めきどんなに幸運かわかる？
あなたの膝の上に乗った女から
それを感じられるなんて
川、海、雨、涙
海に流れ着かない川
再び皮膚に吸収され、体についた塩水を洗い落とす海
大地に届く前に蒸発する雨
こぼれ落ちない涙
水分の迂回路
でも水とは違って
血よりもよく伝い
独特な光り方をする、その光は神秘的
マンゴーといちゃついたことはある？
太ももの内側で感じているものがどんなご褒美かわからないの？
脚まで伝ってくるなら完全に違うものだけどね
それはなんなの？　私たちには欲しいものが山ほどある
そうでなければ溺れてしまう

「キュプロスの女はすごく濡れるよな」そう言うと彼は、気色悪く舌を出してみせた。そこで、石のように乾いた女を彫った。そして象牙《アイボリー》でできた彼女の乳房を触りながら、「いいじゃないか、おまえは完璧だ」とささやいて射精した。彼女は声が出せないのに！　そして彼女の象牙の胸をまさぐり、首にネックレスをかけ、胸の間にビーズや宝石をはさんで自分のベッドに寝かせた。硬い。そこで布団をかけて石像を温めた。「冷たい足をしているな」と彼は言うだろう。女たちは、彼が女嫌いであると知っていた。女たちは、女を憎む男がすぐにわかるのだ。男たちの笑顔の裏に隠れている。女が深みや、強さ、賢さを見せるたびに表れる驚いたような笑みの裏に。これを聞くと、女嫌いの男たちはびっくりする。ピュグマリオンは女を憎んでいて、女はみなそれを知っていた。女が嫌いな男は、はちきれそうなお尻と巨大な乳房とぺたんこのおなかと、異国情緒のある、空虚で間抜けな顔立ちをした女を作る。

ピュグマリオンがウェヌス女神に、石像を本物にしてほしいと頼み込み、ウェヌスがその願いを聞き入れて、どくどくと流れる血を彼女の体に注ぎ込み、つかんで握りつぶせるくらい大きな胸を与えると、私たちは彼女をからかった。でもそれは、彼女に知らせたかったからにほかならない。

ねえねえ、どこにある？　あんたの妊娠線は？
どこなのよ？　あんたの生理は？
笑い声は？　あんた笑わないの？
乳首に生えた毛は？

背中のたるみは？

体臭はどこにあるのよ？　何も臭わないっていうの？

脚力は？

肩の筋肉は？

濡れている部分はどこ？　川や海や雨や、したたる涙は？

あんたのたるみはどこ？

あんたの力はどこにある？

あたしたちが教えてあげるよ。

あんたの中にあるんだよ。至るところにね。体のあらゆる曲線やふくらみを満たしている。見つけなよ。そして、知るんだ。

あいつはあんたを、ありのままには作らないんだから。


時間が彼女を石像の人生から解放した。「ここ嗅いでみて」と彼女は言いながら腕を上げた。あたしたちは笑った！　その調子だよ、アイボリー・ガール！　あんたは臭うんだ！　あたしたちと同じように彼女は汗をかき、少しずつ漏れていき、日に日に完璧から遠ざかっていった。「完璧ほど退屈なものはないよ」彼女はちゃんと学習してる！　「マジで、あんなの神話だね」その通り！　あたしたちは彼女をもっともっと好きになった。「理想を愛することに愛はないね。ピギィは、私を愛してなんていない。あいつは自分の頭の中の理想を愛しているんだ」ピギィはクソ野郎だと、彼女はわかっていた。「汚いのが私たちなんだよ」と彼女は言った。そうだよ、その通り。まさにそれがあたしたちだ。

ドリュオペ

あれは私のせいだった。私は若く、彼は太陽の神で、私は叫ぶ以外に何をしたらいいのかわからなかった。でも叫んだって何の役にも立たなかった。誰にも話さず、あとになってから、あのとき気分が悪くなったのは羞恥心によるものだと知った。インフルエンザでも、ライム病でもない。診断がつかない神経変性疾患でもない。私はただ、デイリークイーンのバナナクリームパイ・ブリザードだけを求めていた。それだけだった。ときどき、目玉焼きのサンドイッチや、ピーナッツバターも。でも大半は、ぶつ切りバナナとバニラクッキーと一緒に、渦巻いているバニラアイスが食べたかった。もしかしたら添えられていたのは、クリームサンドクッキーだったかも？　もう思い出せない。あの経験は、吐き気がするくらいの辱めを受けたも同然。私の人生はこれで終わったと思った。

　合成麻薬のオキシコドンを飲んでいる女の子を知っていた。ある日の午後に〈パディーズ〉でウォッカと7UP《セブンアップ》を混ぜて飲みながら泣きついていたら、彼女にこう言われた。ほら、これを飲んでみなよ。気持ちが穏やかになってリラックスできるから。まさにその通りだった。その頃の写真を見ても、自分でも自分だとわからないくらい。目が死んでいて、髪も脂ぎっていた。心がどこかに行ってしまい、全体的に動きが鈍くなっていて、とにかく最悪だった。でもその薬を飲むと、羽毛を敷き詰めたかごに放り込まれたような気分になった。私が入るには十分な大きさの、内側が羽毛でおおわれた、壊れやすい籐のかご。ふわふわしたかごの中では何もかもがどうでもよくなった。それもあって、やみつきになった。

そのうちに具合が悪くなった。しかも慢性的に。ある日、友人のセリーヌが家に、「これを食べるんだよ」と、ブロッコリーが入ったパスタとたくさんのチーズを持って来てくれた。私が「言われなくても食べるから」と答えると彼女は、そんなことをしていたら、どうなるかわかってるよね？　今やめるか、死ぬかだよ。自分のためにやめなくても、おなかの赤ちゃんのためにやめなよ、と言ってくれた。

そうして、私はやめた。その日にではなく、しばらくしてから。彼女の言葉は、私の中に残って生き続けた。やめてからはまた働きはじめ、デイリークイーンを食べ続けたせいで増えた体重はかなり減ったけれど、その後また増えた。甘いものが今まで飲んでいたものの良い代わりになったからだ。それに、何かをやめるためには、何が良くて何が良くないのか、自分の脳を再教育しないといけない。それを学ぶには、少し時間がかかった。そして、誰しも壊れた部分があると自分に言い聞かせて、自分は誰にも勝りも劣りもしないと考えられるようになった。私は壊れてしまったものを直すのに必死だった。赤ちゃんのため、そして自分自身のために。だんだん歩くときに背筋が伸び、笑顔が増え、アンドライモンと一緒に過ごす時間が増えていった。私たちは幼なじみで、昔から私は彼の髪が好きだった。他の男の人より少し長くて、いつも吹雪のなかからやってきたような匂いがした。そして何よりも、私を笑わせてくれた。私はいつも彼と一緒に笑っていた。私が若い頃に経験したことや、まだ小さな男の子がいるシングルマザーでいることについて話すと、彼は私を抱きしめて、「ああ、なんてことだ、かわいそうに」と言ってくれた。彼は私を見捨てたり、嫌いになったりもしなかった。結婚すると、私の人生は軌道に乗った。私は悪い場所から這い上がり、たくさんの愛に囲まれて毎日笑って過ごした。ほんとうに毎日！

でも一度不運に見舞われると、また不運が寄ってくるのだ。

ある朝、息子と一緒に川辺にいたときのこと。彼に植物や虫や花やカエルや、川岸を這ったりひらひら舞ったりしている奇妙な生き物を見せていたら、一本の蓮の花を見つけた。ねえ、見て見て。これは蓮の花だよ。紫色の蓮だね。息子のために摘んであげた。色を教えようとしたのだ。紫色、と私は言った。でもそのあと、ものごとは悪い方向に進んでいった。

蓮の花を見ると、摘み取ったところから血が滴っていて、私はああ、まさか、誰かに薬を盛られたのかもしれないと思った。なんでこの花は、血を流してなんているんだろう？

気付くのが遅過ぎたが、それは普通の花ではなかった。腕くらい長いペニスを持った変態プリアポスに襲われないために、ローティスという名の妖精《ニンフ》が植物に姿を変えて身を守っていたのだ。私は知らなかった。ただいつもどおりの生活をして、息子に紫がどんな色かを教えようとしていただけなのだから。どうしてそんなことがわかる？　わかっていたら、摘まなかったに決まってる。ねえ、それってみんなが知っていることなの？　よりによってなんで私が？　しかも、あのクソ野郎から逃げている子だったなんて。あいつから逃げたい気持ちはよくわかる。でも私は過ちを犯した。以前にも過ちを犯したと思っていた。求めてもいないものを求めてしまったと。でもそれは間違いではないし、私が引き起こしたわけでもなかった。私のせいではなかったのだ。その代償は払ったし、溺れかけためちゃくちゃな渦の中から這い出てきて、人生を取り戻したつもりだ。あの花を摘んで、血を流させたのは事故だった。ローティスだとは知らなかったし、女の子が自分を守ろうとしていたなんて知らなかった。私のせいではない。私は不運に目をつけられ、ずっとあとをつけられている。そして、その事故の代償も払った。

そうしてお次は？　間違った花を摘んだせいで、神々は私の姿を木に変えた。深いしわが入って、ごわごわした茶色や灰色の樹皮をした黒いポプラの木の、枝と幹の檻の中に閉じ込めたのだ。最初の数分間、私が上から下まで体を硬直させている間、かわいそうな息子は乳を飲もうとしていたが、つかめる乳首はもうなく、柔らかくて豊かな乳房もなく、ただ乾いた厚い樹皮があるだけだった。ああ、愛しい息子よ。だめよ、と私は言った。ああ、もうだめなの。おっぱいは出ないんだよ。乳の代わりに、息子の小さな舌の上には木屑が載っていた。彼は泣き叫んでいた。その泣き声は、私の耳ではなく、心を突き刺した。

ほんの少しの時間、私の顔は木の中にとどまっていた。アンドライモンに、私はここにいること、私が誰であるかを息子に必ず伝えてほしいとお願いするのに十分な時間だった。二人で訪ねてきて、私の下で座って遊んでほしい。あの子には危険について教えなくちゃならない。最悪な結果をもたらしかねないヤバいことについて全部話さなくちゃいけない。お酒は飲ませないで。ドラッグにも手を出させないようにして。ドラッグをやるような悪い子たちからも遠ざけて。水のある所や池や泉や川の近くで遊ばせないようにしてね。それから、絶対に花を摘ませないように。どんな茂みや木や岩や花でも、注意しなければならないの。これでもかというくらいにね！　だって誰の体がその中に入っているかわからないんだから。あのシャクナゲの茂みにも、小川にも、アメリカサイカチにも、中に誰がいるかわからないの。草の葉一枚一枚にも、雲の一つひとつにも、中に誰かがいるかもしれない。身を守っているのか、罰を受けているのかはわからない。わからないのだから。

カネンス

ありがとう。ほんとうにありがとうございます。ではここで、もう一度、ドラムのデリア・スプリッツとベースのスザンナ・ハバードに盛大な拍手をお願いします。

ありがとう、みなさん。今夜はお越しくださって、ありがとうございました。地上での美しい夜を、こうして私たちと一緒に過ごしてくださって嬉しいです。でも、夜ってほんとうにいつも美しいですよね？　寂しい雨の夜ですらそう思います。今夜こうしてみなさんと一緒に少しの間ご一緒できたこと、今夜をともに過ごせたことを幸運に思います。みなさんは最高です。何もかもがすごく素敵でした。

最後に、古い民謡を演奏したいと思います。時を越えて語り継がれ、紡ぎ継がれ、歌い継がれてきた「カネンスとピクスのバラード」という曲です。言い伝えによると、カネンスの歌声はとても美しく、岩や木々を魅了し、彼女の歌を聞くために川が流れを止めるほどでした。彼女はハンサムなピクスを愛し、彼も彼女を愛していました。しかしある日、森でキルケという女神が彼を誘惑しようとしたのです。ピクスはそれをはねつけましたが、女神というものはときに激怒するものなので、キルケは罰として彼をキツツキに変えてしまいます。悲しみに暮れるカネンスは、歌いながら森をさまよい、やがて溶けて空気になりました。言い伝えによると、これはそのときに彼女が歌っていた歌だそうです。美しい夜についての、悲しい歌。みなさん、今夜はお集まりいただき、ほんとうにありがとうございました。私たちの歌を聴いていただけて、とても光栄です。それでは「カネンスとピクスのバラード」をお聴きください。

走れ、走れ、私のたったひとつの真実の愛よ
走れ、走れ、あれに見えるは彼の姿。
紫のマントを着て、槍を持ち
森のなかへ捜しに行った。

その日の朝は澄みきり、輝いていた
彼は猪を狩りに行った
私のピクスは愛馬にまたがって去ったきり、
永遠にいなくなった。

キルケはあとをつけ、あちこち歩き回った
馬に乗ったピクスを見つける。
ひと目で心奪われた彼女は、すぐに彼が欲しくなり、

その思いは揺るがない。

彼はすぐに彼女をかわし、すぐに逃げだした
馬で道を駆け抜けていく。
キルケの狙いは定まった、欲しいのはこの男、
彼女は選ばれしものを選んだ。

キルケは変身し、魔女になった、
そして猪に姿を変え、
ピクスを誘って森の奥へ行き、
あなたはわたしのものだと言おうとする。

キルケは真の姿をあらわす。
そして欲望にのままに言う。
「ピクス、わたしはあなたのもの。ピクス、わたしのものになって。
あなたの愛をちょうだい。ぜったいよ」

ピクスはふたたび馬にまたがると、走り去り、

嵐のような蹄の音が返事を伝える、
「わたしは違う、今はけっこう。愛ならもうある」
彼は空に向かって叫んだ。

はねつけようものなら
女の欲望は危険になる。
死を知らない者の欲は底なし
かわいそうな私のピクスは、そう学んだ。

「よくも傷つけたわね。思い知るがいい。わたしの怒りを!
カネンスの歌は忘れることね。
あなたは木をつつき続ける鳥になる
間違った選択をしたせいで」

彼女は西を向き、東を向くと、
持っていた杖で彼に触れた。
するとピクスは真っ赤な羽で飛び立ち
新たな一生がはじまった。

私は悲しみに包まれ、苦悩に陥り、
悲哀はヴェールになり、
愛を失くしたことがある人ならわかるように、
私の歌は嘆きになる。

トントン、私の心、トントン、時を刻む、
トントン、くちばしが木に当たり、
私の喪失を数えている、
そして、私もまた永遠にいなくなる。

飛べ、飛べ、私のたったひとつの真実の愛よ
飛べ、飛べ、あれに見えるは彼の姿。
風がとても穏やかだから、私も一緒に飛ぼう
あなたは私の先を飛んでいって
ああ、私の先を飛んでちょうだい

アルキュオネ

現在《いま》――フォリー・コーブという場所がある。海岸は花崗岩で盛り上がっている。ビーチの小さなまぶたみたいな場所。砂浜の上には貝殻やカニの殻。もつれた海藻の山。群れになって岩に吸着しているゴツゴツした白いフジツボ。木々にかかる霧。固まった塩。岩の露頭が泳げそうなところまで続いているが、それはあなたがどんな泳ぎ手であるかや、潮の満ち引きの状態にもよる。干潮時の島々。満潮時にはそもそも存在していないかのように飲み込まれる。だから干潮のたびに、そこにあることに驚かされる。そのときまで、水面下に何があるのかを知る術《すべ》はない。ただ、何かがあるとわかっているだけ。嵐がやってくると海水が白くなる。でも一年で最も日が短い七日間のはじめと終わり、海は穏やかで風も止む。幸せな日々《アルキュオーン》。至点が近づくと、冷たく輝く月の下で安らぎが広がる。夜になると星々が空を素早く通り過ぎていく。日中は明るく、雲はただ戯れる。波はなびくも、強くぶつかり合うことはない。カワセミが安心して卵を産めるよう、風神アイオロスは五分待て、と風に言う。だから私は安心して卵を産み、やがて訪れるあの静寂のために生きている。夜が長くなり、昼が明るく静かになるまで待つ。静寂のなかで卵を産む。こうして今、私たちは一緒にいる。私はいつも鳥だったわけではない。私はかつて男を愛し、その人に愛された女だった。ああ、あの静寂。ああ、あの深い闇のような静寂。カモメは鳴きながら、くちばしで浜辺を啄む。カモメは私たちの告白のまた別の姿。

かつて、そしていつでも――眠りの神が住む洞窟がある。入口にはポピーが生えている。太陽が入ってくる余地はない。静寂に包まれた薄暗い場所。眠りの神は羽毛のベッドに手足を放り出して、雲の毛布に包まれて眠っている。寝室にいるが、一人ではない。姿を自在に変えるものたちに取り囲まれている。数え切れないほどいて、夢のなかで変身しうる限りの姿に変わる。それらは静かに指示を待っている。この夢のなかでは、肘に卵の黄身を塗っている彼の祖母の姿をしている。あの夢では、夢を見ている人が見たこともないのに見覚えがある火のついた家。別の夢では、崩れてくる塔。物陰のなかの人影。妖艶な川。脈動する光の鼓動。ひな鶏を背に載せたまま濁流の中にいるワニ。枝角の生えた子ども。潮騒。芝生に置いた椅子に座りながら、芝の上を這ってこちらにやってくる娘に笑顔で泥を投げつける母親。それらは煌めき、洞窟を抜け出し、夜通し旅をして、夢を見る者の家の窓辺に漂う。変身するもののなかで一番熟練していて、この世の最高の英雄である夢の神モルペウスは「彼女の夫になって、あの嵐について教えてやれ」と言われた。そうして、紫色の斑点だらけで透き通った虚構の姿が、夢のなかで私のもとへやってきた。私の愛する人。彼は裸のまま私の枕元にひざまずき、顎ひげから海水を滴らせ、肩に海藻をくっつけていた。そうして私は、船を粉々に破壊されたあげく、彼が海に飲み込まれたことを知った。モルペウスはそれをたった二語で教えてくれた。夢の言語であり、私たちの間でしか通じない愛の言語。どんな言葉だったかは教えない。プライベートなことだから。

それから――みんなが出航する港がある。並んでいる漁船。ロブスターを獲る仕掛け。桟橋のそばにある縞模様のブイ。滑るように前進するアザラシ。波止場に立ち込める霧。竿にかけられた派手なロープ。夢のなかでモルペウスに真実を告げられた翌朝、私は喪に服しながら、海岸へ下りていった。水平線に消えていく夫の船を見送っていた場所の近くに。岸から少し離れた海に何かが浮いていて、よく見ると死体だった。私には夫のだとわかった。波が夫を私のもとへ運んできてくれたのだ。彼の体は青や灰色になり、唇は怒っているように引きつっていた。たび重なるケンカは嵐のように我が家を通り過ぎ、壁という壁を打ち壊した。私はあの静寂を待っていた。ああ、あの静寂を。嵐のない平和を。でも、満潮時には隠れてしまう暗い岩のように、水面下には危険が潜んでいた。近過ぎて、岩に激しくぶつかりそうな状態が。愛し過ぎるということがある。自分を見失うこともある。ぐったりと海に浮かぶ、膨れ上がった夫の姿を見た私は、高い防波堤から岩場に身を投げようと走り出し、吹き上げる波の中に飛び込むと、崖の上まで水しぶきが上がった。これからも一緒にいられるように願いながら跳んだ。彼なしでは生きていけないから。私はこのリアルな虚構を信じていた。二人が一体になるという幻想を。彼がいなければ、私は存在しない。私は跳んだ。冷たく湿った海の空気。動かない首。白い泡。黒い岩。落下するときの叫び声。でも、地面には落ちなかった。私は鳥になり、彼も鳥になった。二人ともカワセミになり、ほとんど見分けのつかないつがいとなった。私たちはいくたびも嵐を切り抜け、一年も続く嵐を乗り越え、静寂を待っている。ああ、あの暗くてはかない深遠な静寂を。

テティス

わたしが何者なのか、教えてさしあげましょう。わたしは波の女神です。わたしが何をするか教えてさしあげましょう。ウインクで、姿を変えられるのです。わたしは裸でイルカに乗ります。雨雲色のイルカにまたがり、ぬるぬるした体を太ももで挟んで、どちらが水しぶきを高く上げられるかを競います。わたしたちは跳ね上がり、回転し、上昇し、舞い上がり、水しぶきを上げる。背びれにクリトリスが当たると軟骨が押し付けられて、海水の上昇と後退に応じて収縮して脈動を感じます。わたしは潮の流れとともにあるのです。塩辛くてよどんだ深みとともに。うねりと衝突。わたしは常に変化しています。足首に触れる海の泡は、知っているようで知らなかった秘密を教えてくれるささやき声のよう。わたしにはわたしの秘密があるし、あなたにはあなたの秘密がある。

わたしが知っていることを、教えてさしあげましょう。予言があるのです。すべてのものには、最初から真実がありますからね。それを知ることになる場合もあれば、知らないでいる場合もある。プロテウスはわたしに言いました。「おまえは妊娠したら、男の子を産むだろう。そしてその子は父親を凌ぐようになるだろう」ユピテルはわたしを欲しがりました。でも彼は出し抜かれるのは嫌だった。だから、死を免れない人間である孫息子のペリアスを自分の代わりに送り込んだのです。その処女を花嫁とするようにと、ユピテルは彼に言いました。

わたしがどこにいたのか、教えてさしあげましょう。入り江がありました。水は澄んでいて、潮の干満や月の満ち欠けによってさまざまに瞬きする砂のまぶたのようでした。海岸沿いの岩場の間には赤紫色の実をつけたギンバイカの木立があって、その奥に洞窟がありました。わたしはそこで休憩することにしました。そしてイルカから下りると、深い眠りについたのです。そこは隠れたところにありました。わたしは洞窟の中で裸で眠っていました。

ある日の午後、目が覚めると悪夢のような状況が待っていました。ペリアスがわたしの上に乗っていたのです。終わりを知っているこの脆い生き物は、言い訳をしていました。そうして、私を誰だと思っているんだ？　と言ったのです。わたしは何も言わずに、驚いていました。だめ、だめ、だめ、だめとわたしは声を荒らげました。すると望む答えをもらえなかった彼は、力まかせに動きはじめたのです。わからないの？　とわたしは思いました。わたしはあなたの知っている女たちとは違うの。わたしは何にでも姿を変えられるのよ。

わたしは自分で姿を変えられる。

彼がぎこちなくわたしに体を押しつけてくると、死を免れることのないこの無礼な男に、わたしはこれでもかと見せつけてやったのです。

最初は鳥に姿を変えて素早く羽ばたき、鳴きながら彼の肌をつつきました。だめだめ、だめだめだめ。彼はそれを聞き入れず、わたしを突いたり、つかんだりし続けました。そこでわたしはブナの木に姿を変えました。幹が太く、力強い木に。彼が触ったりつかんだりすると、わたしの樹皮で彼の指は血だらけになりました。でも彼はやめなかった。そこでわたしはトラに変身しました。筋肉質で、鋭い爪があるトラに。わたしの咆哮に彼は面食らっていました。わたしの尖った歯の先端を見ると、終わりがあることを知っている彼は怯え上がって、逃げていったのです。

そして、彼は神々に助けを求めました。いったいどうすればいいのですか？　と。

海の神プロテウスは、思い通りにできる方法を彼に教えました――わたしを拷問する方法を。「あの女が眠ったら、縛りあげろ。両手をきつく縛れ。女の上にい続けるんだ。女は何十種類もの姿に変身するだろう。でもそれは全部まやかしだ。もうこれ以上姿を変えられなくなって、裸の女に戻るまで上に乗り続けるのだ」

そのときの様子を教えてさしあげましょう。洞窟で目覚めると、両手を大きく開くように左右の手首が縛られていて、ペリアスの体重がわたしの体に重くのしかかっていました。

わたしは大声で抵抗しました。

それから、動物寓話劇をはじめたのです。女から、

ブナの木の幹のような脚とクンクンする鼻の横に生えた牙と、墓を想うような悲しみを思わせる賢明な目をした　ゾウ

コンマのように丸まった灰色の尾をして、木の幹を四方八方に駆け上がっていくいたずらっ子の
リス

牙を持つ柔らかい野生の靴下みたいな　イタチ

赤に五つの黒い斑点があり恐怖を感じると刺激臭を出す　テントウムシ

夜明けの色をしてクークー鳴き静寂の色をしている　ナゲキバト

無骨に装う夜の獣で小さな手のひらを人間みたいに握る　アライグマ

広い翼を広げ腐敗したものや砂の上に散らばる臓器を目で狙い、無限と死の間の上昇温暖気流に乗っている　ハゲワシ——無限と死は結局同じなんですけどね

大きくて深いくちばしをして桟橋の上にいる　ペリカン

砂丘にいて突き出たこぶを持ち、ふたつに割れた足でそっと水を踏む　ラクダ

丸い背中の鳥で、長くて黒いくちばしがあって、くすんだ深い赤色がクランベリージュースにグレープフルーツジュースを少し混ぜたみたいな　トキ

先史時代のすきのように先の尖った尻尾が足の毛のなかにある　カブトガニ

平然と浅瀬に立ち、朝焼けの色をした羽を持つ　アオサギ

黒い毛に厚く覆われ、雷のように疾走し、乾いた青い舌をしている　バッファロー

昆虫か何なのかわからず、刺すと毒が回り、靴の中に潜んでいる　サソリ

青白くていつも湿っているように見え、赤ちゃんネズミを何匹も背負い、とんがった顔をしている　フクロネズミ

忠実で煌めく泳ぎ手で、水面近くで金貨のように輝く　キンギョ

毛におおわれたデンタタ（ヴァギナ・デンタタはラテン語で「歯の生えた膣」を意味する。誘惑してきた男を殺したり男根を食いちぎって去勢したりする民話は各地の神話や文化に登場する）と鋸みたいな歯を持ち、わたしの歯を磨くためにあなたの骨をかじる　ビーバー

裏庭を駆け抜け、炎のような光沢があるすばしこい　キツネ

火の粉を撒き散らすかのように夜明けに羽を見せびらかす朝の支配者の　オンドリ

きつく巻き込んでくる太いヘビで、抱きしめられると息が詰まりそうになるけれど、これがいい死に方なんだろうなと思う　ボアヘビ

悪魔のような長方形の瞳をして、おまえは味わい深く生きたいのか？　と聞いてきて、わたしは生きたいです、生きたいです、生きたいですと答える　ヤギ

頬ひげを生やした苔取り魚で、汚染された運河からつかみ取る　ナマズ

道路でぺちゃんこになったり、セメントの隙間に入り込んでいったりする柔軟な皮膚を持ち、赤ん坊を噛み、疫病を生む　ネズミ

水の詩で、濃げ茶色で、つるつるしている小さな前足を使って背泳ぎをして、楽しく水遊びをする　カワウソ

そうしてわたしはゼーゼー言いながら、体をねじらせ変身し続けます。ペリアスはわたしの上に乗

って、わたしの外側にしがみついたままで、わたしの中に入ってこようとしても、絶え間なく代わり続ける姿に阻《はば》まれていました。

それから
砂浜をのろのろと動く脂肪の多い牙のある湾っ子の　セイウチ
殻の下でのろのろと動く脇道にいるぬるぬるしたナメクジでくっつきながら光る　カタツムリ
黒い骸骨みたいな黒いビロードの夜の天使の　コウモリ
水の上を滑る白で、動物界一の胸が自慢な　ハクチョウ
骨のない体で微妙に脈打っていて、乳色をした筋肉が糸のように震動している　イカ
池のほとりの藻のそばにしゃがみながら小さな声で歌い、緑色の大きな跳躍を見せる　カエル
琥珀色の瞳をして、水面に潜んでいて、全身にスパイクがついている　ワニ

わたしの首もとで緑色に光っていて、小さな心臓がドキドキドキドキと一分間に千回鳴く　ハチドリ

埃っぽい羽でベランダの照明近くを飛んでいる　蛾

意地悪そうな顔と広い翼をして、鳥というよりも銃弾みたいな　ワシ

バイオリンのような音色を奏で、私の太ももの裏にくっついている　コオロギ

渦を巻いた油っぽいクリーム色の羊毛のなかに両手を埋める　ヒツジ

尖塔のように高いところからヌッと現れる　ヘラジカ

懸垂下降する成熟していない緑で、壁をつたいあがっておもちゃみたいな甲高い声を出す　ヤモリ

サボテンの棘でできた生き物で、チクチクする皮膚を持つ　ヤマアラシ

十五回巻き付いてはほどける足をして、幼児を飲み込むとサッカーボールくらい膨らむ　アナコンダ

黒い川が岸と出会うところのように白く、修道女の服の襟の色のような　シラサギ
噛まれると水ぶくれができるやり手の　アリ
ジャングルを歩くなめらかな静寂の肉球を持つ　ジャガー
飛び跳ねながらコッコと鳴く、キャラメルのような色をした　ニワトリ
ほとんど瞬きをせず、トゲトゲを持ち、火を吹かない堕落した竜の　イグアナ
キャベツでできた体をして、茂みのそばでかじり続けながら逃げ回っている　ウサギ
光り輝きながら鼓動のように動き、垂れ下がって揺れるパーティー用のリボンみたいな　クラゲ
冬にカアカアと鳴き、ほんとうに真っ黒で紫がかった緑や真夜中のような　カラス
どんどん変身の速度を上げていくと、わたしは混乱し、少し溺れるような感覚になる

甲冑を着て前進する　ゴキブリ

夕暮れ時に矢のごとく急降下する　ツバメ

無精ひげと牙を生やし、筋肉質で凶暴な　イノシシ

触手で感じ、墨っぽくて三つの心臓を持つエレガントな　タコ

蹄で動き、カヌーや船体みたいな胸郭を持つ　ウマ

羽の広がりと沈黙した目の奥に歴史を感じさせる　フクロウ

ずんぐりしたトンネル掘りの　ウッドチャック

キスするために首を下に曲げっぱなしで、腕くらい長い紫の舌がある　キリン

クモの糸の上で空中ファックする　トンボ

悲しい目をした単騎の　サイ

赤い胸が春を知らせる　コマドリ

泥まみれで、剛毛が生えたピンク色で、鼻を突き出してうろうろしている　ブタ

歩ける糸の上の球みたいな　ガガンボ

エメラルド色と紫色の広がりみたいな　クジャク

ベビーベッドか檻みたいな黒いバーがついている　シマウマ

不眠症の歌を奏でる　蚊

丸まった尾をした海の下の騎兵隊の　タツノオトシゴ

海の下に広げた大きくて白いシーツみたいで、筋張っていて全部が羽みたいでうねっている　ガンギエイ

編み目が詰まったセーターみたいな　ジャコウウシ

陰を急ぐ　ハツカネズミ

蜂蜜にまみれた送粉者の　ミツバチ

重たい角を持つ頭でぶつかってくる　雄ヒツジ

黄色がかった体で、だんだん小さくなる氷床の上にいる　ホッキョクグマ

野生の顎を備えた犬の　オオカミ

巣穴でむっつりしている　アナグマ

危険信号の　ショウジョウコウカンチョウ

海岸線で嘆く　カモメ

皮と甲羅が表面の硬いパンとパン生地みたいな　カメ

北極でよろよろしている　ペンギン

ハサミではさむ戦士の　クモガニ

一角獣みたいにつやつやした　メカジキ

毛のないベヘモットに世界をも呑み込める口がついた　カバ

わたしのしっぽに隠れている山々の　白ヒョウ

巨大な硬いイエダニみたいな　マナティー

柔軟で尖った顔をした、ネコ科で分泌者の　ジャコウネコ

光と影の形よりもはっきりした臭いを放つ　スカンク

わたしの後ろできらめく雪を蹴り上げる　オジロジカ

庭の端っこの茂みのそばで点滅する光の　ホタル

海中の洞窟の中にいる、青白い顔でもじもじしていて二重の暗闇で目が見えない　ホライモリ

するすると滑るように動き卵を食べる　マングース

固着性でフィルターを肥やしあなたの指の皮をはがす　フジツボ

衝撃を与えるソケット付き電球の　デンキナマズ

海水味の肉が貝の包みの中に密封されている　アサリ

もうくたくたなので、これからはこの世のものではない姿になります

太陽の輪郭が浮き出てきたみたいに目がくらむような　黄金色

木の足と葉の腰と獅子の腕と六つの乳房を持ち、咆哮は風となる　女

頭も穴もなく、手や膝の上で這い、あふれ出るような、嘆くような、嘆くような、嘆くような　痛み

巨大な卵から孵《かえ》った、あまりにも大きな人間の顔と切り株の足と鳥の羽で覆われた背の低い体の羽の下に現れた、羽はなく目は見えず、針のようなくちばしがある何百何千何万個の小さな口を大きく開けた　小さな鳥

中から火のついた小さな男たちが悲鳴を上げながら飛び出してくる、大きく目を見開いた魚の息切れしている　口

目はないが八本の脚を持ち、剛毛に覆われ、脱穀する人間の手の上を歩く　嘆き悲しむ者

脚を広げて産む女が産む女を産み産む女を産み脚の間から何度も何度も何度も血まみれで出てくる女

影
叫び声
ため息
小石

また自分自身に戻ると、すっかり溶けてしまっていました。わたしの中には何も残っていませんでした。両手首を縛られた女の姿に戻った瞬間、ペリアスはわたしの中に入ってきました。強くしがみついたままだった彼は、わたしが女の姿に戻ると、無理やり中に入ってきて、なかで彼自身を撒き散らし、わたしはただ死体のように横たわっていました。その日、最後に変身した姿を、わたしは自分では選びませんでした。あとになって考えてみても、はじめての経験でした。それから数ヶ月かけてゆっくりと膨らみながら大きくなっていくと、わたしの体はわたしだけのものではなくなり、しばらくするとアキレウスが生まれました。アキレウスは、わたしの手を縛りわたしにしがみついていた自分の父親をなんなく追い抜くことでしょう。わたしが変身した姿はどれもまやかしだとプロテウスは言いました。でも違います。真実を教えてさしあげましょう。一つひとつはわたしの中にあり、どれも全部真実です。わたしは木々の間や波の合間で揺らめき、影をまといながら素早く絡み合う形。わたしの中には先ほど挙げた動物たちが全部いて、彼らの血はわたしの血の中を流れています。わたしは自由自在に姿を変えられます。カラスや苔、あるいは教会にだってなれるのです。石やヘビや光にも。わたしが選ばなかった唯一の形は、暴行されて親になった母親で、自分自身に吸収された。わたしは、他の姿と同じくらい力がみなぎっています。唯一の問題は変わらないこと。わたしたちは変化しながら時間をごまかし、かつて存在したものがいつまでも存在するとは限らないと知る。わたしは自分の姿を選び、あなたはあなたの姿を選びます。自分たちの中に何がいるのか、あるいはその生き物を檻から解放するためには何が必要なのか、いつもわかっているわけではないのです。

サルマキスとヘルム＝アプロディトス

サルマキス（以下S）――森の女たちはみな口を揃えて言っていました。弓を拾いなさい。走りなさい。私たちと一緒に狩りをしなさい、と。彼女たちを見ると、汗まみれで傷だらけ。いがいがだらけのもつれた髪。爪の中には動物の血が入り込み、手首の見えない部分についた血は灰のように乾いていました。そんなのはごめんだわ。自分の限界に挑戦するのはいいことね、とナイアスたちは言いました。一生懸命に働くと休憩がより気持ちよく感じられるわよとも。私はそのために働きました。森の女たちは動物を追っていましたが、私は別の狩りをしていたのです。

ヘルム＝アプロディトス（以下H）――わたしは十五歳でした。

S――イノシシ、シカ、ウサギ、ビーバー、クマを彼女たちが追う間、彼女たちの肌はトゲにひっかかり、牡ジカを驚かさないように動かず静かにしゃがんでいるせいで、筋肉は火照《ほて》っているけれど、私はお気に入りの泉のそばでくつろいでいます。髪をとかしたり、自分自身に触れたりしながら、待っているのです。

H——それまで、山の上にある両親の家から出たことがありませんでした。

S——私のいる泉は濁っていません。枯葉で暗くなってもいないし、藻の緑が広がったぬめりもない。詰まってもいません。小さな足こぎボートみたいに浮いた小枝や葉っぱもない。ずっと自然のままの泉にしておくんです。私は髪をとかします。私の肌は滑らか。こうして見ると私の胸は、ほんとうに大きい。水面を覗き込むと、映った自分の姿に嬉しくなります。私の着ている衣は雲のような色のシルクで、蒸気みたいに体を包み込んでいます。ほとんど前は開けっ放しで、風に吹かれるまま。全身に風が触れるんです。

H——わたしは女の子とキスをしたことがありませんでした。

S——私はその日の朝、苔の上にいて、衣が露を吸い込んでいました。私の胸は、一日じゅう汗をかいて走り回っているせいで小さなレモンみたいになってしまった他のナイアスとは違って、蜂の巣くらい大きいのです。横向きに寝ると、柔らかなおなかが垂れ下がり、腰の丸みが際立ちます。右手の指で髪をかきわけ、左手の指先で苔に触れていると、木漏れ日が体の上で踊るのを感じる。究極の魅惑。鳥や小さくて柔らかい生き物たちは私を見つめていますが、近寄ってはきません。リスの目は真っ黒。神経質な鳥たちの骨は、私が一握りすれば砕け、小枝のような肋骨にはひびが入り、空気が押し出されるのです。彼らは近づいてはきません。私の体は、呼吸とともにゆっくりと起伏しています。そうやって、泉に映った空が動くのを眺めています。

H――見知らぬ世界を見に行くために実家を出てきたので、自分がどこにいるのかわかりませんでした。

S――そうしたら、あの子がやってきました。木々を抜けて泉のそばにやってきたのです。朝日のなかで子鹿のようにためらいがちに。私はひと目で気に入りました。ウェヌスの息子、メルクリウスの息子よ、道に迷ってしまったの？　美しい子ね、リラックスさせてあげましょうか。恐怖から気を逸らしてあげる。その子を見た途端こう思いました。ああ、なんて美しい少年なの。この肉体。この輪郭。あらゆる所が角ばっている。すぐに少年という高い崖から落ちていき、男という剛毛の平原に降り立つのだろう。私はこの、もう少しで届きそうだけどまだ届かない、いわば中間にあるものが好きだったのです。膝上から筋肉が膨らんだ長い脚。矢じりのような足首の骨。ゆったりとした広い胸とその滑らかさ。この子にはまだ毛は生えていないのだろうと想像しました。肩にかけて走る鎖骨は、大きな太鼓を叩くためのバチのよう。下唇の潤った膨らみ、ああ、あの盛り上がり方。それに上唇がつくるカモメのような完璧なM字。リスのような黒ではなく、私がいる泉のような自然な黒色をした瞳は、ありのままの彼の姿を表している。すでに私は興奮し過ぎていたので、冷静にならなければなりませんでした。そこで衣を整えると、左肩から少しずらして、右肩からは長い髪を垂らしました。そして下唇を噛んで、舐めて見せたのです。

H――水辺には女性がいました。がっしりした脚をしていて、衣の下はもりあがっていました。わたしは彼女を必要以上に見ていました。母には似ておらず、彼女の目には、飢えのようなものを感じました。

S――あなたのお母さんは、あなたをおなかに迎えられて幸運ね、と私は言いました。

H――どんなだったか、覚えていません。

S――あなたのごきょうだいも幸運ね。もしいるのならだけど。あなたをきょうだいとして見ることができるのだから。

H――ひとりっ子なんです。

S――すごく幸運なのは、あなたが舌で舐めて吸って乳房を空っぽにした乳母ね。ここで私は手を下方へ動かしていき、ぼんやりと自分の乳房に触れ、硬くなった乳首が、手のひらに当たるのを感じていました――私の望んだとおりでした。そして、彼の目が私の手を追っているのが見えたのです――それも望んだとおりでした。

H――覚えてないですね……。

S――なかでも一番幸運なのは、あなたのガールフレンドか花嫁になる人よ。あなたみたいな人にいないわけがないもの。ああ、そうなのね。大丈夫よ、心配しないで。私たちは密かに愛し合えばいいんだから。誰にも知られることはないわ。鳥やリスや葉っぱ以外はね。彼らにはこんなことをしてるのを知られたって、声を持たないのだから、大丈夫よ。

H――こんなこと?

S――彼の頬が紅潮するのがわかりました。それだけでなく、他の場所も熱くなっていたのではないでしょうか。期待に満ちた鼓動に包まれながら、私はゾクゾクしていました。最高の出来事が起きる前に感じる、熱い脈動を感じていたのです。

H――母がウサギを解体するのを見たことがあるんです。頭を殴って首を折ると、ウサギの目から光が消えました。それから母はナイフで切り開いて内臓を全部引き出しました。黒くて濡れている中身を全部。そしてそれを犬に投げつけました。犬たちは長い間、床をぺろぺろと舐めていましたね。わたしはそれが嫌でした。わたしは必要以上のことを見てしまったのです。知りたくもなかったですし、吐き気がしました。今もまた、同じような気分です。

S——ほら、心配しないで。さあ、チュッとキスしてちょうだい。

H——彼女がしたような表情を見るのは、はじめてでした。あの表情がわたしの内臓の中に入り込んでくると、内側に指があたるようでくすぐったかった。何かが変でした。そして同時にそれは、もしかしたら最初からわたしが近づこうとしていたもののように感じられました。それに、予感はしていたけれどようやく直面したという感覚があり、新しい領域が開かれていくように感じたんです——そうした表情や膨らみや匂いのことです。でも、わたしはまだ心の準備ができていませんでした。

S——こんな感じよ。ほら、ちょっとキスしてみて。あなたのお姉さんにするみたいに。こんな感じで。

H——こんなことやっぱり……

S——ほら、いいから静かにして。心配しなくていいから。こんな感じでやるの。

H——わたしは何歩か後ずさりしました。

S――彼は何歩か下がりました。あの子が空き地に足を踏み入れたときから狩りははじまっていたけれど、ようやく今、本格的にはじまったのです。彼女たちは知らないし、私も言いませんが、ナイアスたちの狩りの楽しみは、緊張感とその解放にあるんですよ。私も同じで、私はそれだけを追い求めています。彼女たちは追いかけてあとをつけ、狙いを定めて矢を放ち、うまくいけば獲物を捕らえて、殺すのです。努力から生まれるスリルですよ。森の小道でひと休みしていたら、木々の間からシカが現れて、驚いて飛び去るかと思えば、露のような茶色の目を輝かせながらこちらに向かって歩いてきて、自ら体を差し出すように、すぐ近くで脇腹を見せてきたとしたら、それを挑戦と呼べるでしょうか？　それに、満足感は得られるんでしょうか？　それなら、自らを捧げるかのように立っているサービス精神に溢れたシカは放っておいて、快楽を与えてくれるシカを探したほうがいい。私の蜂の巣のような胸に触らせてくれとせがんだり、柔らかい体の曲線に身を任せたいと言ってきたりするようなシカや、自らを差し出すようなシカはいりません。簡単過ぎるでしょう。戦いが終わったあとにやってくる降伏の瞬間、自分のものになる瞬間を感じられませんからね。それを味わうために私は生きているのです。矢筒も弓も必要ありませんよ。

H――彼女が触ったりキスしたりしてくるのを、何度も後ずさりしてかわそうとしました。

S――そうして後退したりして見せる抵抗が、私に火を付けたし、どんな美しさよりも、どんな作られた形や、輝く笑顔や、頭脳や、匂いよりも私を夢中にさせたのです。

H――彼女はどんどん近づいてきました。

S――後ろに下がっていくあの子を見ながら、私は股間が濡れてくるのを感じていました。欲しくないの？　欲しくなるようにしてあげるわ。ほら、いいから私に任せて。気持ち良いでしょう？　ここ？　気持ち良くない？　ここはどう？　すごく優しく、ゆっくりやってあげる。今度はね……

H――すみません。やめないのなら、帰りますよ。

S――わかった、わかった、わかったわよ。そう言うと私は一歩下がりました。

H――彼女は一歩下がりました。

S――お好きにどうぞ。泉を楽しんで。好きなようにすればいい。そうして私はそっとその場を離れました。あの子は私がいなくなったと思い込んでいました。彼から私の姿は見えませんでしたが、それでよかったのです。私はナイアスたちがするようにしゃがみ込み、葉っぱに膝を押し付けながら、獲物が来るのを待ちました。着ていた衣の前を開いて、両手で自分の胸の重みを感じました。そして生い茂る葉の間から覗き込むと、あの子は泉の縁を行ったり来たりしていました。

H——わたしは泉の縁を行ったり来たりしていました。落ち着こうとしていたんです。彼女は立ち去りました。彼女が去って、嬉しかった。

S——あの子が立ち止まって足を水に浸すと、彼が水を感じているのを感じました。

H——つま先で水に触れてみました。水に入りたかったんです。

S——彼は水に入りたがっていました。

H——わたしはシャツを脱ぎました。

S——彼はシャツを脱いでからたたむと、切り株の上に置きました。右肩にニキビができていて、盛り上がって赤くなっていました。若い男の子は皮脂が多いですからね。

H——肩に太陽の光が当たっていました。母が恋しくなりました。

S——あの子が屈んで下着を下ろして脱ぐと、彼のすべてが見えました。

H——わたしは下着を脱ぎました。

S——うめき声を漏らさないよう、私は歯を食いしばりました。

H——わたしは水の中に飛び込みました。

S——彼は水に入りました！　全裸で。まさにチャンスでした。私は衣を脱ぎ捨てると、水に向かって全速力で駆けていき、中に滑り込んだのです。

H——水面にさざ波が立っているな。

S——私は急いで泳ぎました。

H——何だろう？

S——そして彼の体に巻きついたのです。

H――彼女はわたしの体に巻き付いてきました。一瞬のことでした。嫌でした。離れてくれと言いましたし、わたしも離れようとしました。

S――あの子の体はぴったりと私の体にくっついていたけれど、彼は逃げようとしていました。彼の体の筋肉という筋肉がこわばり、私を追い払って泳いで逃げようとしているのを察すると、私はうめき声をあげました。そしてさらに強く巻きついたのです。そうよ、こんな感じ。ただじっとこうしていて。私はあなたのものよ。落ち着いて、と言いながら。

H――彼女に絡みつかれて、吐き気がしました。まるで獣ですよ。知りたくありませんでした。まるで彼女は全身が触手でできていて、巨大なタコのようにわたしに吸い付きながら、自分のほうに引っぱり込もうとしているみたいでした。脚をわたしの脚に絡みつけて、体を開いてわたしの全身にこすりつけてくるんです。こんなの嫌だ、やめてくれ。

S――やめてくれ、と彼が言うと、私はもっと強く抱きしめました。そして自分自身を彼の中に押し入れたのです。私たちはふたりとも息を荒げていました。もうすぐに降伏が訪れるとわかっていました。ほんの少しだけ、もう少しきつく絡みつくだけでよかった。以前にもこういうことはありました。結局相手はいつも降伏して、応じるんです。そう、いい感じ、そう……。体の力を抜いて。きっと気に入るわよ。すごく好きになるはずだから。私を信じて。信じてくれていいから。リラックスして、大丈夫よ。ただ私にくれるだけでいいの。

H――だめだめだめ。やめろ。ほんとうにやめてくれ。

S――私は彼にこれでもかというくらい体をこすりつけて、接近しました。かなりくっついていましたが、彼の片腕は私の胸に押し当てられていて、私を突き放そうとしていました。そこで私は脚を開いて締め付けて、お尻の筋肉を堅くして締め付けて……まさにもう少しで、もう少しでそこに到達するところでした。もう少し、もう少し、もう少し、ああ神よ。私は叫びました。ああ神よ、お願いです。私たちを永遠に結びつけてください。決して離れないようにしてください。

H――なんだこれは?

S――ああ、あの子が入っている、入ってる。私は彼を包み込んでいるわ。

H――どこを見ても彼女がいる。

S――彼は中にいて私も入っている。彼が私の中に入ってきて、私も彼の中に入って――神々は私の望みを叶えてくれた。私たちは今、お互いの中を泳いでいるの。

H――わたしは彼女の中に入った。彼女もわたしの中に入ってきた。不思議な結合でした。

S――絡み合っている。

H——そして絡み合いました。
S——私たちの体は、もっとも深いところで結合しました。
H——わたしたちはひとつになりました。
S——私たちは、私でもあり、彼でもあるのです。
H——これによって住む家が変わりました。ふたつの形がひとつの体になったのです。彼女がわたしになって、男になる。そして男であるわたしが、彼女になるというように。
S——私たちは自分で自分を愛撫している
H——わたしたち自身を
S——こんなふうに
H——なにこれ、気持ちいいな
S——ほら、こんなふうに
H——触ってみて
S——ほうら
H——触り続けて
S——私の蜂の巣みたいな胸。彼の腰から下の男らしさ。
H——わたしたちはどちらでもある、
S——境界がぼやけてもいるし、結ばれてもいる
H——でも、どちらでもない。

エーゲリア

人は、自分はわかっていると思う。自分はあらゆることをわかっていると思い込んでいる。そして自分が知っていることを、まるで生きることの博士号を持っているかのように、あなたに伝えたがる。ひとつ知っておいてほしいのは、誰も何も知っちゃいないということ。

私の夫の名前なんてどうでもいい。あなたは知らなくていい。彼がどう死んだかも関係ない。特別な日には、子羊の肉をニンニクとローズマリーで料理してくれたことも関係ない。芋虫のことを毛虫と呼んでいたこともどうでもいい。寝ている間に泣き叫び、思わず私が手を差しのべたなんていうことも関係ない。あなたには関係ないこと。あなたは知らなくていい。ほんとうに、知る必要なんてまったくない。

彼は死んだ。みんなに知ってもらいたいのは、ただそれだけ。私は底なしの悲しみを抱えている。泣いて、泣いて、泣きまくった。家の人たちは、「大丈夫、大丈夫だから、もう泣かないで」と言っていた。でも私は泣くのをやめられなかった。だから家にいられなくなって、家を出て、森のなかで泣いた。よしよし、大丈夫だよと森の住人たちは言ってくれた。大丈夫、大丈夫だから、もう泣かないで。でも大丈夫なんかじゃなかった。私は泣くのをやめられなかった。

森のなかで泣き続けていると、一人の男がやってきた。あなたは彼の名前を知らなくていい。その人は誰でもいい人だし、関係ないからだ。彼は言った。ああ、なんてこった、おやおや、まいったな。ご主人が亡くなられて、残念でしたね。ご愁傷様です。ご主人はもっといいところに行ったんですよ。泣かないでください。

私は泣き続けた。

すると、この男は話し続けた。

「あなただけではないですよ」と彼は言った。「そんな辛い経験をしたのは、あなただけではありません。他の人にも思わず泣いてしまうようなことは起きているし、ほとんどの人には苦しみが降りかかっている。その人たちのこと――同じように誰かを亡くした人たちや、もっとひどいことを経験した人たちのこと――を思えば、それほど泣かなくなるかもしれません。私にも悲しい話があります。それを聞けば、ものの見方というものがわかるかもしれませんよ？

継母に、私に誘惑されたと父に告げ口されたんです。私が彼女のベッドに入り込んで、彼女に触ろうとしたと。そんなこと、私はしていません。彼女がシャワーから出るとき、どんな姿をしているかなんて考えたことすらなかったし、朝、彼女がシルクのローブを着てキッチンに入ってきて、冷蔵庫にオレンジジュースがあるかを探す間、ローブの前を開きっぱなしにしていたせいで、振り返るとシルクの下で乳首が硬くなっていたなんて、ほとんど気付いていませんでした。ほとんど気付いていなかったんです！　しかも私を求めていたのは彼女のほうでしたからね！　私のベッドに入り込み、私に触りたがっていたのは彼女でした。私のズボンにちょっとした変化が現れるのをいつも気にしていたのは彼女だった！　私にベッドから出ていってくれと言われたことに怒ってそんなことを父に言ったのか、それとも私が父に告げ口するのを恐れていたからなのかは、わかりません。誰にもわからないですよ。でも、すでに最悪な状況でした。そこで私は家を出て、その状況から抜け出すと、海岸沿いを一人乗り戦車《チャリオット》に乗って流浪の旅に出たのですが、その途中で大きな嵐がやってきて、波のなかから巨大な牛が現れ、鼻で潮を吹いて角を前後に振りながら、ものすごいスピードでこちらに向かって突進してきたのです。当然、馬たちは驚いて、四方八方に走り出しそうになりました。私は牛のことなど気にもせず、家と継母から離れること、肩にかかった髪の匂いを嗅いで好きになれと彼女に言われたけれど、好きになれなかったことだけを考えていました。馬たちがおかしくなったのを見て、手綱で操ろうとしました。私は圧倒的に強いですから、やろうと思えばできたはずなのに、そのときちょうど車輪のひとつが木にぶつかって割れて車軸から外れてしまい、私は馬車から放り出されてしまったのです。そして、こんなことをあなたがこれまで経験したかどうかはわかりませんし、していないと思いますが、時間が拡張したのです。私は空中を飛び、二週間ほど空中にいたようでした。そしてその間、子どもの頃のことや、ほんとうの母のこと、その母と結婚したいと思っていたこと、父に怒られるまで結婚式の真似ごとをしていたことなどを考えていました。それから、父が継母と結婚した日のことを考えました。その日は大雨で、私は傷を負ったせいで話ができず、よだれを垂らすだけのいとこと遊ばなければなりませんでした。私はいとこに小さな胸によだれを垂らしていないで話しかけてもらいたかったのですが、彼は話しませんでした。結婚式から帰るとき、彼が私に手を振ってくれたことや、継母のローブの色について考えました。夜明け前の二十分間、空に見える深い青色。

それが最後の記憶でした。なぜなら私は引き裂かれたのです。骨という骨は折れていました。内臓は体内から引き出され、一部は灰赤色をしたミミズのように積み重なり、腱は木に絡みつき、片脚は手綱に引きちぎられ……というように、そこらじゅうに私の体が散乱していました。完全にバラバラでした。ひとつの大きな傷。血だまりや骨の欠片《かけら》やぼこぼこした黒いはらわた。そのことを考えてからあなたのことを考えると、たしかに夫を亡くされたことには同情しますが、ほんとうにそこまで泣くほどのことでしょうか？　そんなに泣きますか？　恋煩いをしているとでも思っているんですかね？　肩越しの十五フィート先にあなたの膵臓が落ちているところを想像してみてください。自分の膵臓があるんですよ。継父がいるなら、想像してみてください。彼のペニスをしゃぶりたいと言うなんて、と咎められたらどんな気分ですか？　泣いているんですか？　私は冥界を見たのです。ローブの鮮やかな青は、影がたどり着く、光のない暗闇に取って代わられました。私が今日ここであなたにお話ししているのは、同情したディアナが私をもとに戻してくれたからです。昔の姿にではないですけれどね。彼女は何年もかけて私の名前を変え、朝に飲むジュースを探す継母から遠く遠く遠く離れた場所に私を移動させました。この話はあなたが知っておいてもいいことで、もしかしたら、この話を聞けば、自分の人生に対して少し晴れやかな気持ちになるかもしれませんよ。そして、そうやってシクシクシクシク泣いているのは、実際に起きたことにそぐわないと納得できるかもしれません。私は山積みになったはらわただったんです。でも、泣いていません。ほら、泣いていないですよね？」

この男はわかっていない。何もわかっちゃいない。もっとひどいことがあるって言いたいわけ？

知らないの？　この世がはじまって以来、「もっとひどいこともある」って言われて安心した人なんて一人もいない。

　私が泣き続けたのは、それが私の悲しみが取った形だったから。私はその男に謝らなかったし、あなたにも謝らない。葉っぱや小枝の上に身を任せて、夫を想って泣いた。だって彼を愛していたから。彼は私の一部で、彼が死んだときに私も死んだの。それを悲しみって呼ぶんだよ。体から内臓を引きずり出されるのは、悲しいことじゃない。それは不運っていうの。しかも気持ち悪いし。継母とやりたかったのは、自然なことなのでしょう。女神の力で生き返ったのは運がいいし、当然泣くべきじゃない。私は泣いて泣いて泣きまくっていたから、ディアナは私にも同情してくれた。そして私を泉に変えた。私にはもう涙しか残っていなかったけれどね。彼女が今の私を作ってくれた。こっちに来て、足を浸して、水を飲んでみて。でももし「もっとひどいことがある」なんて言ったら、溺れさせてやるからね。

ニュクティメーネ

カラスは、私がとんでもなく恐ろしいことをしたせいだと言うでしょう。カラスは、炭色の喉で一声カアと鳴きながら、木の枝で聞いた噂話を伝え、私がフクロウの姿をしているのは、その理由は……もっと、近くに来てください。もっと近くに。声を潜めて話さないといけません。誰にでもできる話ではないんですから。私が父を説得したから……私が誘惑したから……私が説得したから……私が父を誘ったからなのだと。ほら、もっと近くに来てください。カラスは、父とやった私が恥ずかしくなって森に逃げ込んだと言うでしょう。そこで私を哀れんだミネルウァが、私の姿をフクロウに変えて追放し、暗闇のなかを飛んでいかせたのだと。そうすれば寝ぼけ眼では、私の淫らな行為がわからなくなる。ミネルウァは私を、羽に覆われた大きな顔の樽みたいなものに変身させ、墓のように静かに飛ばせた。そして私を翼の下に引き入れ、いわば彼女の鳥にしたのです。

あのカラスの言うことを真に受けてはいけません。嫉妬しているんですよ。かつては、ミネルウァの寵愛を受けていた鳥ですから。以前は美しい少女で、浜辺を歩いていたそうです。彼女を見かけた海の神ネプトゥーヌスは、すぐに熱を上げました。逃げようとする彼女の叫びを聞いたミネルウァは、今にも襲いかかろうとする強姦魔から逃すために、彼女を墨色のカラスに変えた。でも、そのカラスはおしゃべりで、噂好きで、いつも秘密をねじ曲げて漏らすので、ミネルウァは彼女を降格させました。そんな噂の下僕のような鳥はもう肩に載せたくないと思ったのです。そこで私が代わりを務めることになりました。嫉妬はカラスの中に住みつき、肉についたウジ虫のように内側から蝕み、そのせいでカラスはお決まりの話し方をするようになりました。私を怪物にみたてようとするのです。話にはふたつの側面しかないわけではありません——何かを行う者、される者、そしてどちらがどちらなのかを解釈する者がいますから。

ほら、もっと近くに来てくださいよ——私の広い翼の下に。何が起きたのか、私に説明させてください。ゾッとするような恐ろしいことが起きたのですから。夜になると父は、影のなかから出てきて、私のベッドにやって来ました。だから私は毎晩、ベッドの中で震えながら、父が私の小さなピンクの部屋に向かって上がってくるとき、階段がその重さに抵抗するかのような音を出すのが聞こえてきませんようにと祈ったものでした。そして階段の音が聞こえてくる夜は、まるで自分の頭の中にある蜂の巣が崩れて、蜂がいっせいに刺しはじめたようになりました。蜂たちはブンブンと大きな音を立てながら刺しました——ほら、もっと近くに来てください。話をさせてくださいよ——蜂蜜を舐めると舌で苦味を感じました。私は恥ずかしくて森に行ったのではありません。逃げるために行ったのです。ミネルウァが助けてくれたおかげで、私はフクロウになりました。木々の間から見える羽のはばたき。風が起こると形が生まれます。私はそのはばたきになりフクロウになりました。翼が舞い立てる突風やかすみを見るのは、神秘を見ることであり、形が何かになる前の一瞬を目撃することなのです。

レウコトエ

夕暮れ。空一面、色が帯状に広がっていく。薄紫色、赤紫色、桃色、金色、それに色褪せた不思議な緑色も。近くの枝から、ヨタカが夕暮れ時の歌をさえずっている。夜が訪れる。ちょうど最初の星が現れたところだ。はじめは恥ずかしそうにしているけれど、日が暮れるにつれて大胆になり、暗闇が深まるにつれてますます表に出て行こうとする。三日月が空に牙を立てる。地平線に残った最後の色を浴びて、まるで太陽神アポロンがこう自慢しているかのようだ。またやってやったぞ！　ここがわたしの腕の見せ所だ！　朝になったらまたやってやろう。

暗闇に属して決して明るみに出ないほうがいいものもある。追いやられたものは暗さを増して力を得て、影から立ち上がる。げんこつを握って、二枚舌を出しながら。

今となっては秘密ではないが、以前はそうだった。ウェヌスとマルスの関係のことだ。流れるような髪をした愛の女神と武装した戦の神が、誰も知らないところで激しく体をくっつけ合っていたのだ。世界に日をもたらす戦車《チャリオット》に乗ってやってきたアポロンが、絡み合っているふたりを見つけると、革の皮膚を持つウェヌスの夫ウルカヌスに告げ口した。アポロンはその話をおもしろがり、最後の一滴まで搾り尽くすように詳細を伝えた。たくましい筋肉をしたウルカヌスは、それを聞いて力を弱めた。

握っていた道具が急に重くなり、思わず鍛冶場の床に落とした音が空まで鳴り響いた。天界の壁を揺るがすような甲高い音を聞くと、ショックを受けて傷ついたウルカヌスの心は怒りに変わり、復讐へと駆り立てられた。

彼は夜な夜な暗い鍛冶屋で働き、熱した金属の明かりが、身を屈めて仕事に打ち込む彼の顔を照らした。そして銅の鎖を加工して、目には見えないほど細かい網を作り、妻が他の男に身も心も開いたベッドの上に敷いた。そうしてクモがハエを捕らえるように、ウルカヌスは性交している最中のマルスとウェヌスを捕らえたのだ。

池から引き上げられた二匹の暴れる魚みたいに、体をくっつけ合っているふたりを網にかけると、彼は寝室の大きな扉を開け、神々をひとり残らず招き入れて見物させた。集まった神々は、ふたりを指さして笑った。ウェヌスは顔をそむけ、腰の位置をずらしてはしたなさを隠そうとした。だがそんな試みも虚しく、ふたりは体をさらけ出しているのにも構わず、押し合いへしあいを続けているように見えるだけだった。

十分に辱めを受けたあと、ようやくふたりは解放された。彼らの体には細かい網の目が刻まれていた。ウェヌスは恥ずかしさのあまり激怒し、本来は暗闇である場所に光を当てたアポロンに怒りをぶつけた。

これは語るにはなんてことのない話だ。私のことではないから、話すのは辛くもない。でもまさにこのとき、私の物語が彼らの物語に根付いたのだ。

少女だった頃、私は光に当たると輝く長い黒髪をしていた。オリュンポス山から遠く離れた、ペルシャの肥沃な牧草地のそばに住んでいて、道を歩くと、サフランやローズウォーター、乾燥したライム、レモンを感じさせる、香辛料が合わさった香りの雲に乗って運ばれていくようだった。そうした香りを嗅ぐと安らぎを感じ、このままずっとここにいられればいいのにと思った。

でも話はここで終わらない。ウェヌスがアポロンを呪ったせいで、全世界を監視する太陽神は、私だけにしか目を向けられなくなった。そのために光が私の頭上の東の空に集まり、西へ移動するのが遅くなって、冬の日が長くなった。ある夜、馬たちが草を食べながら休息を取り、再び空を横切りながら太陽を引っ張っていく力を蓄えている間に、アポロンが私の家にやってきた。この部分は、できるだけ言葉少なにお話ししよう。私はナイトガウンを羽織り、髪にブラシをあてていた。家の女たちも一緒だったが、アポロンは母に化けて、娘とふたりになりたいから、今日はもうお休みなさいと彼女たちに言っておいたのだ。扉が閉まると、たちまちアポロンが正体を現した。

「わたしは世界の眼だ」と彼は言った。「恐れると、おまえは特に美しくなるな」

その途端、輝きが広がった。あまりにも眩しい光で、私の体じゅうに入り込んでくるほどだった。あとになるまで何が起きたかわからなかった。あれは強姦と言えるのだろうか？

私はこのことを、今後決して口にしないと固く誓った。言葉が与えられなければ、夢以上に現実的に思えることはない。

でも、何が起きたのかを知っていたのは私だけではなかった、アポロンが私のほうにすべての光を注いだせいで、クリュティエをはじめとする彼の他の恋人たちが陰に隠れてしまったのだ。彼女は、太陽神の温もりを恋しがっていた。嫉妬に駆られたクリュティエは、私を辱めた出来事についての噂を広めた。私が暗闇に閉じ込めておきたかったものを、光のなかへと引きずり出したのだ。それは私が守りたい秘密で、彼女が語るものではなかった。でも彼女は何度も何度も何度も話した。そして私の父に伝えるのも忘れなかった。

私は父の足元にひざまずいて許しを請うた。言葉の力を、言葉のトリックを使った。犯されたという言葉を使ったのだ。私を破滅させた容赦ない太陽に向かって私は両手を振り上げながら、父にすがった。どうか、どうかお願いです。私のせいではなかったのです。父は何も言わなかった。私を見るその顔は、無表情だった。痛みも、怒りも、愛もない、無の顔。父は黙ったまま立っていたが、しばらくすると行ってしまった。私はある程度の距離をおいてあとを追い、泣きついた。

すると父はシャベルをつかんだ。それはまるで私の言葉があった部屋のドアを大きな音を立ててバタンと閉め、部屋に鍵をかけて閉じ込めたかのようだった。ありとあらゆる私の言葉、私の願いは壁にこだまし、決して外には聞こえない音になった。私の言葉は、恐怖に埋葬されてしまった。

鋤《すき》が砂っぽい土に穴を掘る、金属が大地を貫く音が、午後から夕方までずっと続いた。シャベルを突き刺している父が上げるうなり声。手のひらにできた水ぶくれ。シャツに染み込んだ汗。穴は深くて、暗かった。私は父が私のための墓を掘るのを見ていた。

私は両手を縛られ、背中に砂利が食い込むのを感じながら、夜空を見上げて横たわっていた。私の数フィート上には、シャベルを持った父が立っていた。星が瞬いていたけれど、月は見えなかった。最初のひとすくいが私のすねにかけられた。砂埃が舞い上がる。砂利と土。顔近くに迫った土の壁からは、雨に濡れた庭のような匂いがした。根っこや灰の匂い。子どもの頃のような匂いだ。もう一回、シャベルがすくい上げられると、土が私の足を伝い、足首のあたりに集まった。父は私の腰あたりを目掛けてシャベルから土を滑り落とした。私の肉体にたたきつけられる土。私は星空を見た。土まみれになりながら、息を吸い込んだ。土は山のように重なっていった。最初は何でもなかった。雪が舞い散るなか、じっと座っているような感じだった。土まみれだった。シャベルでかきあげるたびに、土の山は高くなっていき、やがて耳が埋まった。土の重みが胸を圧迫していた。腰骨が粉々になりそうなくらい重たかった。呼吸をした途端、口や鼻が土で埋もれるようになった。そしてその重さに耐え切れず、肺に息がたまらなくなった。星々が見えなくなった。ひとすくい、またひとすくい。すくっては、滑り落とし、積み上げては、押し固める。その夜のリズムは、私の死を歌っていた。私の墓は埋められ、私の体は暗闇のなかで押しつぶされ、暗闇のなかに埋められた。これからは永久に夜だ。

気の毒に思いながらも私をじっと見つめていたアポロンは、憐れんでくれた。次の日、私が頭を出してまた呼吸ができるように、光線を照らして土を焼いたのだ。でももう手遅れだった。アポロンはすでに冷たくなった私の体を温めようとした。でももう遅かった。

彼は嘆き悲しみ、大地をネクタル（神々が飲む霊酒）で濡らした。するとネクタルは土を黒く変色させながら生気を失った私の体が土と混じり合うところまで染み込んでいった。皮膚に染み入ると、変化が起きた。ぐちゃっとつぶれた体が回転し、巻きついて、ねじれて、もっと強く、もっときつくなり、どんどん丸くなっていった。そして起き上がり、体をねじらせ、まわりの土をかき回しながら、押し出てきた。体の一部は土の中から押し上げられて光のなかへ戻り——眩しい、眩し過ぎる——こぶだらけのゴツゴツした枝を持つ背の低いフランキンセンスの木のように、上へ上へと広がっていった。根は大地の中心に足を踏み入れている人の、強くて優しい手に引っ張られるように、下へ下へと根ざしていった。私の枝は、歓喜や安堵のために両腕を広げているのではないし、光に向かって開いているのでもない。むしろ、否定するために手首を振っているのだ。私が内側に溜め込んでいる涙を、人々が取りにやって来る。私の体に切り込みを入れて、深い傷をつけると、開口部に向かって乳白色の涙がとめどなく溢れ出してきて、それが光に当たると真珠のように固まる。人間の手がそれを宝石のように摘み取ると、涙の香りが空中に漂う。

クリュティエはというと、彼女の話しぶりに太陽神は嫌悪感を抱いた。見捨てられて悲しみに打ちひしがれた彼女は、裸で大地に座ったまま、毎日太陽が弧を描く空を眺めていた。何も口にせず、飲まなかった。大地が彼女を飲み込み、彼女のまわりで大きくなるまで、ただ太陽を見つめ続けた。そうして彼女は青白いヘリオトロープの形になり、太陽の光を追い続ける花に姿を変えた。

私はと言えば、毎朝、日の出が怖くてたまらない。夜が明けないことを祈りながら夜を過ごしている。タールでできた熱くてゴツゴツした手に、喉をつかまれているみたいに、恥は体の中で生き続ける。光を寄せつけないくらい真っ黒なタールだ。私は秘密と一緒に生気を失ったまま、永遠の夜のなかに埋もれていたかった。夜明けが訪れるたびに、私を襲った男、父、シャベル、水ぶくれのできた父の手のひら、私の上にのしかかってきた土の重さ、自分の恥を思い出す。私の中で融解されて生き続けている私の涙が、光に触れると固まってしまうのは意外ではない。何の慰めにもならない。

日々の夕暮れに想うこと――これが最後の夜になりますように。これから終わりのない暗闇がはじまりますように。日々の夜明けに想うこと――さあ、私を切り裂いて。私の涙を解放しておくれ。

アタランタ

私の太ももはオリンピック選手並みだった。

競争しない？　競争しない？　競争しない？　棒で土に引かれたスタートライン。ジュニパーの枝がゴールライン。暖かい。血が騒ぐ。位置について……筋肉の準備は万端……よーい……。ガチガチに緊張している。「スタート」という言葉に感覚という感覚が目覚める。大地を踏みしめ、両腕で空気を押し出し、発進する。まさにそんな感じだった。一歩一歩脚を伸ばして足を着地させて腕を振る。意識するポイントはふたつ——もっとスピードが出せるのはどこか？　それと、ゴール地点。

もっとスピードが出せるならどこ？　と自分に問いかける。ときどき、太ももの大きな筋肉にスピードが宿ることもあった。でもたいていは、おへそと下腹のふくらんだ部分の間にある空間、一番低くて深いところにある腸の暗いくぼみにあった。必要なときには、その場所からもっとスピードを出せた。もっと速く、アタランタ。私は自分に言い聞かせた。もう少しだけ速く。できるでしょう？　スピードはどうしたの？　ほら、あそこ、下のほうにあるから取ってきて。スピードが宿るくぼみにあるでしょう。あなたは誰よりも速い。

私は勝つのが好きだった。

あるコーチにこう教わった。「結婚は忘れろ。きみは奥さんなんかにはならない。結婚したら、自分に負けることになるぞ」

私は負けるのが嫌いだった。

未婚、だった。でも、たくさん追いかけられた。延々と続く追いかけっこを終わらせるために、私は競争した。私と結婚したいの？　それなら競争して、あなたが勝ったら、結婚式を挙げましょう。でも負けたら、あなたは死ぬの。そういうルールを作った。

無敵、だった。レースの日。私より先にゴールすることを願う男たち。人々は歓声を上げて、応援した。私は池を横切っても、くるぶしより下に足が沈まないくらいの速さで走った。男たちがやって来ては競い、死んでいった。彼らは自分たちの顛末がわかっていることに敢えて手を出した。

その後、「競争しない？」スタンドから若い男が一人、申し出てきた。広くてがっしりとした肩、強くて長い脚、ワイルドでくったくのない笑顔をしたヒッポメネスだった。ネプトゥーヌスのひ孫だ。「競争しない？」彼はまた尋ねた。沈黙が私の最初の答えだったからだ。すると突然、あらゆるスピードが落ちた。でも、強い筋肉を持つ私の胸だけは、今まで走ることでしか得られなかった速さで高鳴っていた。ヒッポメネスの声には、独特な振動があった。他の人たちとは違う。まだ若いけれど、賢そうな目をしているし、ライオンのように勇敢だ。私は私のままだったが、私の中に新しいものが生まれていた。そしてそのせいで、私の心はふたつの異なる道を進むことになった――それぞれ疑問符で終わる道を。どちらにしても、最終的には痛みが待っている。私は勝ちたいのだろうか？　彼に勝ってもらいたいと願うなんてできるのだろうか？

その疑問――私の頭にまで浮かんだ疑問――は、他の疑問を生んだ。彼は死にたいと思っているのだろうか？　もし負けたら、私は何を失うのだろう？　勝ったら何を得て、何を失うの？　もし負けたら、何を得る？

勇敢で若い彼はわかっていた――神々は恐れずに挑む者に手を差し伸べると。汗と靴下の臭いが充満したコーチたちのオフィスに貼られた数々のポスターの文言。勝てない挑戦はするな。幸運は勇者を好む。二位は一人目の敗者だ。ゴールはときに、はじまりに過ぎない。私のことは忘れてほしい、と私は思った。彼に死んでほしくなかったのだ。妻がほしいなら別のところに探しに行ってよ。勝てない競争のために自分の美しさと若さを無駄にしないで。でも、それは同時に彼が自分で決断することでもある。私は彼の心を支配していないのだから。同じように、私以外の誰も私の心を支配することはできない。私は、彼のそばにいるのが好きだった。コーチの言葉が聞こえてくる。「自分に負けることになるぞ」レースの前は、頭をまっさらにしておく。でも今、私の頭はハムストリングスのように痙攣していた。私の頭は、競争している。

自分の中の知らない部分、体と脳のほの暗い空洞に、馴染みのない感覚が生まれた。一度でいいから追い抜かれたい。彼に私より速く走ってもらいたい。この小さな空洞こそ愛が宿る場所で、私の中ではじめての感覚をおぼえると、これ以上にないくらい満たされた。そこは底なしだった。底がない空洞だったのだ。

レースがはじまる前にヒッポメネスがひざまずいて祈りの言葉をつぶやきながら、ウェヌスに頭を下げて慎ましく何かをお願いしているのが見えた。ウェヌスは愛を感じている大半の人が慕う女神だからだ。ヒッポメネスが、拒めなくなるほど甘い言葉を投げかけると、ウェヌスは戦略や勝つためのヒントを教えた。彼のそばにぴったり寄り添いながら、聖なる木立から採ってきた黄金のリンゴを三つ渡して使い方を教えた。ヒッポメネスの甘い言葉に心動かされたのだろうか？　それとも、愛を拒む者の心を変えようと躍起になっていたのだろうか？　でも私には私の考えがあって、それが厄介だった。私は自分が何をしているかわかっていた。

位置について……。土に引かれたスタートライン。よーい……。ヒッポメネスの汗の匂いは好きだった。スタート。私はどうやって負ければいいかわからなかった。最初、レースはいつものように進んだ――脚、足、腕、肺がいっせいに飛び出していく。スピードはどこ？　そこにある。もう少し下？　ほらそこ。もっと？　いいから、早く手に入れなよ。ヒッポメネスは速かった。でもふたりとも、私のほうが速いとわかっていた。彼は私のペースについてきてはいたけれど、息づかいから、そう長くは持たないのがわかった。そのときだった。ヒッポメネスが金のリンゴをひとつ道に投げたのだ。太陽に照らされてキラキラと輝きながら転がるリンゴに、私は手を伸ばした。家の姿見にはたくさん金メダルがかかっているけれど、これはただ違う形をしているだけだ。地面に屈んで素早く拾おうとして一歩を犠牲にし、いくらかの冷静さも失ってしまったけれど、すぐに取り戻し、足並みを整えて、またヒッポメネスを追い越した。私は私自身だった。自分しかいなかった。さらなるスピードはどこに求めればいいのかわかっていたし、自分の体にできることもわかっていた。自分の頭の中も、すごくよくわかっていた。

彼はまた別の金のリンゴを放り投げた。これが彼の勝ち方で、今までもそうするように言われてきたのだろうと私は理解した。もうひとつの金メダル、暖炉に飾るもうひとつの私のトロフィー、私のスピードを証明するもうひとつの輝く証、もうひとつの勝利の記念品。私はリンゴのほうへ身を屈めて腕を伸ばして手に取った。自分のスピードがわかっていたし、彼のやり方で競っても勝てると確信していた。私はもう一歩、遅れを取った。彼の背中が見えた。アタランタ、あなたは無敵だよ。そう自分に言い聞かせて、また私はスピードを見つけ、彼はまた私の背中を見るようになった。

ヒッポメネスが投げた三つ目のリンゴは、コースから外れてしまった。選択肢はふたつ——勝つか、三つ目のリンゴを手に入れるか。私は力とエネルギーをみなぎらせていて、レースの進め方もわかっていた。望めば、最初にゴールラインを越えることもできた。

私は選んだ。進行方向を変えて全速力で走り、手で、リンゴを、つかんだ。そしてコースに戻り、ゴールラインを見た。若返ったみたいに、体は軽く、速かった。もっとスピードを上げられるでしょう、上げなよ。それが私の知っている唯一のやり方だった。でも、このもうひとつの空洞、新たに愛で膨らんだ空洞が、速度を慎重に確認していた。負けるのは、どんな気持ちなんだろう？　見てみたかった。ゴールラインの向こう側にある彼の背中。一歩遅れて走る私、負けた私。連勝が途切れたところを。勝たない私はいったい何者なのだろう？　一瞬パニックに陥ったけれど、彼の体が私より先にゴールラインを越えると、私が知っていた自分が木っ端みじんに砕け散った。私は誰なの？　呼吸は落ち着き、私は私のままだった。でも負けた——競争に。だけど勝ち取ったのだ——愛を。新たに満たされた空洞を。

結婚式を挙げ、すべてが順調で、私は私のままだった。でも、私が結婚した男は誰なのだろう？　ヒッポメネスはウェヌスがいたから勝てたのだ。彼女のやり方を学び、トリックを教えてもらったのだから。でも彼は感謝しなかった。すっかり忘れてしまい、まるで自分一人の力で私を打ち負かしたかのように、あるいは、まるでどんな男でも自分だけの力で私を打ち負かせるとでも言うかのように振る舞っていた。なぜ、ありがとうと言えなかったのだろう？　お香に火を付けて、ひざまずいて祈らなかったのは、なぜ？　感謝の気持ちはどうしたの？　ちゃんとしなくちゃだめでしょう。でも、彼はそうしなかった。だから、ウェヌスが怒りを爆発させても仕方ない。

結婚式が終わると、私たちは二人で走りに行った。競争するのではなく、長い時間をかけてゆっくりと、筋肉を動かしながらお互いに歩調を合わせ、それぞれ相手の力に浸っていた。私は、それが愛なのだと思った。それぞれが相手の力を借りることでより強くなれることが愛だと。私たちは足を止めた。クタクタで、汗はすぐに太陽の下で乾いていった。

きみにキスして塩を舐め取ってあげたい、とヒッポメネスが言った。体を使い倒したあとの、愛の高ぶり。自分に感謝しない彼を見たウェヌスが、どうにも抑えきれない欲望で彼の体を満たしていた。その場所ではそんなことをすれば犯罪になると知りながら。

でもここではだめだよ、と私は言った。私たちは神聖な場所にいた。ウェヌスの計画通りだった。ここならいいだろう、と彼は言い、私を洞窟のほうへ引っ張っていった。中には神々の形をした小さな木の彫刻が壁沿いに並んでいた。

ここではだめ、と私は言った。

ここでいい、と彼は言うと、私の首筋に舌を這わせた。塩の収穫。そうして私たちは互いに身をゆだねた。影のなかで、彫刻はみな後ろを向いていた。

私たちはその場所を汚した。神聖なものを冒涜したのだ。洞窟の主である女神キュベレーは、私たちがそこで行ったことに激怒し、私たちから人間の形を消し去った。髪は毛皮に代わり、舌はザラザラして、二本足から四本足になり、顎が強くなった。ヒッポメネスに訊く暇すらなかった——なぜ、ありがとうって言わなかったの？　私は自分に負け、自分を失った。

そして今、私は噛みちぎっている。獲物を丸ごと食べようとしているのだ。低くて暗いところにある腸を目掛けて爪を立て、中身を引きずり出す。咆哮と競争。私たちはキュベレーの戦車《チャリオット》を引く、雄ライオンと雌ライオンになった。

無敵、だった。それは今も変わらない。これからもずっと。さらにひどい運命もあっただろう。動かない山になっていたかもしれないし、カタツムリになっていたかもしれない。

イピス

「こうして一緒にやってくれてありがとう」

「いいよ、別に」

「あなたのお父さんはまだ何が起きたか知らないの」

「それでいいと思うよ」

「伝えるべきだと思う？　言わないと変な感じがするけれど」

「伝えたらパニックを起こしそうだよ」

「そうよね。取り乱すに違いないわ。あなたが生まれる前、もし女の子だったら殺してやるって言っていたんだから」

「ママ、それはもうマジで何百回と聞いたよ」

「私たちには持参金を払うお金がなかったのよ。女の子を養う余裕なんてないって、パパは言っていた。それを聞いたら嫌いになる？」

「パパを嫌うかって？　そんなことあるわけないよ。私がパパを憎んでいるように見える？　時代が違う話なんだから」

「確かに違う時代だった」

「パパに殺されなくてよかったよ」

「私があなたを救ったのよ」

「わかってるよ、ママ」

「あなたはここにいなかったでしょうね、もし……」

「わかってるって。私が感謝しているとママに信じてもらえるようにお礼が言えるかどうかはわからないけど」

「あなたが私のおなかから出てきたときは、愛でできた雲に吸い込まれたような気がしたの」

「キモいな」

「キモくないわよ。ほんとうに素敵だったんだから。今までで最高の出来事かもしれないわ。あなたが女の子だとわかると、ママは思ったの、いや、思うというよりはわかっていたの。決してパパにあなたを奪わせないって」

「ほんとうに嬉しいよ。想像を絶することだよね」

「先生と看護師さんに、お父さんにあなたは男の子だったと伝えてほしいと言ったの。私たちはとても嬉しかった。あなたが生まれた日のパパほど喜んでいる人は見たことがないくらいにね。ほんとうに幸せだったの！」

「そうなんだ、嬉しい。今まで話してくれたこと、なかったよね」

「蜜を隠しておくのはそれほど大変ではなかった。髪を短くして、男の子用の服を着せて、男の子でも女の子でもいいような名前をつけたら、あなたは男の子になったの」

「私は男の子じゃなかったんだよ」

「そうよ、わかってる。でも、みんな男の子だと思ってたから。それにあなたの顔といったら……！高い頬骨に、濃い眉毛……」

「それでも私の顔だよ」

「そうよ、わかってる。ただ、あなたが男の子でも女の子でも美しい子には変わらなかったっていうことよ。それに対してありがとうって言わないの？」

「褒め言葉には聞こえないし……」

「これはれっきとした褒め言葉よ。あなたは美しいの」

「お願いだから、髪を触るのは止めて」

「なんてことを言うの」

「これまでのことについて私がどう思っていたのかを知りたくて、ママはこの話をしはじめたんだと思ってた」

「そうよ、そのとおり。私はただ、経緯をちゃんと話しておいたほうがいいと思ったまでよ」

「私が経緯を知っているとは思わないの？」

「だって、あなたは赤ん坊だったから。小さな男の子だったじゃない。何を覚えているのかなんてわからないわ」

「だから、女の子だったんだって」

「はい、そうね。わかりました」

「私がほんとうに男の子だったらさ……わからないかな？　こんな会話はしてないはずだよね。どれだけ辛いことなのか、ママは理解してないと思う」

「何を言っているの、わかってるわよ」

「ううん、ママにはわからない」

「でも、全部うまくいったじゃない」

「全部うまくいった？　ママは私に、これまでのことを私がどう思っているのか話すように言ったよね。今がどうという話ではなくて、これまでどうだったのかを。すべてが順調で、よくある程度の辛さしかなかったと信じたいなら、信じればいい。でも実際は違うから」

「私だって辛かったのよ。わかるでしょう。蜜を隠しておかなければならなかったんだから。あなたのパパからも、みんなからも」

「そうやって呼ぶのが嫌だった」

「そうなの？」

「なんで秘密ってちゃんと言えなかったの？」

「私たちだけに通じる言葉だったからよ。二人だけの暗号だった。それについて話すときは、そうすることにしていたの。秘密だと、すごく汚らしく聞こえるでしょう。それに恥ずかしいことのような感じもする。あなたには、汚いものだと思って欲しくなかったのよ」

「それでも秘密と呼べたはずだよ」

「呼び名が何であれ、隠しておくのは大変だったのよ。あなたがあれを隠していられない年齢になってからが大変だった」

「胸のことを言ってるの？」

「そう」

「なら、胸って言えばいいでしょ」

「あなたに気まずい思いをさせたくなかったのよ」

「なんで気まずくなるの？」

「お願いだから、ピリピリしないでちょうだい」

「おっぱいが大きくなってきた頃は、そうだね、最悪だった。あれはひどかった。毎日テープでぐるぐる巻きにされて、まともに息もできないほどきつかった」

「息ができなかったの？」

「もちろん息はできるけど、大きく息を吸い切ることはできなかったってこと」

「たしかにスポーツブラをつけていると、そんな感じになるわね」

「それとは違うよ」

「きつくてしっかり息ができないって言ってたじゃない。スポーツブラをつけると私はそうなるのよ。だからわかるの」

「スポーツブラ？　ほとんどゴムが伸びちゃってる紺色のやつのこと？　冗談でしょ？」

「きついのよ」

「いい？　もっときついのを想像してみて。ママの胸は捻挫して、固定しないといけないの。助骨に空気がいかないほどきつくぐるぐる巻きにされているところを想像してみて。ママのスポーツブラなんかとは、比べ物にならないんだよ」

「共通点よ。私はただ、共通点を見つけようとしてるの」

「共通点なんてまだ出てきてないよ」

「どんな感じだったか、もっと詳しく教えてくれない？」

「私が十三歳のときのこと？　あの地獄みたいな日々のこと？　いいよ。じゃあ、想像してみてよ。ママは人間の子どもで……」

「私は実際に人間だったわ」

「……二本の脚と腕があって、皮膚があって、髪の毛があって……」

「私には全部備わっていた」

「……それに脳と心臓と内臓と口と舌がある」

「わかった」

「ママも私たちと同じ人間で、楽しい日もあれば退屈な日もある。歯医者さんに大きな風船をもらうこともあるし、サッカーをする日もあれば、ラグにペンキをつけてしまって怒鳴られる日もあるし、アイスキャンディーを食べる日もある」

「すごくいい幼少期ね」

「そして十三歳頃になると、肌がおかしくなってくる」

「ニキビね」

「ニキビじゃないよ。薄い殻みたいに固くなるんだよ。踏んだらバリバリと音を立てるくらいにね。腕や足、おなかのあたりが虫みたいになる。巨大な虫。ある朝ママが髪をとかしていると、ふたつの触角があるのがわかるの。頭からワイヤーみたいに二本の触角が伸びてるんだよ」

「どんな虫？」

「そんなのどうだっていいでしょ。すると途端にママは、自分が何者かわからなくなる。当たり前だと思っていた普通の生活が、すっかりひっくり返ったようにね。鏡に映る自分を見て、今まで人間の子どもだと思い込んでいたのに、突然それが真実なのかわからなくなる。自分は子どもなのか、それとも虫なのか？って。今まで自分について理解してきたこと、ママについてみんなが理解してきたことは、もしかしたらずっと間違っていたのかもしれない。自分について知っていると思っていたこと、一番根本的な部分が、あのときの地震で棚からコップが落ちたみたいに、粉々になってしまうんだよ。鏡の前に立って、私は何者なんだろう？　って自分に問いかけたり、道を歩いていると、みんながママをじろじろ見てきて、あれはいったい何だ？　って思われる」

「でも、それってあなたの想像のなかの話よね」

「人が見てくるってところ？」

「人っていうのは、いつも他人のほうが自分よりずっと早く気付くと思っているものなのよ」

「ママは子どもなんだよ、それで、虫に変身してるの。それでもみんなは気付かないと思ってるの？みんなが、ちょっと待ってよ、あの変なのマジで何なの？ってなるとは思わないの？」

「あなたは思春期の話をしてるんでしょ」

「違うよ」

「誰にでもそんなときはあるのよ。それを成長って呼ぶの」

「ちゃんと話を聞いてよ」

「誰にでも来るのよ、そういうときが。ホルモンのせいで皮脂が増えて、毛が生えてくると、自分の中に他人がいるみたいに思えるものよ」

「陰毛が生えたりニキビができるのは、人間から虫になるのとはわけが違う。肩甲骨があるのと、翼が生えてくるのとは違うでしょ」

「誰でも、どこかの時点で虫になったような気がするものよ」

「ねえ、何を言ってるの」

「いいわ、続けてちょうだい。つまり私は虫なのね、わかったわ」

「いいから、聞いてよ。それでおっぱいが大きくなると、すごく気持ち悪いと思うわけ。自分の体が自分のものでないような気がして、自分が何者なのかわからなくなり、罰を受けているような気がする。何が起きているのか、自分が誰なのか、文字通り何もわからないんだから、ほんとうに怖いんだよ。いい、強調して言うけど、マジで怖かったから。ずっとそうだった。ママにはそれを理解してほしい。それに、相談できる人が誰もいなかった。わかってくれる人はいなかっただろうから」

「私に話してくれればよかったのに」

「わけがわからなくて、恥ずかしくて、自分のことを理解していたはずのことが全部、疑わしくなっていた。『ちょっと待って、あなたは男の子じゃなくて、実は女の子だって言わなかったっけ？』って言われたみたいな感じだよ。『いったい何なの？』って思うでしょ」

「話してくれればよかったのにって、私は言ったのよ」

「そんな気持ちにはなれなかった」

「あなたが生理になった日を覚えてる」

「私も」

「あんなに泣く人を見たのははじめてだった」

「そうだね。怖かったし、嫌で仕方なかった。頭の中では別の何かになっていて、今の自分が嫌だったから、体が変化していくのが耐えられなかったんだよ」

「きっと、鏡を見たときに年をとった自分を見てショックを受けるのと同じね。心の中ではずっと若いままだから」

「そうかもね、そんな感じなのかも。知らないけど」

「動揺しているあなたを見るのは辛かった」

「動揺しているほうも辛かったよ」

「私はあなたの気持ちを楽にできていた？　まあまあよくやっていたかしら？」

「なんだか、私がママの気持ちを楽にしようとしているみたいになってる。ママを安心させるために話しているみたいな気がするんだけど」

「そんなことないわよ。私はあなたの話を聞くためにここにいるんだから」

「生理が来たときの話なんてしたくない」

「それはいいけど。私はただ、あなたが動揺しているのを見て、ほんとうに辛かったと言ってるの。あなたはほんとうに悲しそうで、とても怖がっているように見えた。私も泣きたかったけど、あなたの前では泣けなかったのを覚えているわ。あれは悲しみというよりは、怒りだったな」

「いったい何に対して怒っていたわけ？　何に対して怒る必要があったの？」

「あなたのお父さんに腹を立ててたのよ」

「ああ」

「でも、悲しくもあったわね。あなたが生理になったとき、洗濯をしていたら、あなたが穿いていたジーンズにシミが見えたのよ……」

「さっき私が言ったことを聞いてなかった？」

「小さなシミでもなかったのよね。血がいっぱいついてた。覚えてる？　私がはじめて生理になったときは、パンツにほんの少しついただけだった」

「マジで聞いてらんない」

「待って、違うの、待ってよ。どこへ行くの？　わかったから、お願い。座ってちょうだい。生理のことは話さなくていい。私なりに理解しようとしているのよ」

「ママのせいで、すごく話しづらいんだけど」

「続けてちょうだい。お願い」

「じゃあ今度はこれを想像してみて。ママはトイレにいる。公衆トイレ。そこには他の女性もいる――

三人。全員が洗面台で手を洗っていて、ママが洗面台の上の鏡を見上げても、どれが自分の姿なのかさっぱりわからない。どれが自分なのかまったくわからない」

「そんなの嫌ね」

「そう思うのは、恐ろしいからだよ。イアンテに想いを寄せるようになってからは、さらによくわからなくなった。私たちは同じクラスで、彼女は大きな緑色の目が特徴的だった。シャツをオフショルダーで着ていて、大半の子よりも早くブラジャーをつけはじめていた。彼女の肩にブラジャーの紐が見えると、おなかにサーカスがいるような気分になった。学校でイアンテが廊下を曲がってくるのを見かけると、おなかがお尻までストンと落ちてきて、上半身が温かくなるんだよ。彼女のそばでは、生きていることをすごく実感できた。一緒にいると、エネルギーが高まるような気がしたんだよね。パチパチって火花が出るみたいに。一緒にいないときは、次に彼女に会うときのことばかり考えてた」

「あなたのお父さんに、私も同じことを感じていたわ」

「でも気分は最悪だったけどね。私は女の子だったから。自分が女の子だと知っていたんだよ。ママだって、私が女の子だと知っていたでしょ。大きな蜜……じゃなくて秘密があって、その下に自分が埋もれているような感じだった。自分の上に山積みになっている何かに、毎日押しつぶされそうだった。生き埋めにされるような感じ。イアンテは私を男の子だと思っていた。彼女は男の子だと思って私を好きになったんだよ。でも、実際はそうじゃなかった。私は彼女と友達以上の関係になりたかった。彼女がシャツを脱いだところを見てみたかったし、スローダンスを一緒に踊りたかった。彼女の肌に触れたかった」

「そんな話、しなくていいわ」

「彼女にキスしたかった」

「わかったから」

「彼女にキスしたいと思いたかったわけじゃない。そんな感情を抱くのは最悪だった。自分はおかしいんじゃないかと思った。どこかがものすごーーーーくおかしいんだって。雌馬は雌馬に恋しないし、雌豚は雌豚に恋しないしね。雌羊は雄羊を欲しがるし、雌鹿は雄鹿を欲しがる。雌鶏は……」

「もうわかったから」

「わかってないよ。だってママは、自然に逆らっているように感じることがどんなだか、わからないでしょ。自分が病気で、病んでるって思う気持ちもね。何もかもが間違っている気がするんだよ。ベッドの中で横になりながら、彼女と一緒に音楽を聴きたかった。夜、彼女と一緒に波止場から水の中に飛びこみたかった。彼女のシャツの中に手を入れてみたかった。そんなふうに思うと、自分はこの世にいるべきではないんだって思えた。自分は怪物なんじゃないかと思った。それに、彼女への思いが本物なのか、それとも自分が秘密を抱えて生きていることと関係があるのか、見当もつかなかった。ほんとうに彼女のことが好きなの？　夜、彼女と一緒に波止場から飛びこみたいとほんとうに思ってるの？　ほんとうに彼女のシャツの中に手を入れたいと思ってるの？　それとも、男の子が求めるようなことを求めているだけ？　って自分を問いただした」

「それは病気じゃないわ」

「だからさ、もう何なわけ。要は、病気みたいに感じたってことが言いたいの。自分が病んでいるみたいに思ったの。何かものすごく間違っているような感じ。正気でないみたいな。わかる？」

「お願いだから、怒鳴らないで」

「彼女も私を好きなのはわかってた。でも彼女は男の子としての私が好きで、ほんとうの私は違うから……誰も知らない最悪な秘密だった」

「なら、私はどうすればよかったっていうの？　あなたのお父さんには言えなかったのよ」

「私は自殺まで考えたんだよ」

「何てこと、だめよ」

「イアンテへの想いは止められなかった。そしてその頃ママとパパは結婚の手はずを整えていたんだよね。私のことがバレたら、どうなるの？　イアンテは私と一緒にいたくないって言い出すかもしれない。私はパパに殺されるかもしれないって思った」

「たまに、あなたのパパに出会わなければよかったと思うことがあるわ」

「私はベッドに横になりながら、『あなたは女の子、あなたは女の子、あなたは女の子』と自分に言い聞かせた。そんなふうに想っちゃだめ。彼女のことを考えるのはやめなよって。あれ以来いろいろと考えたけど、恋愛で一番大切で、恋愛を生かすのは、希望だと思う。今よりもっと親しくなれるっていう希望、いつでももっと理解しあえるという希望、どんな最悪な状況からでも抜け出せるという希望、一緒に探求できることがいつもたくさんあるという希望、みたいなね。希望がないっていうのは、愛が死んだことを指すんだよ」

「怒りもね」

「怒りって何が？」

「怒りも愛を殺せる」

「そうだね、私はイアンテに怒ってはいなかったけど、望みがないのはわかってた。私は女の子で、彼女もそうだったから。誰もが私と彼女が一緒になることを喜んでいたよね。パパもママも、イアンテも彼女の両親も。みんなにはしっくりきていた。でも私には、そんなことはあり得ないってわかってた。もしそうなったら、私の人生は終わりだと」

「あなたたちが一緒になることを、私は必ずしも喜んでいたわけではなかったわよ。私も怖かった」

「私のことがバレるから？」

「それが終わりを意味するから」

「私の人生が終わるって？」

「そうかもしれない。でもあなたが幸せならそれでよかった。あなたが彼女を愛しているのがわかったから」

「でも私は幸せじゃなかった」

「でもあなたは彼女を愛していたでしょう」

「私は怪物だった」

「私はあの男を殺したいと思った。ときどき心の底からそう願っていた。今でもそう思うときがあるわ。私はあなたのために祈った。豊穣の神イシスに祈った。わが子の道を開いてやってください。蜜がなくなりますようにと。あなたがそれに埋もれているのがわかっていたから。でもあなたは怪物なんかじゃない。私は祈り続けた。お願いです、イシス、助けてくださいって」

「祈りが届いたんだよね。希望が見えて、選択肢が現れた」

「あなたは変わったの」

「私は変わった」

「振り返るとあなたが歩いているのが見えたのは覚えてる。変身したあなたが。歩き方が違ってた。誰かの歩き方に慣れ親しんでいるっていうのは、面白いものね。でも突然、あなたの歩き方が変わった。微妙にだけどね。少女のような軽快な歩き方ではなくなって、腰を鈴のように振ることもなくなった……」

「それはママの歩き方でしょ」

「私にはお尻があるからよ。でももっと平べったくて、硬い動きだった。上品さと優雅さはまだ残っていたけれど、どこか足取りが重たくなったの」

「肩の動かし方が変わったんだと思う」

「それに、あなたの顔。眉毛が濃くなった。顎の形だって変わったわ」

「気付いてたの？」

「当然でしょ！」

「目立たないかと思ってたけど」

「ああ、あなたのそんな笑顔を見るのが好きなのよ。いつものあなたになった」

「そうだね」

「うまくいったわよね」
「うまくいった」
「イアンテとあなたは幸せなのね」
「とても幸せだよ」
「私はあなたのパパが大嫌いなのよ」
「わかってる」
「ずっと殺したいと思ってる」
「そんなことを聞くのは辛いよ」
「自分が怪物になったような気がするわ」
「そんなことはないよ」
「あんな目に遭ったあなたが気の毒で」
「自分でもそう思うよ」
「私たちにとっては辛い経験だったわね」
「そうだね」
「あなたが幸せでほんとうに良かった」
「私も」
「私の美しい息子よ」

ヘクバー

みなさま、こんばんは。私どもが開催するスピーカー・シリーズの第三弾「国境を越えたトラウマ～現代社会における置換、移動、亡命」にお越しくださいまして、ありがとうございます。今夜はヘクトール、パリス、トロイロス、ポリュドロス、ポリュクセナといった方々のお母様であるヘクバーをお招きすることができ、幸甚です。ヘクバーは想像を絶する出来事を目撃し、それに耐えてこられました。今日は彼女の言葉でご自身の経験を語っていただきましょう。私は今夜の講演で通訳を務めますが、いつものように、彼女の言葉と私たちの言葉の橋渡しができるよう、最善を尽くします。では、ヘクバー、こちらへどうぞ。今夜はお越しくださって、ありがとうございます。さっそく、はじめましょう。

「ヘクバーと申します」と彼女は話しだす。「私がここの出身でないことは、みなさん、すでにご存じでしょう。私の肌の色や目の形、頬骨の開始——いや、失礼——盛り上がり方でわかりますし、私が風車のように回したり、体に回転——いや、失礼——巻きつけたりするスカーフでわかるはずです。私の口が発する言葉を形作る音や母音の広がり——特定の子音のあいまいさ——を聞きとっていただけると思います。そうすれば、私がどこに属しているかおわかりになるはずです。みなさんのような、みなさんが私を見るような方法だと、ひとつの場所、種類、種しか見えず、ほんとうにここにいたいのかどうかわからなくなるかもしれません。私は『彼らの一人』です。人の目によってもみ消されたり――いや、失礼――消し去られたりすることがどういうことか、みなさんに知っていただけたならどれだけいいでしょう。

「私を見て、何が見えますか？　犬が見えますか？　見えているのは犬ですか？　汚らしいボロボロの雑種犬？　みなさんはそんなふうに私を見ていますよね。

「ここに属するみなさん、この土地で生まれたみなさんは、こうした亡命者の経験を知り、理解することはできません。あるいは亡命、あるいは、もしくは――これは私が通訳として話していることですが、彼女が言ったことを直訳しますと、ええと、つまり、転位ということになります。彼女が実際に使った表現は、『自分の人生というソケットから引き抜かれる経験』です。彼女によるとそれは、『境界線を越えて存在する状態』だそうです。

「私はここの出身ではありませんし、私の知っている祖国は、もはや私を抱きしめてはくれません。でもそれは単なる地理的な問題ではなく、地理的な概念や、ことそこを隔てる目に見えない境界線を越えるという単純な行為を遥かに超えています。そうした境界線は、今の私には無関係でした。私にとって重要なのは、恐怖の端と夢の端にある境界線、つまり憎しみと愛の限界に引かれている境界線だけなのです。

「戦争はすべてを奪いました。私から夫を奪い、息子たちも奪った。私の腕から娘を引き離し、その娘は目の前で喉をかき切られました。娘の体が床に落ちたときの音を――ええと――表現してさしあげましょうか？　あるいは、自分の血をごくりと飲み込み――いや、失礼――ごくんと飲み込んだ――いや――飲み込んで喉をつまらせたときの音がどんなだったか、お伝えしましょうか？　あるいは、窓から差し込んだ光が床の血に反射して、帯状になった血の一筋をミルクのように白くさせたときの様子を話しましょうか？　それをやった男のマシン――いや、失礼――男の兵士の球体――いや――目の様子を伝えましょうか？　彼の目の中に見た生気のなさを？　彼の目の中の無を？　私がどれだけ大声で叫んだかお聞きになりたいですか？　自分の中にあれほどの声があったとは知りませんでした。私は娘の体の上に自分の体を重ねました。私の手も、私の顔も、娘の血に塗られ、いや、失礼、覆われて、そう、覆われていました。

「私が涙を流している間、吐き気がするような安堵感が襲ってきました。あれ以上に深い苦しみはないでしょう。貯蔵庫というか地下室が――いや、失礼、文字通りに言えば、魂の地下室、いや、魂の底が――あるのです。底があって、私はそこへ通じる道を見つけました。

「でもですね、実際は違ったんです。もっと下がありました。悲しみの先にある場所……みなさんの持ち時間の間に、どなたもそこを見ないでいられるといいのですが……。

「死んだ娘の傷を清めるために、海岸に下りていき、壺に海水を汲みました。もし、ことといなくなったものとの間に境界線があるとすれば、そのときに私はそれを越えたのです。砂浜には、死体がありました。波の満ち引きにもまれて打ち寄せられた灰色の膨れ上がった体。ぐにゃぐにゃで灰色で膨れ上がっていて、胸や肋骨のあたりにはあくびをしたような――いや、失礼――あんぐりと口を開けたような傷がありました。近寄って見ようとは思いませんでしたが、何かに引き寄せられたのです。

謎という名の身体的な母性の力に引き寄せられました。境界線を越えたのは、そのときです。あの顔。あの顔ですよ。私の息子でした。私の最後の子ども。息子は安全なはずでした。

「私は空を見上げました。その瞬間、私はいなくなったのです。私自身が不在になりました。骨も、脳も、血もありません。私は爪より軽くなりました。その瞬間、私は空になり、果てしなく広がっていったのです。

「不在に境界線はありません。

「ここでみなさんは、まさに通訳自身が雨を、涙の雨を降らせるのを見ています。彼は泣いているのです。みなさん、ここに属するみなさんは、この話を聞いて、なかには泣いてしまう方もいらっしゃるでしょう。

「自分の人生、自分のすべてが、到着したばかりの外国のように感じられます。この土地では、街は亡霊――いや失礼――幽霊でできているのです。灰色が移り変わって、人の形をした霧が立ち込める。私はそのなかを幽霊のように移動します。記憶、親しみ、認識を自覚する瞬間が訪れ、それが何なのかを知るよりも早く、消えていきます。子どもの頃の庭にあった一本の果物の木、炭の上に乗せた牛肉の匂い、顔の形が見える……、あれは妹？　友人？　夫？　子ども？　こうした幻影は現れても、あまりにも早く消えてしまったので――ええと――まさにその〝非存在〟以外、私は何も感じられませんでした。

「私たちはみな、自分自身を理解するための足場を、足場を持っています。私は女性であり、母親であり、トロイの木馬であり、女王でした。その足場が全部崩れてしまったらどうなるのでしょう？

私たちの境界線はどこにあるのでしょう？　それが消えたらどうなるのでしょう？　私が教えてさしあげましょう。

「私は浜辺で息子を見ようとしました。でも、見えませんでした。私は彼の傷を食らいつくように見ました。彼の体が引き裂かれた場所を。息子の内側を貪るように見つめると、そこに無限が見えたのです。みなさんが幼児の目に無限を見るように、幼児の目を見つめたときに宇宙を見るのと同じように。息子の体の中に、私はそれを見たのです。そしてその宇宙のなかで、私は決断を下しました。

「私がこの話をしながらなぜ泣かないのか、みなさんは不思議に思われるかもしれません。お伝えした通り、これは過去の悲しみの場所であり、みなさんの誰にも一度も訪れていただきたくない場所なのです。

「誰が息子にこんなことをしたのかはわかっていたので私はその男のところに行き、会ってもらえるように彼の欲情に訴えかけました。そして私は……

……
……
……
……

彼女は何て言っている？　なぜ通訳をしない？　彼女は何て言っているの？

「ごめんなさい、ごめんなさい。謝りますから」

続けろよ！　彼女を黙らせるな！　続けろ！

「もう一度言いますね。私は息子を殺した男に会い、彼の目を覗き込みました。目の中には何も見えませんでした。無限とは違います。銀河系でもない。彼の目には最も危険なものが宿っていました。罪、そう――ええと――罪のなかの罪があったのです。つまり、無関心、無関心です。人間的な関心があるべきところが空虚でした。彼はお金目当てで私に会っているのがわかりました。私は何者でもありませんでした。副次的なもの。犬。なんだか聞き覚えがありませんか？　私を見ると、何が見えますか？

「彼の目には、関心の欠如がありました。そして私は……

……

止めないで！　私たちを守るのはあなたの仕事じゃないでしょう！　ねえ、彼女が何て言っているか教えなさいよ！

「私は両手で彼の顔をつかみ、両方の親指の爪を彼の目の中に置きました。いや失礼、置きましたではなくて――両方の親指を、あらゆる残酷さと無関心さを宿した彼の目の中に押し込みました。親指で押して、押して、押して、押し続けました。眼球の湿り気を感じました。一瞬、私の境界線が戻ってきました。一瞬の輝き――すみません――一撃で、すべての境界線が戻ってきたのです。

「親指が奥まで入り、いけるところまで深く入り込むと……

「彼の目玉が飛び出しました。彼の目は、青色でも、灰色でも、茶色でも、緑色でも、オレンジ色でも、黄色でも、紫色でもありませんでした。なんということか、あの色だったのです。赤ん坊のうんちの色。そして、ふたつとも飛び出すと、彼の目から血が垂れてきて、彼の体を支えて座らせようとする私を女性たちが手伝ってくれました。私は両手でくぼみ――いや、失礼――穴――いや――ソケットですね、彼の目の眼窩の中に手を伸ばしました、眼窩の中に。そして――ああ、なんてことだ、神よ、どうしたことでしょう――私はむしりとり――なんてことだ――彼の肉をつかみ取ったのです。私は眼窩に手を伸ばして、肉をむしり取りました。生温かかった。彼は悲鳴をあげました。自分ならもっと大声で叫べると私はわかっていました。ちょうどこのときです……

……

……

……

言えよ！

「無理です」

彼女はなんて言ってるの？　言いなさいよ！　続けろって！

「無理です。とてもじゃないけど、できません」

言えよ！　私たちは知るためにここに来たのよ！　言うんだ！

「彼は悲鳴をあげました。私は指と指の間に小さな一噛み――いや、すみません――小片、いや、小さな肉です、肉がついているのを感じました。私がみなさんの目の前にいる姿になったのはそのときです。そのときに、私は犬として生まれ代わりました。境界線が消えるとどうなるのでしょう？　みなさんの境界線には何の意味もありません。喪失の限界に何が残るのでしょうか？　憎しみの限界では？　それはどんな恐ろしい場所なのでしょう？　私を見てください。私は経験してきました。知っているのです。こんな、すべてが牙で覆われ、焼かれ、すすり泣いているような場所に来てはいけません。

「愛の境界線。そこもまた、場所です。私はそこに足を踏み入れたことがあります。同じくらい恐ろしい場所になりかねない。そこには亡霊も住んでいますしね。それにそこでは境界線はまた別の方法で消えます。そうしてあなたは広がりに――いや、すみません、全体です――あなたと全体に加わるのです。その場所はそこにあり、みなさんは知ることができる。そして、私はこの言葉を使ってみなさんにお伝えします。この場所に属するみなさんに。この世界で生きることの意味を理解しているみなさんに。そこへ行ってください。その場所を訪れてください。私の人生に襲いかかってきた恐怖は、誰も味わうべきものではありません。私は重要ではありません。この国も重要ではないのです、私にとっても、この時間にとっても。この場所に住むみなさん、目の中に、無関心が入らないようにしてください。そうすれば……

……

……

話せよ！

「夜になると私の遠吠えを聞くことでしょう。犬である私の遠吠えを。暗闇が日中を奪うと、みなさんは私の遠吠えを聞き、この悲しみを思い出すでしょう。境界線のないこの悲しみは、喪失から生まれ、世界のつじつまを合わせるために引かれたすべての境界線が消えたことで生まれました。私の遠吠え、みなさんの目の前にいる犬の遠吠えは、みなさんが眠っている間に脳の柔らかい縁から入り込み、みなさんの夢が横を向いた瞬間、私たちはひとつになるのです」

ポモナ

あなたは毎日をどのように過ごしていますか？　ピカピカの靴を履いて、エレベーターに乗って自分のデスクに向かいますか？　港近くの海底から、自分のものだとわかるように縞模様のブイをつけておいたロブスターの仕掛けを引き上げますか？　ふにゃふにゃした自分の子が、あなたの話す言葉を習得しようとするのを見ていますか？　屋台を掃除する？　糸を紡ぐ？　松の木を十六本ずつ測って壁を作る？　お金を払ってくれる人のためにテーブルに食べ物を並べますか？　ウイスキーでピリピリする気持ちを抑える？　鈍りきった体をスクワットや腕立て伏せで鍛えて、夕暮れ時には街外れにあるニレの並木道を長い時間走ったりしますか？　兄弟と笑いあう？　仮面をつけて一晩中踊る？　その日のニュースに没頭する？　画面上の入口から情報を流す？　祈りながら恍惚に身をゆだねる？　洗濯物を一列に干す？　犬たちに注射をする？　若い人たちに知るべきことを教える？

私は、庭仕事をしています。植物を育てているのです。かれこれ三十九年間そうしてきました。父や母と一緒に。姉妹たちと一緒に。私が雇った女性たちと一緒に。あなたは何をすれば満足できますか？　私は土さえあれば十分でした。土の中に網みたいに張る根っこ。水と空気と光。開いてくる花びら。引っ込んでいられなくなった芽が広がって葉のようになり、力強いこぶしが優しく開いた手のひらになる。種から芽が出て苗木になり、木に成長するとリンゴや、桃や、洋梨を実らせ、私たちはそれを枝からもいで食べ、甘い果汁が喉を通っていくのを感じる。なんて素晴らしいんでしょう！飽きることなんてありません。土から引き抜いたサツマイモのオレンジ色の果肉は、焼くとプディングのようにやわらかく、同じくらい甘くなるんです。レタスの葉が織りなす柔らかな何層もの波といったら！　飾り気のない緑のストローみたいなネギ。豆のつるが登っていけるように棚も作ります。剪定して、摘み取り、接ぎ木をして、ハサミを入れて、手入れをします。朝に、納屋に寄り掛かるように生えている洋梨の木の枝を刈り込んだ日は、達成感を味わえます。私の手で、何かが変化して成長するのを手助けできたという実感があるのです。命を生み出す方法はたくさんありますが、これが私のやり方です。肥料を撒き、しおれた花を摘み取り、草刈りをする。球根は深く埋めるけれど、球根たちが嫌がったらそれ以上無理はしません。

こうしたことこそ、私が求めていた悦びでした。秋になれば数々の球根を土に埋めて、雪が降りはじめるのを眺め、寒さのなかで自分の息を見て、そうしていたと思ったら雪解けがはじまり、四月になると、水仙の一群が生えはじめ、太陽に向かって黄色い体を広げるのです。これ以上の悦びがあるでしょうか？　簡単に満足すると言われそうですが、私が欲しかったのはこれだけなんです。パンジーの深い紫のビロード。銀杏の剥がれた葉。銀杏という名前！　太いスズカケノキの漂白されたような樹皮は、何かに怯えているみたいに白いんですから。ああ、なんて素晴らしいの。地上の生物の種類の多さには圧倒されます。新しい成長をもたらすために、どれだけのものが支え合っているのかを思うのです。風が種を運び、リスや鳥もそれを手伝い、繰り返す。太陽。雨。花粉を運ぶ虫はブンブン音を立てて飛び回る。丸々としたマルハナバチ、虹色のハチドリ、花びらの羽の上を飛ぶ蝶。

私は、あなたが想像するような庭師の姿をしています。でも髪は真っ白ではありません。今はまだ。栗色やニンジン色や小麦色の毛が残っています。長いので、たいていは三つ編みにしています。つばの広い麦わら帽子をかぶって、首と顔を日差しから守っています。肩も背中も丈夫で、掘ったり引っぱったり、肥料の入った袋をいくつもあちこちに運んだりしているので、背骨に沿って筋肉がついています。脚力もあります。太陽の光に当たると、そばかすができます。目のあたりのしわは深く、同年代の人よりも濃いのは、太陽のせいでもあるし、笑ってばかりいるからでもある。笑わないんだったら、目を覚ます必要はないでしょう? 手は強く、皮膚の隙間に入り込んだ泥は生きていて、これからもそれは変わりません。胸は以前よりも小さくなりました。重かった頃が懐かしいですが、これが今の姿なのです。時間だけは衰えを知りません。

ものを育てて手入れをする日々はすごく充実していました。私は男たちと一緒に過ごし、女たちとも過ごしました。肉欲には誘惑されませんでした。つまり、愛やセックスのことです。そうしたことは自分には向かないと思っていました。私は作業する仲間として男を雇っていました。パーンやサテュロスたちのような男のことです。彼らは太い獣のようなペニスを見せてきました。なかでもプリアポスは最悪でした。彼は隙あらばペニスを急に出してくるのです。その大きさといったら! ハナミズキのように太くて、私の腕くらい長かった。男たちは口々に言いました。ポモナ、愛してると。彼らに触れられると私は、別に構わないけど、どこかもの足りなさを感じていました。触れられるたびに、こんなものなの？　と思って、彼らに言うのです。あなたはいい人だけど、もうよそへ行ってちょうだいと。そうして彼らが去ると、ほっとして、育てているシラー・シベリカ、小さな多年草、ヒメナデシコのもとへ戻りました。うっとりしました。そして草むらで女たちと転げまわりました――私の庭師たちです。彼女たちは汗と干し草の匂いがして、肌は私と同じように太陽の光で温かかった。それは良かったのですが、同時に、いつも何かが欠けているような気がしていました。転がったり、絡まり合ったりするのはいいんです。でも私には、つぼみや、花びら、咲いた花、土から出てくる葉脈のある草のほうが良いのでした。

そして今、シャクヤクは五日で五インチも伸びました。この段階にしては十分な成長で、伸びているのが目で見えるくらいです。今がその季節なんですね。まだ花は咲いていませんが、つぼみが膨らみはじめ、昨夜は、ワインかすのような赤茶色から、これぞ春という色合いの淡い緑色に変わりました。「このなかで一番セクシーな花だね」と、ある庭師はよく言っていました。「まるで女性がドレスを脱いでいるみたい」あの花弁の盛り上がり。愛さずにはいられませんよ。

また春が来て、至るところに変化が見えはじめます。何度も何度もやってくる男がいました。姿を変えてはやってきて、あるときは牛追い棒を手に持ち、汚れたオーバーオールを着た農家、あるときは大きな帽子をかぶって鋤を持った庭師、あるときはライフルを肩に担いだ猟師でした。ただ一緒に時間を過ごしたいと言うので、この人は寂しがり屋なのだろうと私は思って、午後におしゃべりをするようになりました。彼の名前はウェルトゥムヌスといいました。私はいい名前ねと伝え、新緑を感じるし、秋も、真実も思わせる名前だと言いました。「それに『わたしたち』もね」と彼が言ったので私は、あなたはいい人だけど、だめ、遠慮しておくわと言いました。

ある日の午後、庭に一人の年老いた女がやってきました。青いギンガムチェックのワンピースを着ていて、髪はノラニンジンのように白いのですが、年のわりには背が高く、力強さが感じられる人でした。果物を褒めてくれたので、私は、どうされました？　どんな花や木やつる植物をお探しですか？　と尋ねました。新しい多肉植物もありますよ、とも。

それからふたりでモミジの話をしました。ヒイラギの茂みについても。それからレモンタイムの草原について話し、踏むと魔法のような香りがすることや、空気中にオイルが放たれて、まるで柑橘類の霧のなかを歩いているみたいになることを話しました。

「あなたは素晴らしいわ」と老女は言いました。「こんな庭を実現させるなんて。なんて豊かな場所なんでしょう！」そして彼女は鼻から大きく息を吸いこんで、目を閉じました。「ぜんぶが香ってくる。あらゆる木々、花々、それに果実の香りがする。あなたはすごい」

私は彼女にお礼を言い、そんなに褒めていただいて嬉しいですと伝えました。すると彼女はもう一度深く息を吸い込んでから、私のほうに歩み寄り、首もとに息を吹きかけながら、腕を回して強く抱きしめてきたのです。そして、どんなおばあちゃんとも違うキスをしてきました。別にいいわ、と私は思いました。この人も孤独なんだ、と。

私たちは植物の間を歩きました。彼女は倒れたオークの幹で私が作ったベンチで休憩していました。私のお気に入りのニレの木の下に座ると、彼女はブドウのつるが見事に枝に巻きついていると言って感心しました。ブドウは太陽の光に照らされて輝き、つるは枝にらせん状に絡んでいました。彼女に気付いてもらえたのは嬉しかったですね。誇りに思っていた仕事でしたし、仕上がり具合も気に入っていたからです。

「ニレの木がつると結婚しなければ、他の木と同じよ。巻きつく枝がなければ、つるは地面にへばりついたまま。それぞれの良さが、組み合わさることで引き出されるの」と彼女は言いました。

「あなたは枝のないつる、つるのない幹として生きてきたのよ、ポモナ。私は年老いた女だけど、わかっていることがある。あなたはこれまでずっと、女や男に追いかけられてきた。たまらなく魅力的な人だもの。でも機会が訪れるたびに、あなたははねつけてきた。考え直しなさい。ひとりだけあなたに合う男がいるから。庭にはない満足を与えてくれる人よ。誰のことだかわかるわね？」

わかっていました。誰のことを言っているのか、すぐにピンときたのです。

「ウェルトゥムヌスよ」と彼女は続けました。「彼は誰よりもあなたを愛している。死ぬまであなたを愛するつもりよ、あなただけをね。すごく魅力的な人。あなたたちふたりは気が合うと思うの――あなたは果物を育て、彼はそれを食べるのが大好きなんだから！　彼はただ、あなたの庭で採れた桃を食べて、蜜をあごに滴らせたいと思っているだけなのよ」

それを聞いた私は顔を赤らめて、笑った。「私も年老いていますから」

「そんなこと関係ある？　あなたは自分が思っている以上に若いし、愛の力で変わるには決して年を取りすぎてなんていないわ」

アスペンの葉が風に吹かれてゆらめくように、おなかの奥がうごめきました。ゆったりとした気分でした。まるで全身で微笑んでいるような。すると、老女は話の流れを変えたのです。

「心が堅固だと罰を受けるわよ」

私の心は、自分が知りうるなかで、一番柔らかい場所でした。

「イーピスとアナクサレテの話を聞いたことがある？　知っておいたほうがいい話よ。貧しいイーピスは、裕福なアナクサレテを愛したの。彼女のことを愛してやまなかった。無理強いはせずに、必死に我慢して、彼女のドアのそばで待っていた。貧しいということだけでなく、ありのままの自分を見てくれると願いながら。でも、アナクサレテはイーピスを敬遠した。あまりにも高慢な彼女は、自分を彼の手の届かない棚に上げてしまったの。そしてまるで彼なんて存在しないかのように振る舞った。哀れなイーピス。彼は諦めずに求愛して、彼女のことを愛し続けたわ。でも、アナクサレテにとって彼は存在しない人だった。心が真二つに折れてしまった彼は、ドアの外でこう言った。『きっと、わたしが死ねばあなたは喜ぶのでしょう。おそらく、それしか方法はないのでしょう』そうして彼はドアの外の垂木に花綱を結びつけ、綱を引っ張って首を吊った。首が折れて、体がだらりと垂れ下がると、まるでノックするかのように足がドアに当たった。それでもアナクサレテは答えなかった。

「葬儀の行列が通り過ぎていくとき、ようやく彼女は目をくれてやった。自宅のバルコニーから、目下を運ばれていく遺体を見ていたの。イーピスの姿を見るや否や、彼女の頭のなかで目が固まりはじめた。血が濃くなり、血管を止めた。アナクサレテは動こうとしても動けない。脚も、骨も、筋肉も、すべてが硬直して、生命を奪われたの。残りの体は最終的に、彼女の心臓と同じように石に変わってしまった」

私は老女の話を聞きながら、彼女の変装を見破り、彼女が話をする情熱にこれまでになく引き込まれました。言葉そのものは消えてしまい、ほとんど聞こえませんでしたが、あるイメージが頭のなかに広がっていったのです。そのなかで私は木になっていました。巨大な木、セコイアです。十人が手をつないでやっと抱きしめられるほど幹が太く、雲に触れられるほど背が高いこともあり、根は地中深く、さらに深く、湿って温かいところまで伸びています。そしてその上では、葉が太陽を浴び、風が私のダンスパートナーでした。私の根は他の根に絡みつき、私の枝は他の枝をこつこつと叩き、私の葉は他の葉とこすれ合いました。なんという愛の形でしょう。そしてこのイメージのなかでは、ゴワゴワした毛をして、目が輝いているたくましいクマが森から現れ、私の幹に体をこすりつけると、私の体じゅうを下から上まで快楽が波打つように走っていったのです。クマがうなり声をあげると、私は体を動かして彼のために日陰をこしらえました。すると彼は私をよじ登り、爪を立てながら、最も太い枝が幹からふたつに分かれている部分に入っていったのです。そして全体重を私に預けてきたので、私は彼を抱きしめました。そうして新しい悦びが生まれたのです。

もしかすると老女は、私の心が自分の話したことから逸れていると察したのかもしれません。頭から白いカツラを外すと、ほんとうの姿を現しました。彼女はウェルトゥムヌスだったのです。彼は、以前私がだめと言って断わったときと同じように傷ついた様子で、背を向けて立ち去ろうとしているところでした。でも私の目の先にあるのは、望まないものではありませんでした。嬉しい疑惑だったのです。この数年間、さまざまな姿で見てきたこの人が、私の愛する人であり、人生を共にし、私の根に絡みつき、私の枝の上で休み、カエデやライラックや洋梨の木を助けるように、成長を助けたいと思える人だと、私はここに来てようやく知ったのです。成長する余地はまだあったということですね。

私はウェルトゥムヌスに両腕を巻きつけました。「やっとわかった」と私は言いました。

「ポモナ！」と彼は言いました。

「私のリンゴを食べていいのよ。桃もね」

「まさに望みが叶った」

あなたは自分には自分のやり方があると思っているでしょう。でも学んでいくんですよ――変化するための時間は残されていると。時間はあなたの体を変え、あなたに若さと強さを経験させ、老いとともに衰弱させていくでしょう。でも成長のために多くを必要とする種子のように、自分の心や精神を手入れしなければなりません。そしてそれらもまた、割れて、広がり、成長するのです。私は年をとっています。以前とは違うけれど、違いこそが成長です。私は心を変えました。時が私の心を変えたのです。私たちはブドウ園を歩き、木からブドウをもぐと、歯で皮を噛みちぎり、喉で甘い果汁を味わいます。これ以上何があるというのでしょう？　ほんとうに、これ以上の何がありますか？　私は髪を編み、土にひざまずき、彼の手を取ります。私たちは変化のための余裕を残しながら、さまざまなものを成長させていくのです。

セイレーンたち

カモメの目にあなたの目を入れてごらん。そして上空から波を見てごらん。水が上昇してはまた海のなかに引き戻されていくたびに変化する輪郭が、下のほうに見えるでしょう。二十フィート上空、さらに二百フィート、半マイル先の空から見てごらん！　眼下に広がる青い景色を。すべてが動き、ヒューヒュー鳴り、波にあらわれ、波しぶきを上げ、風を切り、見えないゴールへ向かっていく。姉妹《シスター》よ、兄弟《ブラザー》よ、息を吸って海を感じてごらん。

すべては移り変わり、すべては歌になる。

私たちは金色の羽をした鳥の少女。海のそばで歌います。鳥の体、金の翼、鳥の足、鳥の爪、女の子の肩、女の子の顔、女の子の声。私たちが奏でるハーモニーは、木々の間を通り抜ける風、水面を凍らせる氷、恍惚と嘆きのうめき声、すべての鳥、すべての魚、空と海のすべての生き物がいっせいに目覚めるのです。私たちは天候を超えた音、空の向こう側にある音。私たちの歌は、あなたを虚空の彼方へと導くでしょう。私たちの歌は、あなたを家に送り届けるでしょう。

以前、私たちが地上に住む少女だった頃、友人のプロセルピナと木立のなかにいました。彼女が姿を消した日に草原で迎えた朝に、私たちはスミレと白ユリを集めながら、みんなで歌いました。スカートを花びらでいっぱいにして、私たちの声は野原に響き渡りました。

私たちが歌いながら花を摘んでいると、友人がいなくなったのです。そのときは、彼女がどこに行ったのか知りませんでした。私たちは星々に向かって彼女の名前を叫びました。誰も何が起きたのかわかっておらず、彼女がどこに行ったかも知りませんでした。こつぜんと、姿を消したのです。

母親にとっては悪夢でした。ケレスの心は真二つに折れました。こう言う人もいました——世界が豊穣の女神とともに悲嘆に暮れているのだと。より真実に近いのは、母の悲しみは世界を変えるほどの力を持っているということ。色彩は辱めをうけたように、こそこそと立ち去りました。私たちの長い夏が終わりました。ケレスは娘を捜したい一心で、私たちも友人を捜したいと思いました。

そこで私たち三人の少女は、捜索に出かけました。このあたりの土地をくまなく捜しました。足を使って、高いところから低いところまで見て回りました。ごつごつした山頂、暗い洞窟の中、木々に覆われたくぼみ、滝の裏側、木々の間。農場の隅々、神殿の地下室、溝、庭、沼地もぜんぶ。雨に濡れ、雪が降ると体が凍えました。私たちは捜して捜して捜し回りました。歌いながら進みました。彼女の耳に届くかもしれない。私たちの声を聞いて、叫んでくれるかもしれないと。

歩いて移動していたので、そこまで遠くは捜せませんでした。そこで私たちはケレスに言いました。「もっと広い範囲を見わたせるようにしてください。まだ海を捜せていないから、海を捜せるようにしてください」承諾したケレスは、私たちを鳥の少女に変えました。そうして私たちは黄金の翼で波の上方まで舞い上がり、歌で海岸を震わせました。友人を見つけようとしていたのです。

あゝ、虚空よ、あゝ、虚空よ、あゝ、飲み込まれるような深淵よ、あゝ、時が落とす広大な影を包み込む虚空よ、私たちの中で歌え、あゝ、虚空よ、私たちの友を連れてきておくれ。

結局、彼女は見つかりませんでした。私たちは地下のさらにもっと深いところ、つまり冥界を司る神プルートーンがいる暗黒の領域へ潜るべきだったとも知らずに、海の上方を飛んでいたのです。草原で迎えたあの日の朝、プルートーンは大地を粉々に砕き、プロセルピナの腰に腕を回して、彼女を下界に連れ込みました。地下で、彼女は黒い玉座に座り、大理石が腕に当たってひんやりするのを感じていました。誘拐されて捕虜となり、背が高くて痩せぎすな下界の王の欲望の人質になったのです。プロセルピナは馴染みある地上での生活から引き離され、心も引き裂かれました。私たちの盗まれた友人。年に一度彼女が戻ってくると、私たちはまた会えて嬉しかったけれど、以前の彼女ではありませんでした。いや、むしろ、以前とはまったく別人になっていたのです。

私たちは友人を捜すために、鳥の少女になりました。滑空し、岩に止まり、歌います。失った友人のために歌うのです。自分たちのためにも歌います。その歌が好きだから歌うのです。でも私たちのなんてことのない歌は、誤解を生みました。船乗りの男たちは、つい歌に聞き入ってしまうのです。そうして彼らは、私たちを危険視しはじめました。抑制できていないのは彼らのほうだというのに。私たちは怪物と呼ばれるようになりました。ほんとうは鳥の少女で、私たちの声は子宮にいるときに聞いていた音と似ているというのに。

あゝ、虚空よ、あゝ、虚空よ、あゝ、飲み込まれるような深淵よ、あゝ、時が落とす広大な影を包み込む虚空よ。私たちの中で歌い、この歌を奏でるための新たな音符を与えておくれ。

私たちは黄金の羽をした鳥の少女です。いつも歌っているから、歌うのです。そしてあゝ、姉妹《シスター》、あの男たちは自分を見失うのでしょうか？　船乗りたちは、熱狂したり恍惚を味わったりしながら、船を岩場に向けることもあるのでしょうか？　私たちが奏でるハーモニーは、心を悩ませてあらゆる感覚を押し殺してしまうのでしょうか？　男たちは船から飛び降りて、私たちの声が聞こえるところまで泳いで来たりするのでしょうか？　あゝ、姉妹《シスター》、そう、そのとおり。でもそれは私たちのせいで、私たちの意図するところなのでしょうか？　あゝ、姉妹《シスター》、そうではありません。私たちは責任の歌を歌います。私たちは代償の歌を歌います。彼らはそれを知りながら、私たちを怪物扱いするのです。歌いましょう。カモメの目にあなたの目を入れてごらん。揺れている船を見てごらん。私たちの声に耳を傾けるのです。波の上に舞い上がるのです。歌いましょう。男たちが自分を見失う姿を見てごらん。男たちが腐っていくのを見てごらん。すべては移り変わり、すべては歌になる。

さあ、歌いましょう。あゝ、姉妹《シスター》、歌って、歌って、歌うのです。口から飛ばした音を着地させて、暗闇を照らしましょう。私たち三羽の鳥の少女は、あなたと一緒に歌います。声を合わせてコーラスを奏でましょう。その声音は鐘のように、風のように、弦のように、祈りのように立ち上がり、あなたが歌うべき歌になる。もっと大きく、もっと大きな声で。今にわかりますから。もし歌が着地せず、暗闇を照らさないなら、姉妹《シスター》、歌い続けるのです。あなたの歌を！　聖なる歌を！　必然の歌を！

真実の歌を！

エウリュディケ

これまで段階を踏んできました。たぶん他の子と同じように、両親のレコードがきっかけだったと思います。両親が好きだった音楽です――バナナ・ラビット、ザ・ボルケーノズ、デス・オン・マーズ、ルル・アレレル。二人が若い頃のサイケデリック・フォーク・ロック。私は友達が聴いていたくだらないポップスが大嫌いでした。豚骨スープに、ネギ、卵、麺など全部入ったラーメンを食べるのと、セロリの茎をかじるくらいの差がありましたね。「あんたたちが聴いている音楽はゴミみたいなもんだよ」と言ってやりましたが、友達は私が好きな音楽が大嫌いで、まあそれはそれで良かったんです。はじめてのコンサートは、八歳か九歳の頃だったと思います。親に連れられてフェスに行き、テントで寝ました。最初は怖かったですね。あんなに大勢の人が一箇所に集まっているのを見たのは、間違いなくあれがはじめてでした。私には大人に見えましたが、大人がするようなことは誰もしておらず、激しく体を揺らしたり、踊ったり、腕を広げて回転したり、星を見上げたりしていました。めくるめく色彩。キャンプファイヤー。一晩中鳴り響くドラムの音。でもみんな優しくて、子どもが来ているとわかると驚いて、私は注目の的だった。父はミュージシャンでした。しかも有名な。最も有名なミュージシャンの一人と言っていいでしょうね。ロック・ゴッドと呼ばれていたくらいです。きみはロックの王家の子どもだね、とよく言われたものです。ここであなたに父の名前を言ったら、うわマジで、あの人の子どもなの？　と驚くはずですよ。それから私を見て、ああ、なんとなく雰囲気が似てるよね、と言うんです。あなたたちは同じことしか言わないんだから。でも成長している間は、何が普通なのかわからないものです。だから、連続してツアーに出かけてしまい、何ヶ月も家を空ける父親がいるのは、私にとって普通のことでした。父の顔は、脇道の壁に貼られたポスターで見ていたし、あの鼻であしらうような冷ややかな笑顔も、じゃらじゃらとしたネックレスもそうです。それが私の人生でした。大半の子にはロック・ゴッドの父親などいないなんて知りませんでした。ほとんどの親は整備士や司書や生物の教師だということも。

納得できたのは、最初のコンサートではありませんでした。まだ私は若過ぎたのかもしれません。はじめてひとりで行ったコンサートでした。父はいつも通り不在で、私はベッドに行ったふりをして抜け出すと、〈ガタゴー・ザ・ヘアーズ〉に向かいました。街でも面白い地域にある小さなロック・クラブで、そこでウームが演奏することになっていました。知らないんですか？　身長が百八十センチくらいある女性リーダーのいるバンドで、彼女は唯一無二の声をしていました。まるで古代の泉から湧き出るような声でしたね。物語や民話、叙事詩、言い伝え、歌の歴史をぜんぶ秘めているようだった。黒くて長いローブを着た彼女は、自分の中に消えていくみたいに、歌う間ずっと目を閉じていました。私はたぶん十四歳かそこらでした。そのときに「これこそが私の求める人生だ」と思いました。彼女の声は、まるで生き物のように私の中に入り込み、体内をうごめいて棲み着いたかのようでした。私のために歌ってくれているように感じたのと同時に、全身でクラブを感じながら彼女の声に耳を傾けていた他の人たちの存在を感じました。そして、みんなの体が私の体と同じように音楽を感じていて、肺や腸や腰や肩が私と同じように振動していて、この一瞬に全員が抱かれてひとつになったように思えたんです。翌朝、私は母にギターが欲しいと言いました。すると母は、大きなため息をつきました——まるで、こんな日が来るのはわかっていたとでも言うかのように。

ヒッピー・フォーク系にハマった時期を経て、私はよりヘビーな音楽にのめり込んでいきました。ラウダー。ノベンバーズ・ラメント、トード・マイグレーション、ジェニーズ・バック、ランチとい ったバンドです。ライブに行くと、音の壁が見えました。その上に寝転ぶことができるくらい、分厚い音がしていましたね。私は髪を黒くして、見よう見まねで目の周りに黒いアイラインを引きました。友達はいまだにくだらないポップスを聴いていましたが、私はあまり知られてもいなくて人気もないバンドが好きなことに、必要以上にプライドを感じていたのかもしれません。学校に行き、ギターの練習をする日々でした。父はほとんど家におらず、帰宅したかと思えば母と一晩中怒鳴り合い、朝にはタンブラーや瓶が床の上に散乱して中身がこぼれていて、それなのに誰も片付けていないこともありました。「おまえは何の価値もないクソ女だ。おまえの母親の伸びきったマンコから出てきたものは全部、醜いろくでなしだ」というようなことを父が言っているのが聞こえました。それをこうして再現して言うのも嫌ですし、聞かなければよかったと思います。母が母なりに静かに怒っていたのは、不在が多い父が家にいると思ったら酔っぱらっていたり、母曰く「大勢の二十歳の女の子とやりまくっていた」りしたからでした。一方で父が気に食わなかったのは、自分がいなくても母が何の不自由もなくやっていたことでした。父はそれが嫌だったんですね。でも、「俺にはおまえが必要で、おまえにも俺を必要としてほしい」と言う代わりに、おまえとはファックなんかできない、おまえなんてボロ布の山にしか見えないと言ったのです。

クリエイティブな人間っていうのは、普通のやつとは気質も違うし、気性の荒さも違うんだ。歓声をあげながら俺を崇拝するやつらがスタジアムを埋め尽くしてるっていうのに、家に帰ってきたら子どもの母親に、出ていく出ていかないなんていう話をされるなんて、自我が逆撫でられるね。なぜそんなことを言われても母が我慢しているのか、私はよくわかりませんでした。普通とは何なのかなんて、どうやって学べばいいんですかね?

私はギターを練習しました。歌も歌いました。バンドにも入りました。歌はものすごく上手いわけではなかったけれど、真面目に一生懸命やっていたし、そのほうがいわゆる「いい声」を持っているよりよかったりもするんです。私の好きな歌手もろくに歌えていない人が多かったので、私も自分は間違っていないと思えました。そうして練習に練習を重ね、四人しかいない客席に向かって演奏し、鬼みたいな顔をしたバーテンダーや汗臭いクラブのオーナーたちに口説かれました。練習と演奏を続けていくと、お客さんは三十人になり、さらに練習して演奏を続けると、二百人になって、道を歩いていると声を掛けられるまでになりました。すれ違いざまに男と目が合ったかと思うと、過ぎ去り際に「オーケン?」と声を掛けられました。私のバンドの名前でした。私が振り返ると、「オーケンのボーカルだよね?」と訊かれたので、「そうだよ」と返事をしました。「昨日の夜、彼女と『シャドーランド』を聴いていたんだ。あの曲、大好きだよ」「すごく嬉しい。ありがとうね」「こちらこそ!」と彼は言いました。そして「きみたちの音楽は最高だね」とも。その日はそのあともずっと笑顔が止まらず、もしかすると次の日までそうだったかもしれません。そのときの出来事を頭の片隅にしまい、気分が落ち込んだら取り出せるようにしていました。

父のことを話したことはありませんでした。あの人の子どもであるとは公表しなかったのです。娘だからということで注目されたり、ライブの機会をもらったり、契約にこぎつけたりしたくなかったから。指から血が出るまで練習して、喉がいがいがするまでリハーサルをしたこともありました。でもそんなことはどうでもよくて、私の成功は、私がうまいとかうまくないかとは関係なく、ただ父の口に似た口をしているという理由だけで決まるのかもしれないなんて、悩みたくありませんでした。誰かに父親のことが発覚するたびに、恐怖が襲ってきました。ネガティブな感情が二重に湧いてきて、その人は名声に触れたいがために私と付き合っているのではないか、私はその人たちの夢を叶えるための片道切符なのではないか、私のちっぽけな成功は自分自身で勝ち得たものではないのかもしれない、とすら思えてきました。そうして人との距離を縮めるのが苦手になっていきました。でも私には音楽がありました。孤独を覚えたとき、いつもそばには音楽があって相手をしてくれたのです。だから私は練習と演奏を続け、そのうち徐々に観客は増えていき、ツアー日数も長くなっていきました。曲もどんどん良くなって、異彩を放ちはじめ、私は崖っぷちから体を乗り出せるくらい勇敢になりました。金曜の夜に話す相手もいませんでしたが、いつも練習する曲があり、指を通じて頭の中の音を楽器に、それから部屋へ変換させられるギターがありました。上達できたのは、他のこと――他の人と一緒にいるのが苦手だったおかげです。

ボーイフレンドを選ぶのも下手でした。ステージでうまく演奏する私を見るのは、男の子たちにとって辛かったんだと思います。私が注目されるようになったこともそうですし、自分がやりたいことをうまくやれている私を見るのもそうです。十一年間書き続けている小説を「現代版ジェイムズ・ジョイス」と言ってのけ、それなのにまだ一度も作品が出版されていない作家と付き合ったことがあります。最初のデートで彼がそう言ったとき、私は冗談だと思って笑ってしまいました。だって、二十世紀最高の作家とも言われる人と、刊行もされていない自分の作品を、真面目な顔をして比較できる人なんていますか？　一文字も出版されていない若い男性作家ですよ？　まさにそれが彼でした。私は笑いながら考えました。ああ、この人は面白い人なのかもしれない、それならいいんだけど、と。すると彼は、まるでミツバチを飲み込んだみたいな顔をして、「レコード会社との契約を取ってきてくれる父親がいるなんて、いいよな」と言ったのです。そこで私は、この人は面白くしようとしているのではなく、マジで次の『若きクソ野郎の肖像』に真剣に取り組んでいると察したのです。そのときは、父とはもう三年も話をしていないこと、私がバンドをやっていることすら父は知らないだろうということは、話しませんでした。「うん、確かにおいしい話だよね」と私は言いました。「自分では何もしなくていいんだもん！　私はギターの弾き方すらわかってないし！」すると彼が、「芸術はじっくり時間をかけてやるものだよ」と言うので、私は「じゃあ、やってみようかな」と答えました。彼とは一年以上付き合いました。彼の部屋の床に敷いたマットレスの上で幾晩も過ごしました。彼がろくでもない詩を送ってくると、わざと傷つけるような感想を伝えました。なぜかって？　わからないですね。

肖像画を描かせてくれないきみが好きだと言う画家とも付き合いました。日中は画材屋で働いていた彼は、台紙やイルフォード紙を買いに来るセクシーな美大生に、モデルになってほしいと頼んでいました。「実は、絵を描くのは好きじゃないんだ。でも裸の女の子を見るのは好きだね」とも言っていましたね。またあるときは、「これが僕の人生だなんて信じられる？　女の子たちが家に来て服を脱いで、一時間もおっぱいを眺めさせてくれるんだよ」と。彼は潔癖で、一日に二回も三回もシャワーを浴び、十五分ごとに手を洗うような人でした。あるとき、セックスしたあとにシャワーを浴びて余韻を洗い落とすまでふたりで横になっていた三十秒の間に、ときどき女の子たちの体を描きながら、私の顔を思い浮かべると言われました。「そうすると硬くなるんだ。女の子たちにも、勃っちゃったって伝えてる」「そうしたら彼女たちはフェラしてくれて、ファックさせてくれるの？」と私は冗談で言ったつもりでしたが、彼は、「基本的にはそうだね」と真顔で答えていました。

彼の絵に描かれる女の子たちはどれも顔がなくて、キャンバスは暗い赤と黒で描き殴られ、暴力と怒りのエネルギーが大音量でかけたラジオの電波のように放出されていました。「まるで憎しみを描いているみたいだね」と私が言うと「それをわかってくれるのはきみだけだよ」と彼は答え、そのときばかりは、ほんとうに私を愛しているように思えました。彼とは二年間一緒に過ごしましたが、私について一度でも訊かれたことがあるかどうかは、思い出せませんね。

O.とは、ライブ会場で会いました。ちょうどバンドの演奏が終わったところで、ギターを肩から下ろしていたら、観客のなかに彼の姿が見えたのです。彼だとわかるとすぐに手が冷たくなり、彼を見つけたのが今でよかった、と思ったのを覚えています。いいライブができた日でしたし、終演後はいつもそうですが、まだ興奮が冷めやらず、疲れていて、ビールを飲みたい気分でした。彼は四列後ろから、私を見ていました。彼を見ると私の体は反応して、体内の血液が逆流しはじめました。バックステージに戻ると、いつものようにバンドのメンバーとハグをしてから一緒にビールを飲みながら、いつもとは違ってほんとうにすごくいいライブになったと言い合って、顔をほころばせていました。「みんな、客席にO.がいたのを見た？」「ええっ、マジで？」「彼だったと思う」「スウェーデンにツアー中かと思ってた」「そのツアーは一ヶ月前に終わったはずだよ」

私たちが楽器を車に積み込むために外に出てきた頃には、観客はもうほとんどクラブに残っていませんでした。でも、O.の姿がありました。間違いなく彼でした。美しい男で、その頃にはすでに有名でした。背は私くらいで、とりわけ高いわけでもなく、大半のミュージシャンのようにバカみたいに痩せているわけでもありませんでした。重厚感があってハグしたら気持ちが良さそうな体型でしたね。その頃は、長い巻き毛を首の後ろでプラムくらいの大きさにまとめていたのですが、頬骨のあたりでおくれ毛が揺れていて、不思議なことにそれを見ると、自分の頬に毛先を感じたような気がしたんです。左手首には革のブレスレットを巻いていました。それに、彼みたいなジャンルの歌を歌う多くの男たちがたくわえているような、大きなパンみたいなもじゃもじゃ髭ではなく、普通の長さの髭を生やしていました。目は、暗くて悲しげでした。物販テーブルのそばに立っていた彼は、妙に神経質そうで、何かを見ているのに何も見ていないみたいでした。目をどこかにやらなくてはいけないから見ているだけで、実際に見ているものを見ていないように、あるいは、待っているものを待っていないように見せようとしているみたいでした。

私はビールをもう一本手に取ると、彼のほうに歩いていきました。そしてオーケンのレコードや、アーティストだった元カレの友人たちがデザインしたTシャツ――蛇がどんぐりから孵《かえ》ろうとしているイラスト付き――の前に並んで立ちました。

するとひょろひょろしたオタクが彼に近づいてきて、声をかけました。「ねえ、きっとこんなうざいやつばかりだろうから悪いんだけど、サインしてもらえないかな？」

「喜んで」

「あんたの音楽は俺にとってほんとうに大切なんだ」とその男は言いました。

「それを聞けて嬉しいよ。ありがとな。でもさ、ここにいる彼女のサインをもらうべきだよ。今夜のライブ、すごかっただろ？」

「最高だったよ」と細身のオタクは私に向かって言いました。

私は「来てくれてありがとう」と答えました。

「彼女たちの新譜は聴いた？」とO.が彼に尋ねました。

「まだなら、絶対買ったほうがいいよ」

その男はアルバムを手に取ると、ポケットから紙幣を出して支払いを済ませ、私たちにお礼を言ってから、友達のところへ戻っていきました。

私はO.に、「来てくれて嬉しい」と言いました。それまで一度も話したことはなかったし、会ったこともありませんでした。

「こちらこそ」彼はそう言って手を差し出しました。

何も話さないまま、二人でそうして立っていると、いつもと違う感じがするのに気付きました。誰かのそばにいてそんなふうに思えたのは人生においても数回しかありませんでした。空気の満たされ方が違うのです。私たちの体から出ている小さな粒子、気付かないうちに、常に体から飛んでいく見えない粒子、小さな光やエネルギーやフェロモンで充満した謎の物質が放つ火花――それが何であれ、ほとんどの人は、一緒にいてもそれがただお互いの周りを流れるか、磁石のように反発し合うだけでした。でも、人によってはその流れがぶつかり合うことで、熱を帯びて速度を上げ、空気の感触が変わって、自分のエネルギーと相手のエネルギー、そしてその両方が化学的に混じり合うのがわかることがある。O.とは、すぐにそうなりました。握手をする前から、私はわかっていたのです。

私たちはクラブを出て、街灯の下や、暗いアパートメントの建物や、流れるようにバーから出てきた泡のような酔っ払いたちを横目で見ながら、四時間街を歩き回りました。話は尽きませんでした。ようやく、もう寝なくちゃと言ったときも、それまでの人生で一番眠たくありませんでした。

「ほんとうにいいライブだった」と彼は言いました。

「そう言ってもらえて嬉しい」

「三曲目できみは一度だけコードをミスってたけど、すぐに調子は戻ったし、誰も気付かなかったんじゃないかな」

私は他にどうしたらいいのかわからずに笑って、こう言いました。「誰も気付かないでって思ってた」

そのときに、気付くべきだったんですよね。彼は、自分は大丈夫と安心するために、他人を小さく見せる必要があったのだと。でもそのときは、わかりませんでした――その後もしばらくは。予想通り、私は家に帰っても、ベッドで横になったままなかなか寝つけませんでした。でも、彼のことを考えていたわけでも、会話を交わしたときに感じたスリルや、すぐに意気投合したこと、お互いの粒子がぶつかり合ったことについて考えていたわけでもありません。指摘された一回のミスについて考えていました。指の持っていく先を間違えたのです。最高の夜になった喜びと、会場の一体感やいいエネルギーに紛れて、すっかり忘れていました。でも、確かに一度だけミスしたのです。二つキーを間違えてしまった。

でももう手遅れでした。

私たちは一緒に時間を過ごし、一緒に音楽を演奏しました。同棲をはじめ、切っても切れない関係になったのです。セックスをすると、自分たちが十年間という時間になったような気分になって、単なる二人の人間ではなく、歴史における一時代を担っているように思えました。私たちは笑い、ありのままの自分を見せ合いました。ケンカは恐怖でした。何日も続く、竜巻のごとく流れる涙、沈黙、罵り合い、破壊行為。二人の強烈な個性だと、私は思っていました。私はタフだし、強いから平気。ただ二人は、情熱的で、頑固だというだけ。そういうことなんだと思っていました。

「きみは愛されなくても仕方ないな」と彼に言われました。「親に愛されていないってわかっているんだろう?」とも。

嫉妬という言葉では、彼の感情は言い表しきれませんでしたが、実際そうでした。私が才能を発揮したり、成功したり、自分の可能性に気付いたり、自分に満足したりすると、彼は自分の前から私が消えてしまうのではないか、離れていってしまうのではないかと恐れました。だから、さまざまなひねくれた方法で、私を過小評価することに全力を尽くしたのです。

　そんなとき私は自分の内側にそそくさと退散し、目の奥に姿を消して、冷たくなりました。それに彼は耐えられませんでした。私はマグカップを投げたり、自分の皮膚に爪を立てたり、あるときはキッチンスタンドにナイフを突き刺して、傷が付くまで何度も何度も刺したりしたこともありました。ほんとうに刺したいのは木ではないと思っている自分が怖かった。でも、沈黙が私の力でした。彼が大声をあげている間、私は存在を消して自分から熱を奪って、目から自分自身を消しました――石像になったのです。冷たくて滑らかな大理石でできていて、ローブが液体のように体から垂れていて、浮かべている微笑みからは誇らしさと軽蔑、満足感と嘲笑が伝わってくる石像に。静けさが体に染み込み、私の目は、足音が響き渡り、膨大な数の石像が千年もの時を超えて固定されている、静まり返った博物館の、天窓付きの宮殿みたいな部屋に置かれた胸像のようにうつろでした。そうした石像には、筋肉や浮き出た静脈、伸びた腱に人間性が彫り込まれていて、重量や動きが表現されていますが、目は違います。目には人間性がいっさい感じられないのです。死んでいるというのではなく、ただ欠けていて、そこには存在しておらず、何も見えないし、空っぽで、ぼんやりとした底知れぬ深さがある。自分はどこか別の場所にいる、と目が訴えているようです。確かに体はそこにあるし、曲線やふくらみや贅肉や指先に肉体は表れているのに、顔を見ると生命が消えている。そんなふうに、私の目は白くなり、何も見ることなく、死んだように冷たくなりました。顔にうっすら浮かんだ笑顔で、私は相手を辱めることができたのです。若くして習得してから、私は無責任に、残酷で邪悪な微笑みや、光の消えた目を使ってきました。そんなふうな笑顔を向けると、間違いなく彼は顔を真っ赤にさせ、声のボリュームのつまみを右回転させました。彼のために存在していない私など、一秒も耐えられなかったのです。「そういう顔をするとき、きみはどれだけ自分が醜いかわかっていない」と彼に言われたので、「教えてくれてありがとう」と答えました。

彼にはじめて突き飛ばされたのは、一緒にお酒を飲んでいたときでした。その後、彼は三時間泣き続けて、許してほしいと泣きついてきました。そのときも、私は気付くべきだったのです。

でもやがて嵐が過ぎ去ると、心を覆っていた氷は溶け、二人が愛し合っていることが思い出されてきました。ケンカから解放されるのは、このうえない喜びでした。やりあったあと、再び一緒に音楽を奏でると、温もりと親近感が戻ってきました。そうしてまた一緒に無限の世界へ入っていくのです。緊張と解放。恐怖と恐怖の休止。怒りと怒りの緩和。それが私のドラッグでした——しかも究極の。どんなことでも私ならうまくやれる。そう思っていました。それくらい恋していたのです。

ある日の午後、私たちは、特になにもせずにただ歌ったり演奏したりしていました。O.の歌声や演奏は聞いたことがありますよね。とても注目されていましたから。私は彼のスローテンポの悲しい曲が一番好きでした。ときどき、なぜ彼が他の人よりも日の目を見るのか不思議でした。彼はうまかった——たしかにすごくうまかった。でも、みんなが言うほどほんとうにすごいのかどうか、声に出しては言いませんでしたが、内心は疑問に思っていました。

「きみはものすごくうまくなれるよ」と彼は言っていました。

この人はもう私がすでにうまいって、知らないの？　実際、彼よりもうまいかもしれないのに？

「何をすればって言いたいの?」と私は訊きました。

「時間をかけて本気で取り組めばね」

彼は私がどれだけ練習しているかを知っていました。実際にどれだけ時間をかけていたかも。

ケンカになりそうな雰囲気に、お互い気付いていました。きつすぎるベルトにさらに締め付けられるように、ケンカになりました。

「きみの音楽が好きだなんて言うやつは、ほらふきだって自分でもわかってるんだろう?」と彼は言いました。「人に良いことを言われても、それは本音じゃないんだぞ」

オーケンは新しいアルバムを発表したばかりでした。いい仕上がり具合で、バンドのメンバーはみんな誇りに思っていましたし、私も誇らしかった。マスコミは私のことを、私のお気に入りのシンガーたちと比較するようになっていました。評論家たちは、私がライラやナイト・フォレストや、初期のB・D・シャーを思い起こさせると書きたてました——私の心のヒーロー、真のヒーローたちのことです。私の名前と彼らの名前が並んでいるんですよ。人伝てに、彼らが私の音楽を好きだと言っていると聞きました。たくさんの人からそう聞いたんです。自慢しているわけじゃないですよ。事実を述べているだけです。

「あいつらは嘘をついているんだ。それくらい、わかってるんだろう?」

私が褒められたり、嬉しいことを言われたりすると、そう彼に言われました。

「『アリゲーター・トゥース』がマジで大好きだった」「オーケンのファースト・アルバムは二年間

ぶっとおしで何度も聴いたよ」「君の音楽に救われた。正直、なかったら生きていられなかったと思う」そういう声を聞くと、みんなにありがとうという気持ちでいっぱいになりましたが、頭の裏側から、これみよがしに彼の声が聞こえてくるのです――あいつらは嘘をついていると。

今になって、いかに彼が人々の優しさを台無しにしてくれたか、誰かに何かを言われても、私がひとつも信じられないようにしてくれたか、私の肩の上でぴょんぴょん飛び跳ねている神経質な小悪魔みたいに、誰かに嬉しいことを言われるたびに彼の声がして、それは嘘だと言われているみたいに思わせてくれたか、どれだけ私が彼の思うがままにさせてきたかを考えると、言葉が見つかりません。

祖母からもらったランプを彼に壊されました。お気に入りのピックを溶かされました。私がはじめてレコードを出したときのお祝いのパーティーで、レコードにサインをするためにもらったペンを真二つに折られました。肩をつかまれて、冷蔵庫に叩きつけられました。私が出ていこうとするのが気に食わないと言う彼に足をすくわれて、尾てい骨を折りました。でも結婚を申し込まれると、私は承諾しました。これをどう説明すればいいんですかね？　私は恋をしていたんです。でも私の愛は歪んでいました。私は、自分が他の人よりもいろいろとこなせる類まれなる人間で、創造力から生じる怒りを処理するための特殊な適性能力があって、嵐のために生まれたんだと考えていました。結局、私の中にも怒りがありました。あれだけのことを耐えられるのは――これは間違っていて、ほんとうに間違った考え方なのですが――自分の強さの証明だと思いたかったのです。あざを作り、ボロボロになり、最も弱い部分を傷つけられても、ケンカのたびに良いように捉えて、自分の強さを再確認していました。自分は強いと思いたかったのです。

結婚式の日、私は腕に塗るコンシーラーを探すために、薬局に行かなければなりませんでした。前の週に口論した際、彼に強くつねられてできたあざは、端のほうがまだ緑色のプラムみたいに黒くて、小さな紫の惑星が縁から緑色の光を発しているみたいでした。つねられたとき、あまりにも痛くて彼の顔に向かって叫んでやりたかった。でもその代わりに大臼歯を食いしばって、彼が私の腕の肉を指で強く強くつねるのをじっと見ていました。自分の結婚式の日に、私はあざを隠すために化粧品を買おうとしている――薬局の蛍光灯の下で列に並びながらそう思いました。横には、割引きされたキャドバリーのチョコレートエッグの箱が並んでいましたね。

着替えていると、彼が部屋に入ってきました。私はジーンズにブラジャーという格好で鏡の前で、顔に乳液を塗っていたところでした。

彼は私のところにやってくると、あざに優しく指を当てました。

「これはひどいな」と言う彼の言葉に、一瞬、後悔の念が感じられた気がしました。「きみはすぐにあざをつくるよね」

私はおもわず身震いしました。彼は私の頰にキスをし、私の心臓あたりに手を押し当てながら「愛してるよ」と言いました。

「きみには僕以上に愛せるやつなんていないんだ」彼は愛情を込めて言ったつもりかもしれませんが、そうは聞こえませんでした。まるで脅しでした。

私は鏡の前に立ったまま、自分の姿を見られませんでした。そして、彼のことも。

「まだ痛むの?」と彼は尋ねてあざを押しました。痛くて、私が腕を振り払うと、「ごめん、ごめん」と言って彼は一歩下がりました。私は自分のかなり奥のほうに入り込んでしまい、もうほとんど存在していませんでした。「きみに歌を書いたんだ」と彼は言っていました。「今夜きみのために歌うよ」

その瞬間、私は彼の歌なんて聞けないと思いました。彼と一緒に神父に向かって歩いていくことも、結婚式をすることも、指輪が指にはめられることもないと。彼が部屋を出て行くと、私はジーンズのまま、ドレスを頭からかぶりました。腕のあざは隠しませんでした。そしてリップも塗らずに立ち去ったのです。ウエディングドレスにジーンズに白いスニーカー。ブラシをかけて整えた髪はきれいでした。

どこに行けばいいのかは、わかっていました。どこに自分が向かっているのかも。友人のサイモンと私は〈コブラ・クラブ〉に行きたい衝動に駆られると、よくこう言っていました——「毒蛇に噛まれた」と。私は毒蛇に噛まれたのです。川を渡って街の反対側へ出ると、先を急ぎました。〈コブラ・クラブ〉には看板がありませんでした。壁画や酒屋、〈四川風料理メリー・チャンの店〉近くの小さな脇道にある店で、黒いドアには、渦を巻かずに背骨みたいに垂直に伸びた、どす黒い蛇が描かれていて、ドアを二等分していました。

重い扉を開くと、中は暗くてひんやりしていました。背後でドアが閉まると、私はこれまで何度もしてきたように階段の上から下を眺めました。床の上を横切るようにたくさんの影がちらちらと揺れていました。いつもクラブの臭いが好きでした。何かが発酵しているような鼻をつく臭い、橋の下のような酸っぱい臭い。おしっこのような、玉ねぎのような、二時間踊り続けた男の体に充満した音楽が毛穴から放出されているような臭い。端のほうではタイヤや、濡れたウール、固まって白くなった精液みたいな臭いがするのです。心地がよくて、同時にスリリングな臭いでした。可能性を秘めた臭い。変わらないものと、変わるもの。新鮮な空気でもないし、ここは外の世界でもないと思いながら、下に降りていくのです。

私はゆっくりと階段を降りていきました。薄暗がりに目を慣らしながら、下へ、下へ、下へ。毎回、地下の深さと階段の多さに驚かされます。下に行くほど臭いが強くなりました。壁に映るたくさんの影。階段は湿っていました――いつもそうでした。鍾乳石を思い出しました――永遠に滴っているみたいな石筍《せきじゅん》のことを。壁は厚く、まるで夜ごとに音を吸収しているようでした。何千もの叫び声が入っている壁。何百万かもしれない。

階段でシシーとすれ違いました。彼は空瓶のケースを持って登ってくるところでした。新しい瓶でケースを埋めるとまた、階段を降りていくのです。一日じゅう、一晩じゅう、上り下りを繰り返し、ウィンドチャイムのような瓶の音を立てるシシーの肩は、ずっと丸まりっぱなし。

「シシー」と私は声を掛けました。

「やあ、クールなドレスだね」と彼は言いました。

クラブのオーナー、ハデスがステージ脇に立っていました。これまで会ったなかで一番客扱いの良い人です。いつだって余裕がある。彼の笑顔は冬の微笑みで、嵐雲のような目と、淡い灰色の肌をしていています。ステージ脇に取り付けられたマスタード色のカーテンのせいで、黄疸みたいに見えましたけど。長い脚に細い体。ライブではよく彼を見かけましたね。暗い顔をしていますが、あれほど素敵な人にはあまり出会ったことがありません。彼は私を見つけると、手を振ってくれました。ペニーと呼ばれていた妻のプロセルピナは、バーの脇に置かれた王座のような椅子に座っていて、薄暗闇のなかでやつれた様子でした。彼よりずっと若く、離婚したがっているという噂でした。彼女は毎年夏になると数ヶ月ほどツアーに出ますが、秋になるといつもここに戻ってきていました。七月と八月には日焼けをして、足がむき出しになった短パンを穿いて、花々の成長を早めるような笑い声をあげているのを見かけました。でもここでは元気がなく、季節ごとにふさぎこんでいきました。陰気、と言ってもいいかもしれないですね。季節の変わり目で落ち込むのかもしれません。あるいは、いつも焦げた髪の毛みたいな息の臭いをさせているクラブのオーナーと結婚しているのが、嫌になったのかもしれない。

O.のことや結婚式のこと、結婚式を飛び出してきたことは誰にも話しませんでした。何人か、私のあざに目を留める人もいました。私はこの場所で我を忘れ、星々が存在せず、惑星が回転せず、いつも誰でも迎え入れてくれる空間があるこの世界に溶け込んでいくのが嬉しかったのです。

「誰が演奏しているの?」私は尋ねました。

「スタンダード・パントリーって知ってる?」とハデスが答えました。「西のほうのバンドなんだけど」

「聞いたことがある気がする」

「素敵なドレスだね。結婚でもするの?」

「今日はしないよ」

「いい選択だ」

「私は耳が聞こえないわけじゃないのよ」とペニーが玉座みたいな椅子から声をあげました。

「たいていの人には無理なんだよ、ペニー。わかるだろう」ハデスは私の肩に温かい手を置くと、あざを見ました。「いつでもきみを歓迎するよ。好きなだけいてくれて構わないから」私の喉はタオルを絞るみたいに固くなり、それは涙が流れるまでの第一段階でした。泣きたいわけではなかったんですけれどね。歓迎されるのは気分がいいものです。

バンドがセッティングをはじめました。国の反対側にあるコミューンかカルト施設からバスでやってきたような四人の男たち。顔の骨格を見ればわかります。服装もそう――たくさんのフリンジが付いたゆったりした服を着ていて、全員がサンダルを履いていました。四人とも髪が長くて、私は自分が髪の長い男の子が大好きだったことを思い出しました。母から、意地悪な男と一緒になるんじゃないと言われたことはありませんでした。あなたは愛されなくても仕方がない、とも言われませんでした。あなたは敬意をもって扱われるべきだ、とも言われなかった。そうしたことは、言わなくてもわかることなんですかね？　苦しみながら学ぶのよ、と母は言いました。人生は辛い《ヴィタ・デュラ・エスト》と。

バンドが準備するのを見るのが好きでした。集中力や恐怖心、それに毎回、これから実際にはじまるんだと実感しているのが垣間見られるから。一時間か二時間後には、集まった人たちの前に立ち、身をゆだねることになる。自信を持って何かをやっている人たちを見るのはいいものです。ギタースタンドの位置、マイクの高さ、セットリストを貼る位置、てきぱきと動いていました。

間違った愛を選ぶ人もいます。どうしてもそうなってしまう人も。ある人にとっては、マインドマップができていて、愛と聞いて思い浮かぶのは、傷つけられること、自分が無価値であると思いしらされること、自分の中に住みついた誰かの声に、おまえは哀れで愚かでひどい人間だと言わせる強烈な感情なのです。自分の脳と同じことを言ってくれる人を見つけるのは、すごいこと。自分と深くつながっている人に出会えたような気がします。なかにはどうしても惹かれてしまう愛があることを自覚している人たちもいて、どうにかしてマインドマップに新しい線を引いて、そうした愛の新しい感じ方を学ぼうとします。誰かを尊敬することを学ぶのです。また、自分が理解している愛のあり方に身をゆだね、これが私の望むもの、これが私にとって正しいと思えるものだと納得する人もいます。もしかしたら、そういう人たちは小さい頃に母親に唾を吐きかけられたり、無視されたりしていたのかもしれません。あるいは、怒った父親にクローゼットの中に放り込まれたのかもしれない。だから、もう一度クローゼットに放り込まれると、今襲いかかってきているこの恐怖は何なのだろう？　ではなく、ああ、知っている、これは愛だと思ってしまうのです。普通が何であるかを知るのは難しいです。そんなこと、どうやって知れるんです？　自分が惹かれる愛は、愛なんかではないと受け入れて、その愛から身を引こうとする人もいます。それに一人でいる人のなかには、一人でいるほうが安全だとわかっているからそうしている人もいるし、何度も何度も自分が間違った愛を選ぶことを自覚している人もいます。

その音が聞こえてきたのは、スタンダード・パントリーがサウンドチェックをはじめた頃でした。階段から、ギターと歌の音が聞こえてきたのです。クラブじゅうが静まり返りました。影は壁をちらつくのをやめました。階段を降りてくる足が見えると、そこにはギターを手に、涙を流しながら歌っているO.がいたのです。みんなは動きを止めました。

シシーは階段でビール瓶のケースを持ったまま静止していました。一体となって動いていた三人のドアマンたちも、足を止めて何も言わずにうなっています。スタッズの付いたベルト、レザーパンツ、首にはスパイクの首輪。誰がクラブに入り、誰が入れないのかを決めるのが彼らの役目でしたが、身動きせずに、一人は誰かのIDを握りしめたままで、IDの持ち主は手にスタンプを押してもらうのを待っていました。照明係の男は、クラブ後方のスポットライトに手を伸ばしたまま立ち止まっていました――背が低くて届かないようでしたが、腕を上げたまま静止している姿は、このままずっと手が届くことはないように見えました。毎回ライブに来ては、火がついたようにクルクル回り続けていたクレイジーで狂っ……ええと、そんな男ですら、疲れてフラフラになりながら立ち止まって聞いていましたね。白髪交じりの酔っぱらいは、ハゲタカがくちばしでつついたみたいなレバーを前に、バーカウンターに前かがみになったまま、ウイスキーを飲む手が止まっていました。まわりを見渡すと、影という影が泣いていました。
O.は歌い、演奏し続けました。誰も動かず、誰も話さ――すごく美しい歌、すごく悲しくて美しい歌が、すごく純粋な声で歌われていて、ギターの弦の振動が楽器からではなく、夜空からクラブに伝わってくるような、また、ひとつの楽器からではなく、千の楽器から聞こえてくるように思える。そう想像してもらえればいいのですが、そんな音が聞こえたのです。軌道を回る惑星たちを止めさせるほど美しかった。自然を変えてしまうほど。他の感覚は失われ、私たちはみな聴覚だけになりました。
彼は、私たちの結婚式のために作った曲を演奏していました。私は不本意ながら、感動していました。涙を溜めていた目の奥のくぼみが温まって満たされると、一粒また一粒と涙がこぼれ出しました。彼の声。私の心の硬い部分が柔らかくなりました。一緒に笑い合った時間がスライドショーになって流れはじめました。彼が作ってくれた料理の数々。一緒に泳いだり、のんびり過ごした朝、ともに奏でた音楽。私の心はいつものように柔らかくなりました。そうして私はクラブを横切るようにして、彼のもとへ向かったのです。

「頼むよ」と彼は言いました。「頼むからさ」

自分を止められませんでした。「わかったから」と私は言いました。緊張と解放。彼が私の手を取って階段に向かって歩きだすと、私は手を引かれながらあとに続きました。クラブを見回すと、玉座で胸に手を当てているペニー、カーテンのそばでうなずいているハデス、顔に笑顔を浮かべながらまだスポットライトに手を伸ばしている照明係、長い髪をなびかせながら囁き合っているバンドの男の子たちが見えました。そのひとりが「あれってO.じゃない?」と言いました。「そうに決まってんだろ、他に誰がいるってんだよ?」と他の子が言いました。白髪交じりの酔っぱらいは両腕に顔をうずめ、回転男はまた回り出そうとしているみたいでした。ドアマンたちは低くうなりながら、私たちに道を空けてくれました。シシーが「行っちゃだめだ」と言いました。

O.は、私を強く引っ張っていました。私の手を握る力はすごく強かった。彼がつぶやくのが聞こえました。つぶやいているということは、激昂しているということでした。彼の口から、私にだけ聞こえるような小さな声で、静かに毒が流れ出してきました。「そうやっておまえは誇らしげに立ち去るんだな?　役立たずで、何の価値もないクズ女。才能のないビッチ。パパの口利きを使ってるくせに、自分は歌が歌えると思いこんでる。冗談だろ。おまえの人生なんて笑いもんだ。俺の人生を地獄に変えやがって」

階段の上にさしかかると、ドアが見えました。内側にも蛇が描かれていましたが、この蛇は逆さで、頭が下でしっぽが上でした。私は階段の上で立ち止まりました。彼は振り向きませんでした。「何してるんだよ?」

逃げよう、そう思いました。

「これ以上待たせるっていうのか?」そう言って彼は私の腕を引っ張りました。

逃げよう、と思いました。私は階段の最上段の近くに立っていました。

彼は私が作った歌を歌いはじめました。でも歌詞を変えていて、私の声を茶化すように歌ったのです。「おまえの声はこう聞こえるんだよ」

そうして振り返った彼の目には、恐怖を思わせる残忍さが見えました。恐れが彼を危険にしていると、私は肌で感じていました。

こうやって人は間違いと縁を切るんだ。私は手を引き抜きました。自分は雲でできていると想像して、彼の握る手をすり抜けたのです。そうして後ろを向くと、宙に浮いたまま階段を降りはじめ、さらにさらに降りていき、再び〈コブラ・クラブ〉に包み込まれました。ここにはいつだって、あともう一人を受け入れるための空間がある。チケットが完売したライブのときですら、いつもそう。ここはみんなが最終的にたどり着く場所。

背後で彼が叫ぶのが聞こえました。「おまえには、俺以上に愛せるやつなんていないんだ」

私は笑いました。笑って、笑って、笑い続け、部屋が揺れるほど笑いました。地球のプレートがずれて、潮の流れが変わりました。私は笑って、笑って、笑って、笑いながらかがみ込むと、思い切り叫びました。

オウィディウス後

私たちは座っている。あなたと私、私の兄弟、姉妹、友人、恋人。テーブルの上の皿に盛られた料理が、目の前で湯気を立てている。温かさがたちのぼる。私たちはおなかが空いている。向かい合わせに座りながら、頬を紅潮させている。私の兄弟、姉妹、友人、恋人。気持ちを高まらせながら、テーブルで話をしている。

このテーブルは、祖母の家にあったもので、何百年もの時間を物語る太い木でできていて、何十年もの間、大地から立ち上がり、大地に沈み、空に向かって伸び、風に揺られ、太陽や雨を浴びながら、伐採され、製材されてきた。その前はもっと細くて短く、そしてその前ももっと細くて短く、手で折れてしまうくらい細くて、その前はすごく小さくて、優しくつまんで引っ張ると、地面の毛をぶら下げるように土から出てきて、横に放り投げることができ、それより前は、あなたの一番小さな指の爪よりも小さい種で、土に沈み、風や鳥や動物によって撒かれ、割れて開いて伸びていき、土からも空からも必要なものを吸収していた。私たちはその種が育った木に肘を置き、その木は成長して生きながらえ、さらに家の中で生き続けて私たちの体重や、目の前にある温かい食べ物の重さを支えている。その上に両方の手のひらを置くと、奥のほうで生命力がぶうんと響くのを感じる。

テーブルの上で言葉を交わしながら、私たちは食事をする。肉とパンがあり、オレンジはあとでチーズと一緒に食べようと思って取ってある。グラスには水やワインが入っている。私たちは食べ物を味わい、会話を楽しむ。言葉は変わっても、いつも同じことを言い合っている。私の兄弟、姉妹、友人、恋人。私たちは同じ話を何度も何度も語る。語られた話は千の形をとり、同じ問いに答えようとする。どんな形を与えても、どんな言葉を使ってもそう。物ごとが変わりゆくことをどう理解すればいいのだろう？　終わりをどう考えればいいのだろう？

そして私たちは、あなたはここにいるの？　と尋ねる。

子どもだった頃のあなたを私は知っている。あなたが若くて柔らかかった頃を知っている。当時はあなたも私を知っていた——私たちが出会うのはずっとあとだったけれど。知ることを超えた知識があり、私はあなたの目の中に子どもの頃の姿を見る——私の兄弟、私の姉妹、私の友人、私の恋人。

私たちは一緒に料理を作った。ナイフやスプーンや熱気とともに台所に立ち、オイルに入れた玉ねぎ、ジュージューいう脂身……そうした台所の暖かさや匂いや音のなかで一緒にいられることが幸せだった。私たちは一緒に生きている。私の兄弟、姉妹、友人、恋人。あなたの目尻にしわが、髪には一筋の白髪が見える。そしてあなたも同じものを私に見る。私たちの誰も、もう子どもではない。

私たちの詩人オウィディウスは言う。「あらゆるものは変化し、それゆえ何も死なない……私を信じてくれていいが、この世には死ぬものなどひとつもない。誕生とはものが再び形を変えることであり、あるものが別の形になることだ」

「私を信じてくれていい」と詩人は言う。私だって信じたい。詩人を信用したい。

「死ぬものなどひとつもない」と言うけれど、ならどうやって前に進めばいい？

私たちはテーブルを囲み、話をしている。そして温かい食べ物を口に運ぶ。


「あなたが死んだら、あなたを一口食べたい」と私は言う。「脇腹か太ももあたりの小さなメダイヨン《肉の切り身》を直火で調理するの。一口食べれば、あなたを私の中で生かし、体じゅうに行きわたらせて、私から解放させられる。でも全部は無理。あなたの粒子のなかには、私の血液に吸収されてしまうものもあって、そうするとあなたは私の中で流れ、私の心臓がどきどき鼓動を刻むたびに、私を通じてあなたも鼓動を刻むことになるでしょう。あなたには私の中で生き続けてほしいの」

それから私は、「私が死んだら、あなたに私をかじってもらい、あなたの体に取り込んでもらって、あなたの血の中で生かしてほしい。あなたの中で生き続けたいの」と言った。

「いいね、そうしよう」

私の中にあなたがいれば、私が死んだとき、私は体のままか灰になった状態で土に入れられ、一粒の種が私の上に沈んで割れ、そこから出た根が私の中に、私たちの中に沈むだろう――あなたは私と一緒にいるのだから。そして根は必要なものを吸収し、私たちは木の中で生きるようになり、木は成長し、伐採され、家が建てられ、その後壊され、でも残された一枚の板でテーブルが作られ、ふたりの人間がテーブルを囲んで食べ物を体内に取り入れて生きていくのだ。そのテーブルの中にいるのは、あなたと私、私の兄弟、私の姉妹、私の友人、私の恋人。私たちはその木、光、水、肉、パン、石、鳥の目、チーズを作る乳を提供した生き物の蹄の中や、銀河みたいな螺旋状の木目のなかにもいる。物ごとが名前を持つ前、世のはじまりから、そうしたものの中にいる。私たちはそこにいて、これからも存在し続ける。私たちの亡霊、かつて子どもだった私たちの亡霊もそこにいて、堅い木目のなかに収れんされている。

そして今夜、私たちは食卓を囲んでいるけれど、ここにいるのはあなたと私だけではない――私たちがふたりきりということは決してなく、時間も一緒に座っている。時間は私たちを客人としてもてなす。時間はいつもそばにいる。私たちは時間に宿り、そのなかを重たい足どりで進み、乳の川の流れに乗る。

時間は寛大なもてなし役ではない。貪欲で、足るを知らず、気まぐれだ。貪欲で飢えた時間は私たちを食べ、全員を食べ尽くす。私たちを丸ごと飲み込んでなかに取り込むと、私たちはそのなかを前へ後ろへ動き回り、あらゆる方向へ移動する。死ぬものなどひとつもない。私たちはそのなかを動き回る。乳の川の時間、海の時間、影の時間、名前のない時間、場所のある時間と場所のない時間、人間の時間、星の時間、クモの時間、鳥の翼の時間、岩の時間、手首の時間、ペニスとヴァギナの時間、風の時間、糸の時間、炎と花の時間、家の時間、空の時間、ハクチョウと雷の時間、胸の時間、黒の時間、深淵の時間、ぽっかりと口を開けたような無限の「時間」。

時間は私たちを取り込むだろう。あなたと私、私の兄弟、姉妹、友人、恋人を。私たちは時間のなかを移動しながら、「時間」そのものになって現れるだろう。

それまでの間は、食べて、話して、笑って、とりあえずは伝えて、キスして、手を差し伸べよう。今がそのときで、あなたはここにいる。時間は変化する余地を残す。今がそのときで、あなたと私はここにいる。お開きの前に抱擁を。私たちがここにいる間にオレンジのスライスを。一切れのパンを。噛んで、噛んで。何も同じままではいられない。私たちは瞬間ごとに、新しいものが築きあげていく歴史のなかに飲み込まれていく。

あとがき

この本を書きはじめたのは、二〇一八年二月下旬のある朝のことでした。大工仕事が終わったばかりで、あまり執筆できていませんでした。書くための筋力を取り戻したいと思っていました。そこで、たまにするように、『変身物語』を拾い読みしていました。カリストの話を読んでいるとき、彼女の声で物語を書き直すのはいい練習になるし、書くための筋肉をほぐすのにもってこいだと思いました。「私は熊。私は空に住んでいる」と書きはじめました。「彼女の物語を書き終える頃には、手応えを感じていました。耳に彼女の声が聞こえてくるのが楽しかった。翌日、別の女性について書きはじめました――ダプネです。三人分書き終えると、このやり方が定着してきて、うまく進みはじめました。物語を読んでからもう一度読み返すと、一日じゅう、心のなかで聞こえる声に耳を傾け、この女性はどんな声で、どんな物語をどんなふうに語りたいのかを探り出そうとしていました。アレン・マンデルバウムによる優雅で官能的な『変身物語』の英訳（ハーコート、一九九三年刊）を読み進め、オウィディウスの一万二千行近くある詩に登場するほぼ全員の女性の物語を語りました。

一四八〇年にウィリアム・キャクストンがはじめて英訳し、その後何十回にもわたって翻訳されてきた『変身物語』は、二百を超える変身にまつわる神話を物語ったもので、混沌から生まれた世界からジュリアス・シーザーに至るまでの歴史を網羅しています。同時に、時間についての本でもあり、言い換えれば、変化についての本でもあるのです。美しく残酷な物語は、土俗的で、原因論的で、幽玄的で、この世界のものもあれば、違う世界のものでもある。私はこの詩を読み、一日じゅうあちこち歩き回ったり、長距離を走ったりしながら、彼女たちの声に耳を傾けましたが、それは人生のなかでも他に類を見ない経験でした。そうして三ヶ月後に、一冊の本が出来上がったのです。

物語のなかには数行の詩から生まれたものもあれば、数百行に及ぶいくつものエピソードが凝縮されたなかから噴き出してきたものもあります。オウィディウスに忠実な物語もあれば、彼とは違う方向を向いているものもある（マンデルバウムの翻訳があまりに素晴らしいので、直接引用したところもあります。ダプネの物語にある「わたしの矢が必ず飛んでいくからな」、アポロンがレウコトエに言う「わたしは世界の眼だ」、アタランタの物語にある「神々は恐れずに挑む者に手を差し伸べる」などがそうです）。神々や、女神たち、妖精《ニンフ》、サテュロスの時代に留まっているような声で呼びかける人もいれば、現代に近い言葉で話す人もいます。オウィディウスが描く女性たちは、年齢も背景も経験もさまざまです。

筋やテーマが他の物語と似過ぎていたり、耳を傾けようとしても声がよく聞こえなかったりしたために、収録しなかった物語が十二編ほどあります。適切に扱えず、正義をもたらせないと思った人たちの物語は省きました。もっとよく耳を傾ければよかったと思う人たちもいます。私が十分に耳を傾けていれば、全員が何かを語ることができたはずですから。話の順番も見直しましたが、それは主に、女性たちを他の女性と対話させて、その声をより響かせるためです。そうすれば、彼女たちが自分の物語を語るのを聞くだけでなく、もしも彼女たちがお互いの声を聞くことができたなら、どんな語りが聞こえてくるか、わかるかも知れないと思ったからです。

謝辞

誰かに理解され、背中を押してもらえるのは、とてつもなく嬉しいことで、この本の編集者であるジェナ・ジョンソンは、その両方をしてくれました。彼女の知性、直感、そしてユーモアに心から感謝し、彼女がいてくれたことをとても幸運に思います。また、賢明かつ繊細なフィードバックをくれたリディア・ゾエルズ、隅々まで注意深く読んでくれたナンシー・エルギンとフリーダ・ダガンにも感謝を。この本が私の望む地点に到達するのを助けてくれた気鋭のエージェント、ジリアン・マッケンジー、そしてマッケンジー・ウルフ社の全員に、惜しみない感謝を捧げます。しびれるような表紙にしてくれたマット・バックもありがとう。ローレン・ロバーツや、版元のＦＳＧオリジナルズのみなさん、ほんとうにありがとうございました。

家族にも心から感謝を捧げます。両親とパムをはじめ、特に兄弟のウィルとサムに。彼らがいなければ目的を見失っていたかもしれません。そしてモリーとミランダにも。アリシア・シモーニの理解と洞察力に感謝し、何年間も支えてくれたデフォーもありがとう。心の友であるシャロン・スティール。好奇心旺盛で熱心で、人を惹きつけてやまない特異な存在のエイレアン・ローソン。同志であり記者でもあるフィル・コナーズとの友情とサポートにも感謝します。シーラ・マーナガン教授と出会い彼女の授業『オデュッセイア』と死後の世界」を受けたことですべてが変わりました。ありがとうございました。他にも、レオナ・コットレル、ジニ・ジョナス、ポール・マキシマへ、リサ・ゴザシュティにも感謝を。改稿時はロブに助けられました。物語の語り方を教えてくれたマット・ウェイランドや、アレン・マンデルバウム（一九二六〜二〇一一）にも。彼が翻訳した『変身物語』は、私の人生に大きな影響を与え続けています。

この本を完成させた場所であるレーディヒ・ハウス／アート・オミにも感謝を。これまでで最高の魔法みたいな数ヶ月を過ごし、面白いヒーローたちに出会うことができました。ジャスティン・ゴー、ティシャニ・ドーシ、ハンナ・ベルヴォーツ、マルティ・ドミンゲス、イーダ・ヘガジ・ホイヤー、アブバカル・アダム・イブラヒム、リリアニ・コランツィ、キャロル・フレデリック、ギセラ・リアル、エイミー・ソーン、リッチ・ベンジャミン、エディー・メイダヴ、マヌエル・ベセラ。あの場所にいられて、私たちはすごく幸運でしたね。

ハーバード・ブックストア、ポーター・スクエア・ブックス、ブルックライン・ブックスミス、チャールズ川、シェーズにも感謝しています。

ジェニー・ホワイトとの三十年以上にわたる友情にも心からの感謝を。

そして意見交換をしてくれたジョンも、ありがとう。

訳者あとがき

本書はニナ・マグロクリン著『*Wake, Siren: Ovid Resung*』を翻訳したものである。

『覚醒せよ、セイレーン』（以下、『覚醒せよ』）は、二千年以上前に書かれた、古代ローマの詩人オウィディウスの『変身物語』が下敷きになっている。ギリシア・ローマ神話の登場人物たちが、動物や植物、石、星座、怪物などに変身してゆく物語を寄せ集めた、ラテン語で書かれた古典の超大作だ。欧米では、教養の一環として学校教育に取り入れられ、今でも多くの人に読まれている。これまで何人もがこの抒情詩を翻訳し、有名な神話を題材にした絵画や彫刻、戯曲などを作ってきた。『覚醒せよ』も系譜に連なるものでありながら、その立ち位置は大きく異なる。

マグロクリンは本書で、『変身物語』のなかでも声を持たない人々に焦点を当てる。その大半は男性の神に虐げられた女性だ。そして神話ではお決まりの、〝淫らでいたずら好きな、ならず者としての神々が、女性にちょっかいを出している〟と解釈されてきた物語の別の側面に注目し、見過ごされてきたことを想像する――女性たちから見た物語はどうだったのだろう？　マグロクリンによって声を与えられた者たちは、自分で自分の物語を語りはじめる。

三十四の物語のなかには、現代の設定になっているものもあり（近親相姦をしたミュラーがセラピストのカウンセリングを受けたり、ポリュペモスがガラテイアのストーカーになったり、ドリュオペが半合成麻薬に依存したりする）、読者は否応なしに、神話が書かれた古代から現代まで、虐待と暴力が続いていることを意識させられる。

『変身物語』とは異なり、『覚醒せよ』では、一人の語り手にひとつの章が与えられている。マグロクリンは詩や歌、回想録、親子の会話、カウンセリンググループでの対話、ツアーガイドによる案内、リスト、メールなどさまざまな形式を使って書いているが、そこに共通して映し出されているのは、女性に対する社会の抑圧や、男性だけでなく女性からも植え付けられてきた恐怖という永久的なサイクルだ——これまでそんなものかと読み飛ばされたり、英雄扱いさえされたりしてきた神々による容認できない非行が浮き彫りになっていく。何もしていないのに、ただ存在するだけで、標的にされ、暴力を受け、声を奪われた者たちの怒りの叫びが、気が滅入るほど繰り返し語られる。ダプネはアポロンから逃れるために木になり、イオはユピテルに牛に変えられ、カリストはユピテルの妻ユノーに熊にされ、ユピテルに星座にさせられた。彼女たちの悲しみが入り混じった叫びは、「どれも同じような話」では片付けられない詳細を含んでいる。「独創的で心をつかむ作品であることは間違いない」が、「構造的にはバラバラだ」と「ハーバード・クリムゾン」の書評は指摘しているが、それぞれの物語には、直接的に絡み合うことはほとんどないものの、互いに呼応する余地が与えられているように思える。

マグロクリンは『覚醒せよ』を三ヶ月で書き終えた。それは、「これまで経験したことのないような執筆体験だった」そうだ。原書を読んで聞こえてきた声をひたすら書き写していったという。「自分の中から出てきたんです。あのときのような純粋さや、異世界のような感覚は、もう二度と味わうことはできないと思います……『覚醒せよ』は、グロテスクで暴力的で、ひどく奇妙な内容のものもある。でも、私は普遍的な精神に触れているような気がしました。まるでたくさんの異なる文化や時代に存在する物語を、私を通して翻訳しているような……集合的無意識の暗く濁った深みに入り込んでいるように感じたのです」とマグロクリンは語っている。

本書が書かれたのは、#Me Too 運動がはじまって間もない二〇一九年だ。この運動によって、全世界から告発の声があがり、さまざまな形で性暴力が可視化されたように、マグロクリンの物語も告発の物語として読むこともできる。主人公たちが語る物語は、混沌とし、露骨で、生生しく、物語の進行を示唆してくれる伝統的な物語構造がもたらすはずの安心感を与えない。むしろ恐怖を感じさせる。マグロクリンは「Longreads」のインタビューでこう答えている。「私は、彼女たち／彼らの声に言葉を乗せるという行為が、彼女たち／彼らに主体性を与える方法であったように思います。確かに、恐ろしいことが起こっているのですが、その背後には、彼女たち／彼らの物語という力がある。伝えること、話すことは、深遠な力のひとつの形です」本書の「だから姉妹《シスター》がいるのはいいことなの。チームがいれば、助かるから」という一節が示すように、声という力を得た女性たちは、連帯することでより大きな力となる。マグロクリンは見事に「シスターフッド」の持つ力を顕にしている。

また本書には、性暴力や虐待の被害者の叫びだけではなく、老いた体の変化や、時間の経過によるさまざまな変化、究極の変身である死についての独白が、生々しく綴られている。そうした変化は必ずしもネガティブなものだけではない。自然界で強く生き、恐ろしいことが起こったあとでも喜びを見出し、強く生きていこうとする女性たちの姿も描かれている。姿を変えた神が訪れ、親切に接したことで願いが叶う、心温まる物語もあれば、女性が欲望を叶える物語もある。そこには、「自分で変えられる」という力と希望が感じられる。

『覚醒せよ』は、時間、暴力、愛、物語、そしてとくに力によって、私たちがいかに変化するかを描き出している。「Longreads」のインタビューでマグロクリンはこう答えている。「変化は選択してもしなくても起こりうる……そして、乗り越える方法があるのです……すべてのことは常に変化していて、常に学ぶことがあります。『時間が人を変える』という考え方で、経験が人を必然的に変えていくということ。生きているということは、そういうことです。それに対応しながら、打ちのめされないようにしないとなりません。今、正しいことが、明日にはそうでなくなるかもしれないけれど、それが、生きているということなのです」

言うまでもないが、マグロクリンはオウィディウスの『変身物語』を否定しているのではない。彼女はこの物語や筆致の美しさに魅了されているからこそ、何度も読み返している。彼女が問題にしているのは、今、この作品をどう読むのかということだ。明らかに性暴力が描かれているのに、婉曲語句で表現することによってあいまいにし、〝芸術〟として昇華させるのはもう通用しない。それは翻訳者や教育者への問題提起とも言えるだろう。（二〇二二年には、サウス大学教授のステファニー・マッカーターが、『変身物語』の英語の新訳を刊行した。英語の新訳を女性が手掛けるのは、六十年以上ぶりだという）

そのことを念頭に、私も一翻訳者として、性的暴行に使う言葉を慎重に選んだ。原文の意味やトーンを変えてはいないが、本書はトリガーとなる可能性のある内容を多く含んでいるため、日本語版では注意を喚起する一文を付け加えた。また、登場人物たちの名前は岩波文庫版『変身物語』（中村善也訳）を参考にしている。著者のラストネームは回顧録の和訳が刊行された際には「マクローリン」となっていたが、本書ではより英語発音に忠実な日本語表記を採用した。

最後に、作者について――ニナ・マグロクリンは、マサチューセッツ州ケンブリッジ在住の元「ボストン・フェニックス」紙の記者で、その後九年間大工として働き、現在は「ボストン・グローブ」紙の書籍コラムニストをしながら、「ザ・パリス・レビュー・デイリー」になど頻繁に寄稿している。著作は大工時代について綴ったデビュー作の回顧録『彼女が大工になった理由』の他にも、夜明け、夏至、月など変容するものについて綴った、フィクションとノンフィクションが混合したエッセイ集『*Summer Solstice*（夏至）』がある。二〇二三年秋頃にはそれに呼応する『*Winter Solstice*（冬至）』が刊行予定だ。

原書をご紹介くださり、丁寧に翻訳を見てくださった左右社の堀川夢さんに深く感謝申し上げます。また、この作品のエッセンスを凝縮した力みなぎる装画を描いてくださった榎本マリコさんにも心からの感謝を。細かく校閲をしてくださった校正会社の鷗来堂さん、ブックデザイナーの柳川貴代さんも、ありがとうございました。

マグロクリンはこの本を書くとき、主人公一人ひとりが乗り移ったかのようだったとポッドキャスト番組「ウィッチ・ウェーブ」のインタビューで答えている。私も翻訳するとき、まさに同じ思いで、彼女たちの声の力に身震いさえするほどだった。本書を通して、作者は問いかける。「あなたはどこまで知りたいですか?」と。私たちはもう背を向けることはできない。

この本が、自分自身と世界についてより深く考える機会を与え、人類が何千年にもわたって取り組んできた問題や、生きることの意味を照らし出してくれることを祈りながら。

二〇二三年三月三〇日　小澤身和子

著者紹介

ニナ・マグロクリン Nina MacLaughlin

アメリカの作家。「ボストン・フェニックス」紙で編集者として働いたのち、「ボストン・グローブ」のコラムニストとして活躍。他にも、「パリスレビュー」「ウォール・ストリート・ジャーナル」「ブックスラット」「コスモポリタン」などで執筆している。2015年、大工修業の経験を書いた『彼女が大工になった理由』(エクスナレッジ)が高い評価を得て、ウェブメディアRefinery29の「知っておくべき21人の新人作家」に選出された。『覚醒せよ、セイレーン』が初のフィクション作品である。マサチューセッツ州ケンブリッジ在住。

訳者紹介

小澤身和子 おざわ・みわこ

東京大学大学院人文社会系研究科修士号取得、博士課程満期修了。ユニバーシティ・カレッジ・ロンドン修士号取得。「クーリエ・ジャポン」の編集者を経て翻訳家に。訳書にリン・ディン『アメリカ死にかけ物語』、リン・エンライト『これからのヴァギナの話をしよう』、ウォルター・テヴィス『クイーンズ・ギャンビット』、ジェニー・ザン『サワー・ハート』、カルメン・マリア・マチャド『イン・ザ・ドリームハウス』、デボラ・レヴィ『ホットミルク』など。共訳書にカルメン・マリア・マチャド『彼女の体とその他の断片』。

覚醒せよ、セイレーン

二〇二三年五月三一日　第一刷発行

著　者　ニナ・マグロクリン

訳　者　小澤身和子

発行者　小柳学

発行所　株式会社左右社

〒一五一–〇〇五一

東京都渋谷区千駄ヶ谷三–五五–一二

ヴィラパルテノンB1

TEL　〇三–五七八六–六〇三〇

FAX　〇三–五七八六–六〇三二

https://www.sayusha.com

装　画　榎本マリコ

装　幀　柳川貴代

印刷・製本　モリモト印刷株式会社

ISBN 978-4-86528-367-9